Ingrid Noll
Halali

ROMAN

Diogenes

Covermotiv: Gemälde von Caravaggio,
eigentl. Michelangelo Merisi,
›Judith enthauptet Holofernes‹, 1598 (Ausschnitt)
Rom, Galleria Nazionale, Pal. Barberini
Copyright © akg-images / Mondadori Portfolio /
Mauro Magliani

Für meine Schwester

Alle Rechte vorbehalten
Copyright © 2017
Diogenes Verlag AG Zürich
www.diogenes.ch
500/17/44/1
ISBN 978 3 257 06996 9

Inhalt

1 Schnee von gestern 7
2 Die Godesberger Gräfin 20
3 Der Jäger aus Kurpfalz 31
4 Spitzenhöschen 44
5 Die Studenten 57
6 Der Grizzly 69
7 Englische Klamotten 80
8 Ertappt 93
9 Katerstimmung 107
10 Unverschämte Männer 119
11 Ein seltsamer Brief 132
12 Die Sammlung 145
13 Halali 157
14 Im Kottenforst 171
15 Blut ist im Schuh 184
16 Jagdfieber 197
17 Zimmer frei 212
18 Mallorca oder Paris 225
19 Die Fälschung 239
20 Umzug in die Villa 250

21 Eine bittere Kränkung 262
22 Hinkebein 275
23 Besuch in der Eifel 289
24 Zarte Bande 302
25 Liebesknochen 315

I
Schnee von gestern

Beim letzten Arztbesuch fiel mir wieder auf, wie viel sich doch im Vergleich zu früher geändert hat. Noch vor einigen Jahren lasen die meisten Patienten im Wartezimmer die mehr oder weniger zerfransten Lesemappen oder starrten mit düsteren Gedanken taten- und wortlos vor sich hin. Würde man heute von oben auf sie herniedersehen, könnte man denken, sie würden silberne Löffel putzen, stricken oder häkeln, so versonnen neigen sie sich über einen kleinen Gegenstand, den sie mit flinken Fingern bearbeiten. Dieses Ding nannte ich bisher *Handy,* doch mittlerweile gibt es offenbar noch Smartphones, Tablets und Gott weiß was sonst. Was die Patienten wohl mit ihren Geräten so treiben, während sie warten? Die letzten Details zu ihren Wehwehchen in Erfahrung bringen oder doch lieber spielen? Ich selbst habe mich früher im Wartezimmer immer gern mit von anderen Leuten begonnenen Kreuzworträtseln abgelenkt. Die Lesemappen gibt es zwar heute noch, doch sie werden nur von uns Alten durchgeblättert, und an die Rätsel hat sich meistens keiner herangewagt. Mir fehlt dann das Vergnügen, es besser als meine Vorgänger zu können.

Genau wie ich lebt auch meine Enkelin Laura allein und zu meinem Glück sogar im selben Hochhaus. Für eine zweiundachtzigjährige Witwe wie mich ist diese kleine Wohnung ideal, für Laura als Single wahrscheinlich ebenso. Wenn sie von der Arbeit heimkommt, schaut sie oft noch bei mir herein. Gelegentlich habe ich uns etwas Bodenständiges gekocht, manchmal bringt sie etwas zum Essen mit. Es ist schön, dass sie mir aufmerksam zuhört, wenn ich von meiner Jugendzeit erzähle, denn uns verbindet so mancherlei. So hat meine Enkelin nicht zuletzt ein ähnliches Arbeitsfeld gewählt wie ich.

Meinen ehemaligen Beruf als Sekretärin gibt es zwar immer noch, aber die Vorzimmerdamen heißen jetzt *Assistentin des Geschäftsführers*, *Office Managerin* oder so ähnlich. Als ich nach der Handelsschule mit der Arbeit begann, war ich unverheiratet, also ein Fräulein. Meine Enkelin duzt sich mit ihrem Chef, beherrscht weder Steno noch das Zehnfingersystem, hat stattdessen an einer Fachhochschule studiert und nennt sich *Betriebswirtin für Controlling*.

Während ich früher im Innenministerium vor einer schweren Adler-Schreibmaschine saß, hockt sie vor einem Computer. Auch zu Hause hat sie immer ihr Smartphone neben sich liegen, während ich oft ein Buch zuschlage, sowie sie über die Schwelle kommt. Doch ich denke, Laura muss – genauso wie wir im vergangenen Jahrhundert – dem Abteilungsleiter gehorchen und diplomatisch mit seinen Launen umgehen. Und sicherlich macht sie mit ihren Kolleginnen auch ebenso viel Blödsinn wie ich in meinen jungen Jahren. Kichern, tratschen, ein wenig intrigieren, sich auf eine hastig gerauchte Zigarette verabreden, mit attraktiven Kollegen anbändeln, so etwas stirbt nie aus. Ich hoffe bloß, dass Laura sich nicht auf finstere Machenschaften einlässt, wie ich es einmal tat.

Neulich fuhren wir gemeinsam zum Supermarkt. Um ein wenig anzugeben, notierte ich die Einkaufsliste in Steno. Laura staunte nicht schlecht, doch als ich die Kurzschrift am Ende selbst nicht mehr lesen konnte, lachte sie schallend. Um nicht als humorlose alte Schachtel dazustehen, tippte ich an meinen weißhaarigen Kopf und sagte: »De-be-de-de-ha-ka-pe!« Laura starrte mich verständnislos an, und ich musste erklären, dass dies in meiner Jugend die Kurzformel war für: *Doof bleibt doof, da helfen keine Pillen.* Laura grinste bloß. In ihrer Gesellschaft fühle ich mich manchmal wieder jung und übermütig.

»Weißt du eigentlich, was ein MOF ist?«, fragte Laura mich kürzlich. »Das ist ein Mensch ohne Freunde!« Eine Weile überlegten wir gemeinsam, wie viele wir von dieser Sorte kannten, bei ihr waren es vor allem zwei ehemalige Lehrer und ein neuer Mitarbeiter. Doch auch mir kam bei diesem neudeutschen Ausdruck jemand in den Sinn: ein Regierungsrat im Innenministerium, dem wir den Spitznamen *der Jäger aus Kurpfalz* gegeben hatten.

Natürlich war er kein Jäger, sondern hatte bloß diesen Allerweltsnamen und stammte aus der Pfalz, womöglich war er gemeinsam mit Helmut Kohl zur Schule gegangen. Das uralte Volkslied musste man damals noch in der Grundschule singen, wobei – wie Laura dank Wikipedia ermittelte – die frivolen Strophen in den Schulbüchern weggelassen wurden. Ein Schürzenjäger war dieser Burkhard Jäger aus meiner Abteilung schon gar nicht, unscheinbar und linkisch, wie er war. Aber gerade weil er so langweilig und brav, so grau und spießig wirkte, machten wir Frauen uns ständig Gedanken über sein Privatleben. Falls es auch für Männer die Bezeichnung *graue Maus* gibt, dann traf es auf ihn zu. Anfangs setzten wir uns abwechselnd in der Kantine neben ihn und versuchten ihn auszuhorchen. Doch nie kam etwas dabei heraus, er blieb stocksteif und hielt sich bedeckt. Meine Kollegin Karin Bolwer, die nicht nur das Büro, sondern auch den Chef mit mir teilte, hat sogar einmal versucht, ein wenig mit ihm zu flirten, bloß um seine Reaktion zu testen. Doch Herr Jäger war entweder naiv oder schwul oder immun gegen weibliche Reize, wir wurden aus ihm nicht schlau.

Bevor ein Mädchen heiratete, wohnte es in den fünfziger Jahren oft noch bei den Eltern, vor allem aus finanziellen, ein wenig aber auch aus moralischen Gründen. Studentinnen hatten natürlich größere Freiheiten, aber sie waren zahlenmäßig in der Minderheit. In meinem Fall mussten meine Eltern einsehen, dass ich keinen geeigneten Job in unserem Eifelkaff finden würde, und ließen mich daher 1955 schweren Herzens mit zwanzig nach Bonn ziehen, das seit sechs Jahren die neue Hauptstadt war. Vielleicht hegten sie insgeheim auch die Hoffnung auf einen soliden Schwiegersohn mit Beamtenstatus. Die ehemalige Kleinstadt am Rhein boomte, wie man heute sagen würde, Konrad Adenauer verkörperte als der erste Bundeskanzler einen Neuanfang, Botschaften ließen sich in alten Godesberger Villen nieder, Ministerien wurden gebaut oder provisorisch in ehemaligen Kasernen untergebracht. Gleich nach meiner ersten Bewerbung landete ich als Stenotypistin in einem dieser grauen Betonkästen in der Graurheindorfer Straße, zog vom Land in die Stadt und wohnte in einem möblierten Zimmer bei einer Kriegerwitwe. Herrenbesuch war nicht gestattet, denn es galt ja noch der Paragraph 180, der Kuppelparagraph. Eine Vermieterin konnte sogar mit Gefängnis bestraft werden, wenn sie der »Unzucht« Vorschub leistete. Ein Gesetz durchaus im Sinne der Eltern, denn es gab noch keine Antibabypille. Auch tolerante und aufgeschlossene Mütter litten unter der Horrorvorstellung, ihre Tochter könnte viel zu früh und vom falschen Kerl geschwängert werden. »Kleine Sünden bestraft Gott sofort, große in neun Monaten«, pflegte man zu sagen.

Das Haus meiner Wirtin lag in Bad Godesberg, das mittlerweile zu Bonn gehört. Zwar musste ich fast eine Stunde mit der Straßenbahn bis zum Ministerium fahren, aber das war es mir wert. Von meinem Zimmer aus war ich in fünf Minuten am Rhein, konnte spazieren gehen und von meiner Lieblingsbank aus den Raddampfern zusehen. Den Geruch nach rostigem Eisen und Flusswasser werde ich nie vergessen. Mein Zimmer war klein und nach heutigen Maßstäben dürftig eingerichtet. Zum Schlafen diente eine durchgelegene Couch, die tagsüber mit einer karierten Wolldecke zum Sofa umgerüstet wurde. Das Badezimmer durfte ich zwar mitbenutzen, aber warmes Wasser gab es nur am Samstag, und ein Wannenbad musste extra bezahlt werden.

Bei meinem schmalen Gehalt waren vier Mark im Monat keine Kleinigkeit. Deswegen nahm ich anfangs eine andere Gelegenheit wahr, die sich durch den Beruf ergab. Wie ich schon sagte, war das Innenministerium in einer ehemaligen Kaserne untergebracht. Im Keller befanden sich Duschen, nicht etwa in einzelnen Kabinen, sondern in Reih und Glied – wie es für Soldaten üblich war. Da längst nicht alle Angestellten zu Hause ein eigenes Bad besaßen, durften sie aus hygienischen und sozialen Gründen einmal in der Woche brausen, dienstags die Männer, freitags die Frauen. An diesen Tagen sah man die Belegschaft mit Handtüchern, Duschhauben, Shampoo, Föhn und Seifen in den Keller eilen. Ältere Frauen, auf rheinisch *Möhnen* genannt, waren nicht gerade begeistert, sich in jener prüden Zeit vor ihren Kolleginnen auszuziehen, und mieden die Massenreinigung. Aber wir jungen Mädchen fanden es toll, alle Wasserhähne aufzudrehen und ausgelassen von einer Brause zur nächsten zu wechseln. Bis etwas geschah, das mich eine Abneigung gegen Duschen entwickeln ließ, noch lange bevor ich Hitchcocks *Psycho* sah.

Eines Tages machte nämlich das Gerücht die Runde, wir Frauen würden beim Duschen beobachtet. Nein, versteckte Kameras gab es damals noch nicht. Doch über dem Keller lag ein wenig benutzter Lagerraum, wo uralte Akten verstaubten und Büromaterial aufbewahrt wurde. Einer der Registratoren hatte gelegentlich hier zu tun und hatte dort auch seine Schnapsflaschen untergebracht. Eines schönen Tages war er so betrunken, dass er torkelte und stürzte. Bei dem Versuch, sich wieder aufzurappeln, bemerkte der Mann eine Unebenheit im Boden, weil jemand einen Schlitz im Untergrund dilettantisch mit Wellpappe zugestopft hatte. Als er das Guckloch freilegte, sah er direkt hinunter in den Duschraum. Wenn er ein kluger Ermittler gewesen wäre, hätte er sich auf die Lauer gelegt, um den Spanner beim nächsten Frauentag zu ertappen. Doch er konnte nicht an sich halten und brüstete sich mit seiner Entdeckung vor einem Kollegen. »Do bisse am lure!«, soll er gesagt haben. Die Katze war aus dem Sack, das Loch wurde fachmännisch verschlossen, aber die Spekulationen hörten nicht auf, welcher der hochanständigen Ministerialbeamten als Spanner in Frage käme. Von da an mochten viele Frauen überhaupt nicht mehr duschen. Ich erzählte meiner ebenso neugierigen wie empörten Wirtin von dem Skandal, und sie machte mir ein

Angebot: Wenn ich abends bei meinen Spaziergängen ihren Hund mitnahm, durfte ich einmal in der Woche ohne Bezahlung baden.

Viele meiner ledigen Kolleginnen hielten Ausschau nach einer guten Partie. Die unterste Kategorie waren natürlich die Männer in grauen Kitteln, die Registratoren oder Bürodiener, die Aktenwagen hin und her schoben und überhaupt nicht in Frage kamen. Spitzenbeamte wie Ministerialdirektoren und -dirigenten oder gar der Minister waren in der Regel längst vergeben. In der Beamtenhierarchie standen die jungen Regierungsräte noch auf einer der unteren Stufen, weswegen sie von vielen weiblichen Bürokräften umworben wurden. Bei ihnen war vielleicht eine glanzvolle Karriere zu erwarten. Der Jäger aus Kurpfalz gehörte zwar auch zu dieser Spezies, doch dass sich jemand in ihn verlieben würde, konnten wir uns nur schwerlich vorstellen.

In den fünfziger Jahren sah man noch allenthalben kriegsversehrte junge Männer, die bei der Vergabe von Studienplätzen bevorzugt wurden und offenbar auch bei der Einstellung in staatlichen Behörden. Im Ministerium gab es mehrere junge Juristen mit fehlenden Gliedmaßen. Auch mein Vorgesetzter musste sich mit dem linken Arm begnügen, was immer wieder zu peinlichen Situationen führte. Besucher schienen sekundenlang zu überlegen, welche Hand sie ihm zur Begrüßung entgegenstrecken sollten, und entschieden sich meistens für die linke. Dann wurden sie von meinem Chef durch zornige Blicke bestraft, weil er jegliche Sonderbehandlung hasste und als demütigend empfand. Karin und ich kamen immer gut mit ihm aus, denn er mochte uns und erteilte seine Anweisungen mit milder Herablassung – ja er gab uns sogar dienstfrei, als der Schah von Persien 1955 am Bonner Hauptbahnhof eintraf. Zusammen mit Tausenden begeisterter Mitbürger durften wir die Kaiserin Soraya mit Jubelrufen begrüßen. Wir standen direkt hinter der Absperrung, vor uns eine Kette von Polizisten, die lückenlos aneinandergereiht waren. Die jungen Beamten waren ebenso aufgeregt wie wir, aber sie durften es sich nicht anmerken lassen. Karin fing sofort an, sich über unsere Vordermänner lustig zu machen, denn wir wussten genau, dass sie nicht darauf reagieren durften. »Sieh mal meinen an, von hinten ist er besonders hübsch, nur die Ohren stehen viel zu weit ab …« Natürlich ließ ich mich auch nicht lumpen und bezeichnete meinen Polizisten als niedlichen Bubi, wenn auch noch nicht ganz trocken hinter den Ohren. So lästerten wir fröhlich weiter, bis sich der eine umdrehte und uns auf Bönnsch anzischte:

»Hürt op, ihr Zuckerpöppche! Wenn ihr euch weiter so fies beömmelt, jit et jät op de Muul!«

Daraufhin wurde Karin noch provokanter: »Von hinten ist meiner ja ein strammer Kerl, aber nun habe ich seine Visage gesehen, ein Pickel am anderen …« Ich krümmte mich vor Lachen, was mir aber schnell verging. Mein Vordermann keilte nach hinten aus wie ein Gaul und traf mich am Schienbein. Ich jaulte auf, doch in diesem Moment erschien die Kaiserin, und mein Schmerzenslaut ging in Soraya-Rufen unter. Die Hoheiten stiegen in Staatskarossen und fuhren, begleitet von einem gewaltigen Konvoi von Bodyguards, Polizisten und Journalisten, zu ihrer Residenz auf dem Petersberg. Um dem Zorn der beiden Gesetzeshüter zu entgehen, zog Karin mich eilig fort.

Als der Schah 1967, also zwölf Jahre später, Westberlin besuchte, kam es zu ganz anderen Szenen: Studenten, die gegen das diktatorische Regime im Iran demonstrierten, lieferten sich Straßenschlachten mit Anhängern des Schahs, was schließlich zum Tod eines Studenten führte. Es war der Beginn einer unruhigen Zeit. Aber damals haben wir noch alle begeistert Soraya zugejubelt, die für uns so etwas wie eine Märchenprinzessin aus Tausendundeiner Nacht war.

»Guck mal, Holle!«, sagte Karin plötzlich, als nicht weit von uns ein Vespa-Fahrer sein Fahrzeug aufschloss. »Ist das eine Fata Morgana oder unser Jäger aus Kurpfalz?« Da es damals noch keine Helmpflicht gab, konnten wir den MOF gut erkennen, wie er etwas umständlich aufstieg und davonbrauste. »Er reitet durch den grünen Wald«, sang ich belustigt. Aber wir wunderten uns doch sehr, denn der schicke Motorroller passte so gar nicht zu dem mausgrauen Bürohengst.

In meiner Abteilung war ich die Jüngste, Karin war nur ein halbes Jahr älter. Wie viele in unserer Generation hatte sie einen germanischen Vornamen. Meiner war besonders penetrant, denn meine Eltern hatten den seltenen Namen Holda ausgesucht; viel lieber hätte ich wie meine Schulfreundinnen Helga, Gudrun, Edda, Inge, Gerda oder Uta geheißen. Als man mich im Büro spaßeshalber »Fräulein Holle« taufte, schien mir dies das kleinere Übel. Natürlich ließen meine Freunde das Fräulein weg, und es blieb mein ganzes Leben lang bei dem Spitznamen *Holle*. Selbst meine Enkelin Laura nennt mich nicht Oma, sondern »Frau Holle«, was ich mir gern gefallen lasse. Jeder stellt sich die Märchenfrau als alt und gütig vor.

Neulich sagte Laura: »Weißt du was, Frau Holle, du schüttest zwar nicht die Federbetten aus, damit es auf Erden schneit, aber du versorgst mich trotzdem mit ziemlich viel Schnee von gestern!«

»Der Schnee von gestern ist der Matsch von morgen«, meinte ich nur.

2
Die Godesberger Gräfin

Karin war zwar – ebenso wie ich – eine arme Kirchenmaus, aber in einer Beziehung hatte sie es besser: Sie brauchte keine Miete zu bezahlen. Ihre Mutter war mit der Familie aus Ostpreußen geflüchtet und in Bad Godesberg bei einer adeligen Verwandten untergekommen. Die Gräfin war zwar auch nicht reich, aber sie besaß immerhin eine große Villa in der Rheinallee, in der sie die Heimatlosen aufnahm. Später zog Karins Familie dann nach Krefeld weiter, aber meine Freundin sollte nach ihrer Tante sehen und durfte daher in der Villa bleiben.

Damals bezeichnete man uns noch als *Mädchen,* bis wir verheiratet waren. Karin wirkte rein äußerlich zwar fast zerbrechlich und zart, sie war aber zäh und eine durch und durch zupackende Frau. Schnell hatte sie erkannt, dass im Großraum Bonn viele herrschaftliche Häuser für ausländische Residenzen genutzt wurden, das Personal des Verwaltungsapparates, der Bundesbehörden und Botschaften aber schließlich auch irgendwo wohnen musste. Im Haus der Tante gab es zwar reichlich Platz, doch den ungemütlichen Zimmern konnte man allenfalls etwas nostalgischen Charme abgewinnen, sie mussten dringend renoviert werden. Obwohl sie noch jung und unerfahren war, überredete die tüchtige Karin ihre Tante, einen Kredit aufzunehmen, um die Handwerker zu bezahlen, und kümmerte sich schließlich um die Vermietung. Vier unterschiedlich große Zimmer wurden hergerichtet und zwei Badezimmer abgezweigt, ein Gemeinschaftsbad und eines für das größere Zimmer, nicht gerade luxuriös, aber eben etwas für kleinere Geldbeutel. Als ich nach Bad Godesberg kam, war leider bereits alles vergeben.

Die Gräfin faszinierte mich, weil sie völlig anders war als meine bodenständige Verwandtschaft aus der Eifel: Sie war Kettenraucherin, stand selten vor elf Uhr auf, besaß eine antike Spazierstocksammlung und benutzte Ausdrücke, die mir fremd waren. Sie empfing Gäste im *Boudoir*, sprach von ihren *Domestiken* und *echauffierte sich* ständig; ich erriet schließlich, dass es sich um ein elegantes Damenzimmer, ihre Dienstboten und ihre leichte Erregbarkeit handelte. An Frauen wollte sie auf keinen Fall vermieten. »Alle Weiber wollen kochen und Wäsche aufhängen und schwirren im ganzen Haus herum, das kommt überhaupt nicht in die Tüte«, echauffierte sie sich und zog heftig an ihrer Zigarettenspitze aus Bernstein. Die Herren, an die sie vermietete, bekamen hingegen von einer Domestikin das Frühstück auf einem Tablett vor das Zimmer gestellt, die Wäsche mussten sie auswärts geben, essen sollten sie in Kantinen und Gasthäusern. Falls sie nicht selbst staubsaugen wollten, mussten sie die Putzfrau extra bezahlen. Es handelte sich meistens um jüngere, alleinstehende Männer. Die Ausnahme war ein Major der neugegründeten Bundeswehr, der seine Familie an jedem Wochenende in Süddeutschland besuchte. Einen deutschstämmigen Chauffeur der russischen Botschaft hatte die Gräfin abgewiesen, weil sie nichts mit *einem Iwan* zu tun haben wollte.

Für mich war es ideal, dass Karin ganz in meiner Nähe wohnte. Am frühen Morgen fuhren wir gemeinsam mit der Straßenbahn nach Bonn, nach der Arbeit auch wieder zurück. Sie kam ungern zu mir in meine Bude, ich umso lieber zu ihr. Selbstverständlich konnte Karin die Küche ihrer Tante benutzen, während ich meinen Tauchsieder für den morgendlichen Tee im Kleiderschrank verstecken musste. Außerdem stand ihr eine Nähmaschine zur Verfügung. Nicht nur die Arbeit schweißte uns zusammen, sondern auch so manches gemeinsame Abenteuer. Wir besorgten uns im Seidenhaus Schmitz preisgünstige

Stoffe und experimentierten mit Simplicity-Schnittmustern. Stolz konnten wir unsere selbstgenähten Sommerfähnchen beim Tanztee im Kastaniengarten des Hotel Dreesen vorführen. Die Röcke mussten weit ausschwingen, Ärmelaufschläge und Bubikragen wurden in Kontrastfarben angefertigt, Hosen trugen wir höchstens an kalten Wintertagen, Jeans gab es keineswegs schon überall zu kaufen. Unsere Perlonstrümpfe wurden damals noch mit Strapsen befestigt. Meine langen rotbraunen Haare band ich zu einem Pferdeschwanz hoch, und Karin föhnte ihren blonden Pagenkopf jeden Morgen über eine Rundbürste zu einer adretten Innenrolle. Meistens traten wir im Doppelpack auf. Die Männer bezeichneten uns anerkennend als *flotte Käfer*.

Karin und ich interessierten uns sehr für die neuesten Modetrends und betrachteten auch die Männer mit kritischen Blicken. In jener Zeit änderte sich die konservative Herrenbekleidung, man wollte weg vom Uniformierten, die Hosenbeine wurden schmaler, die Mäntel kürzer, die Schultern wurden nicht mehr so stark ausgepolstert, alles sollte freier und natürlicher wirken, amerikanische Vorbilder und die erste Camping-Welle zeigten Folgen.

Laura erzählt mir vom *Casual Friday* im Büro, an dem die meisten Angestellten in Jeans erscheinen,

Männer den Sakko durch einen Pullover, Frauen die Highheels durch Sneakers ersetzen und alle auf ihr übliches Business-Outfit verzichten. Zu meiner Zeit konnte von einer Lockerung am Freitag nicht die Rede sein, weil wir dreimal im Monat bis Samstagmittag arbeiten mussten. Wörter wie *chillen* und *abhängen* waren unbekannt. Um die Bürokleidung zu schonen, zog man sie zu Hause zwar aus, aber keine Jogginghosen an. Noch heute kann ich mich nicht für dieses angeblich so bequeme Kleidungsstück erwärmen, da ich unangenehme Erinnerungen damit verbinde. In der Eifel wurde es im Winter so kalt, dass meine Mutter mich mit dicken, blauen Trainingshosen zur Schule schickte; dieses ungeliebte Teil wurde unter dem Rock getragen. In der Taille und an den Knöcheln sorgten ausgeleierte Gummibänder dafür, dass man ständig daran zupfen und zerren musste. Am schlimmsten wurde es, wenn sich das unterste Stück mit Schnee und Matsch vollsog, immer schwerer wurde und rutschte. Genau das passierte mir einmal, als ich gerade vor der Tafel stand und mich reckte, um eine Rechenaufgabe zu lösen. Die Hose glitt zu Boden, die Mitschüler lachten, mir kamen die Tränen.

Karin und ich hatten beide noch keinen festen Freund, aber immer mal wieder einen Verehrer, wie die Gräfin es nannte. Obwohl wir unser relativ freies Leben zu schätzen wussten, gab es doch einen gewissen sozialen Druck: Wer mit Mitte zwanzig noch nicht verheiratet war, galt schon als spätes Mädchen und war ab sechsundzwanzig eine alte Erstgebärende. Es war selbstverständlich, dass Heirat und Familie das erklärte Ziel einer Frau zu sein hatten. Karin hätte gern Sprachen im Ausland studiert, ich wäre gern Grundschullehrerin geworden, aber ich hatte kein Abitur, und mein Vater war Bäcker und kein Krösus.

Das Argument der meisten Eltern hieß: »Du heiratest ja sowieso …« Folglich hielten wir unsere Träume für unrealistisch und fügten uns in unser Schicksal als Tippsen.

Karin war nicht adelig, ihre Mutter hatte einen Bürgerlichen geheiratet. Vielleicht deshalb machte sich meine Freundin gern über die blaublütige Verwandtschaft lustig. Die Gräfin hieß mit vollem Namen Helena Victoria Mary von der Wachenheide – das könnte auch gut ein Hundename sein, spottete Karin. Was mich immer wieder verwunderte, war das Benehmen der feinen Dame, die gelegentlich fluchte wie ein Bierkutscher und stets *Klo* sagte und nicht *Toilette* wie meine eigene biedere Mutter. Doch gerade dadurch fühlte ich mich in der Rheinallee zu Hause, ich durfte kommen und gehen, wie ich wollte, und sogar den Hund meiner Wirtin mitbringen.

Zufällig war ich gerade dort, als die Haushälterin kichernd berichtete, der Major habe ein *Fisternöllchen*. Die Gräfin, Karin und ich starrten sie verständnislos an, doch so sagte man im Rheinland für eine »heimliche Liebschaft«. Auch meine Enkelin Laura hat diesen Ausdruck noch nie gehört, flink bedient sie ihr Lieblingsspielzeug, und ich erfahre, dass das Wort ursprünglich aus dem Französischen stammt, wie so manche rheinische Verballhornung. *Fils de Noël* war ein uneheliches Kind wie das Christkind oder eines vom Weihnachtsmann – oder eines, das bei Nacht und Nebel entstanden ist.

»Dieser Mensch ist verheiratet und hat drei Kinder!«, rief die Gräfin entsetzt. »Und bei mir schleust er heimlich seine Nutten ein! Skandal! Den nehme ich mir heute noch zur Brust, der fliegt hochkantig raus! Es wird nicht schwer sein, einen Ersatz zu finden!«

Leise meldete ich Interesse am Majorzimmer an, doch ich biss auf Granit. Tür an Tür mit drei Junggesellen, *impensable*! Auch Karin war von ihnen durch mehrere Stockwerke getrennt: Ebenso wie das Dienstmädchen wohnte sie oben in der Mansarde, unter ihnen residierte die Gräfin, und im Erdgeschoss hausten die vier Untermieter. Die Gräfin bezeichnete sie als ihre *möblierten Herren.* Ich kannte nur einen von ihnen persönlich, denn er fiel auf. Karin hatte ihm insgeheim den Spitznamen »Grizzly« verpasst, weil er riesengroß, bärenstark und tapsig war. (Überdies war er bis über die Ohren in Karin verliebt.) Der Grizzly war Hausmeister im Auswärtigen Amt und ein geschickter Handwerker. Immer wieder wurde er auch in der Rheinallee für kleinere Reparaturen gebraucht, später übernahm er die Bedienung der Zentralheizung, die Gräfin erließ ihm dafür zehn Prozent des Mietpreises.

Um einen neuen Mieter zu finden, wollte die Gräfin keine Anzeige aufgeben, um nicht eine Überzahl an Zuschriften zu erhalten. Sie wusste ohnedies, was sie suchte: einen soliden Beamten, bei dem eine pünktliche Zahlung gewährleistet war. Der Grizzly sollte im Auswärtigen Amt, Karin im Ministerium einen Aushang am Schwarzen Brett anbringen: »Möbliertes Zimmer in Bad Godesberg an alleinstehenden Herrn zu vermieten«.

Karin fiel aus allen Wolken, als sie wenige Tage später von ihrer Tante erfuhr, ein Regierungsrat aus dem Innenministerium habe angerufen, das möblierte Zimmer zwei Stunden später besichtigt und habe sofort den Zuschlag erhalten. »Er kennt dich sogar!«, sagte die Tante. »Ein wirklich anständiger und bescheidener Mann, er heißt Burkhard Jäger.«

Begreiflicherweise war Karin alles andere als begeistert. »*I am not amused*«, sagte sie zu mir, denn englische Zitate und Vokabeln wurden gerade modern. »Das ist doch nicht die *possibility*! Ausgerechnet dieser stinklangweilige Aktenhengst wird hier einziehen! Und auch noch in unser allerbestes Zimmer!« Außerdem fanden wir, dass sich ein Regierungsrat doch eine komplette Wohnung leisten könnte. »Hoffen wir, dass es nur vorübergehend ist«, meinte sie. »Vielleicht ist er ja von seiner bisherigen Vermieterin ebenso Knall auf Fall rausgeschmissen worden wie der lüsterne Major. Auf die Schnelle kam ihm diese Möglichkeit wahrscheinlich gerade recht. Der Nächste wird dann hoffentlich mein Traumprinz!«

Es kam vor, dass eine von uns beiden verschlafen hatte oder krank war. Da meine Wirtin keinen Telefonanschluss hatte, konnten wir uns in einem solchen Fall nicht verständigen. Besonders wunderte ich mich also nicht, als Karin ein paar Tage später nicht an der Haltestelle aufkreuzte. Umso mehr erstaunte es mich, dass ich sie bereits im Büro antraf, wo sie sich die verstrubbelten Haare kämmte. »Ich bin heute chauffiert worden!«, sagte sie angeberisch.

»Bist du etwa getrampt?«, fragte ich.

»Der Jäger hat mich auf dem Roller mitgenommen. Wir haben die Straßenbahn ganz lässig überholt! Zufällig kam ich gerade aus der Haustür heraus, als er seine Maschine starten wollte. Als ich ihn fragte, konnte er schlecht nein sagen.«

Ich muss gestehen, dass ich stinksauer war. Karin würde jetzt womöglich jeden Morgen an der Tram vorbeirauschen und mir gnädig zuwinken. Ein einziges Mal, als ich verschlafen hatte, war ich per Anhalter nach Bonn gefahren – allerdings mit schlechtem Gewissen und Herzklopfen, weil man mir von klein auf eingebleut hatte, nicht zu fremden Männern einzusteigen. Doch ich hatte Glück, mein Fahrer war kein Unhold, sondern ein gutgelaunter Student, der den alten Opel Olympia seines Vaters ausgeliehen hatte und mich direkt vor dem Innenministerium ablieferte. Er fragte sogar, ob ich Lust hätte, ihn am Wochenende zu einer Party zu begleiten. Hinterher ärgerte ich mich schwarz, dass ich aus lauter Wohlerzogenheit abgelehnt hatte.

Autos waren in den fünfziger Jahren noch eine Seltenheit. Motorisiert waren natürlich Feuerwehr, Polizei und Krankentransporter, aber noch längst nicht alle Normalverbraucher – in meinem kleinen Heimatort besaß zum Beispiel nur der Arzt ein Auto. In den Ministerien gab es zwar Dienstwagen und Chauffeure für die Häuptlinge, aber bei den mittleren Rängen war ein eigener Wagen noch keine Selbstverständlichkeit. Motorroller als Zwischenlösung waren für junge Leute eine gute Alternative, Lambretta und Vespa die Favoriten. Neidisch malte ich mir Karin als Klammeraffe mit wehendem Rock und flatternden Haaren aus, als Motorradbraut brauchte sie sich keine Monatsfahrkarte mehr zu kaufen.

Rocker gab es damals noch nicht, das Image eines Rollerfahrers war dank italienischer Filme ein völlig anderes und passte zwar zu einem braungebrannten Papagallo mit verspiegelter Sonnenbrille, aber auf keinen Fall zum mausgrauen Burkhard Jäger.

Am Abend besucht mich Laura. »Wie ging das denn weiter mit deiner Freundin? Fuhr sie jetzt immer nur mit diesem Burkhard Jäger zur Arbeit?«

Nein, zum Glück nicht und auf dem Heimweg schon gar nicht. Der Jäger arbeitete viel länger als wir, die wir stets überpünktlich der ehemaligen Kaserne entflohen. Und am Morgen nahm er Karin auch nur mit, wenn sie ihm beim Abfahren auflauerte, und das wurde sie bald leid. Nicht nur bei der Arbeit, sondern oft auch nach Feierabend steckten wir ständig die Köpfe zusammen.

3
Der Jäger aus Kurpfalz

Wehmütig erinnere ich mich daran, wie schön es war, an einem großen Fluss zu wohnen. Der Zauber, der von der Rheinlandschaft ausgeht, dem Siebengebirge, den weißen Ausflugsdampfern, Segelschiffchen, Schleppkähnen, Fähren und Bötchen, den Burgen und Schlössern, wurde ja auch schon von den deutschen Romantikern entdeckt und in Märchen und Sagen besungen. Fast täglich saß ich – selbst bei trübem Wetter – auf *meiner* Bank, ließ den Hund von der Leine und schaute zu, wie er ans Wasser hinunterrannte und schlabberte. An besonders heißen Tagen lief er auf einen der gemauerten Dämme im Fluss, nahm ein Bad und schüttelte sich hinterher ausgiebig neben meinen Beinen. Im Herbst war die Stimmung manchmal ein wenig unheimlich, bei Hochwasser und Nebel sah ich Gespenster. Neben seinen anmutigen, beschaulichen oder fröhlichen Seiten birgt Vater Rhein ja auch dunkle Geheimnisse: Wasserleichen, versunkene Schiffe und Schätze. Sagenhafte Zauberinnen, Nixen und Hexen, die es speziell auf Männer abgesehen haben, treiben bis heute ihr Unwesen.

Den Drachenfels musste ich einmal an einem strahlenden Sonntag mit meinen Eltern besteigen, wobei sich mein beleibter Vater von einem Esel hinauftragen ließ. Verwandte aus der Provinz waren mir immer über die Maßen peinlich, obwohl die meisten Touristen sich genauso aufführten.

Bei gutem Wetter ließ sich Karin gern dazu überreden, am frühen Abend gemeinsam mit mir am Fluss entlangzuschlendern. Auf der Promenade konnte ich den Hund nicht frei laufen lassen, weil Spaziergänger und Radfahrer sich gestört fühlten. Ein paar Meter hinter der Straße lag im Stadtteil Plittersdorf das *Büschelchen*, ein kleines verwildertes Terrain am Godesberger Bach, wo es keinen Ärger mit Autos, Radlern oder Rentnern gab und mein vierbeiniger Freund nach Lust und Laune im Gebüsch stöbern und nach Kaninchen jagen konnte. Mittlerweile werden dort noble Eigentumswohnungen angeboten. An jenem Tag plauderten wir gerade ausgiebig über interessante Männer und wie sich eine Kriegsverletzung auf eine Ehe auswirken könnte, als sich der Hund – er hieß übrigens Rüdiger, weil er ein Rüde war – eigenartig benahm. Er blieb wie angewurzelt stehen, knurrte leise und bedrohlich, zog den Schwanz ein und hatte offensichtlich Angst. Ich wusste bereits, dass Hunde schlecht sehen und gelegentlich einen Heuhaufen für ein Monster halten, sich aber kurz darauf schämen und ganz beiläufig mit eifrigem Herumschnüffeln von ihrer Schande ablenken. Suchend schaute ich mich um und entdeckte an einer mickrigen Fichte einen Starenkasten, der mir sonst kaum aufgefallen wäre. Seltsamerweise hing das Vogelhaus viel zu niedrig. Ich hatte schon oft gesehen, wie mein Vater auf eine Leiter stieg, um Nistkästen sachgemäß aufzuhängen.

Auch Karin kam der angeknurrte Gegenstand auf einmal verdächtig vor, neugierig trat sie näher heran, stellte sich auf die Zehenspitzen und konnte den kleinen Schieber mühelos hochschieben. Innen lag nicht etwa ein altes Vogelnest, sondern ein winziger Umschlag aus unauffälligem braunem Packpapier.

»Kinderkram, wohl eine Schnitzeljagd. Oder aber ein Liebesbrief!«, sagte sie und legte ihn wieder hinein. Ich beruhigte den feigen Köter, und wir wollten weitergehen. Doch Rüdiger konnte nicht aufhören, direkt unter dem Nistkasten herumzuschnuppern. Schließlich hob er sein Bein an der Fichte und beruhigte sich erst, nachdem er sein Geschäft verrichtet hatte.

»Morgen schauen wir mal nach, ob eine Antwort von seinem Liebchen drinliegt. Womöglich auf lila Papier mit Veilchenduft«, sagte ich belustigt. Es war irgendwie klar, dass die stille Post von einem Jüngling stammen musste, ein Mädchen hätte Wert auf etwas Ansprechenderes mit zarten Symbolen gelegt. Auf dem Rückweg wollte ich noch einmal die Klappe öffnen und spaßeshalber eine Heckenrose hineinlegen, aber der kleine Brief war verschwunden.

Am nächsten Tag konnten wir nicht anders, wir mussten den Starenkasten erneut untersuchen. Wieder fanden wir nur einen winzigen Umschlag aus Packpapier.

Karin wog ihn in der Hand und sagte: »Zu gern wüsste ich, was er ihr heute geschrieben hat ...«

»Aufmachen wäre aber sehr indiskret, oder ...?«, wandte ich ein.

»Ach Holle, sei nicht so streng!«, meinte meine respektlose Freundin. »*Just for fun!* Wir verraten es ja keinem Erziehungsberechtigten!«, und schon fing sie an, ganz vorsichtig an einer losen Ecke zu knibbeln, was ihr auch gelang. Ohne den Umschlag zu zerfetzen, konnte sie ihn behutsam öffnen. Innen lag kein Liebesbrief, sondern nur ein schmaler Papierstreifen. Karin las die Großbuchstaben vor:

ONKEL HERMANN GESTORBEN. 22. 7. II.45

Seltsam, fanden wir beide. Und irgendwie unheimlich. »Wir müssen den Brief wieder zukleben«, sagte ich ängstlich und sah mich nach allen Seiten um. Weit und breit keine Menschenseele. Karin wühlte in ihrer Jackentasche und fand einen gebrauchten Kaugummi, eingewickelt in Silberpapier. Geschickt zupfte sie winzige Partikel davon ab und benutzte sie als Kleister. Dann machten wir uns schleunigst davon.

Zum Glück war meine Bank am Rhein nicht besetzt. Wir ließen uns nieder und grübelten. Es ergab keinen Sinn, den Tod eines Onkels in einem Starenkasten zu annoncieren! Handelte es sich vielleicht um einen Geheimcode?

»Weißt du noch die Zahl?«, fragte ich.

Karin nickte. Im Gegensatz zu mir konnte sie sich Telefonnummern und Geburtstage ausgezeichnet merken.

»Vielleicht eine Telefon- oder Tresornummer? Der 22.7. könnte aber auch ein Datum sein«, überlegte sie.

»Und 11.45 eine Uhrzeit«, sagte ich, und wir grinsten uns stolz an. So schlau wie der unbekannte Absender waren wir allemal, aber das half uns auch nicht weiter. Oder doch? Ich zählte die Tage an den Fingern ab.

»Heute ist der Neunzehnte – also ist der 22. Juli

am nächsten Sonntag!«, sagte ich. »Wie ich es auch drehe und wende, dieser Wisch bleibt mir ein Rätsel! Man kann Hermanns Tod doch nicht für den kommenden Sonntag vorhersagen, noch dazu auf die Minute genau!«

Karin tätschelte Rüdigers Kopf.

»Der Pudel meiner Kusine heißt Theo. Am Ende ist Hermann ein Hund, der eingeschläfert werden soll – aber am Sonntag hat keine Tierarztpraxis geöffnet. Falls es jedoch um einen Menschen geht, soll der Komplize vielleicht Punkt 11.45 Uhr das Zielfernrohr auf den armen Onkel richten!«, überlegte sie. »Es könnte sich um ein geplantes Attentat handeln! Heißt irgendein Politiker Hermann? Oder ist das nur ein Deckname? Wir müssen recherchieren, ob wieder eine Hoheit wie Kaiserin Soraya erwartet wird! Ich meine, Nehru ist demnächst fällig oder sogar die Queen!«

»Sollten wir nicht lieber zur Polizei gehen?«

»Bloß nicht! Wir würden uns nur lächerlich machen. Aber wir werden die Sache im Auge behalten und für den nächsten Brief eine Tube Uhu bereithalten.«

Wir kicherten ein wenig, aber ganz wohl war uns bei der Sache nicht. Ich begleitete Karin schließlich bis zum gräflichen Anwesen, wo wir am Törchen stehen blieben und weiter Spekulationen anstellten.

Rüdiger wurde es langweilig, er riss sich los und sauste in die Einfahrt hinein, wo die blaue Vespa parkte. Schon wieder benahm er sich recht eigenartig, schlich knurrend und schnüffelnd um den Roller herum und stützte schließlich das erhobene Hinterbein am Schutzblech ab, um ausgiebig zu urinieren.

»Hoffentlich guckt der Jäger nicht gerade aus dem Fenster«, sagte ich etwas verlegen, schnappte mir die Leine und trollte mich. Von da an nannte ich meinen Begleiter Rüdiger nur noch Rüpel.

Meine Enkelin Laura kommt gerade aus einer Teambesprechung und ist völlig ausgepowert, wie sie meint. Zügig zieht sie sich die Stiefel aus, schmeißt sie in die Ecke und sich auf mein Sofa. Seit langem ist sie Sushi-süchtig – sie hat einen Faltkarton mit diesem japanischen Zeug mitgebracht und scheint es zu genießen, ich ekle mich vor kaltem Reis und rohem Fisch und lehne dankend ab. Wie im alten Rom fläzt sie sich zum Essen auf das Sofa. Beim Kauen und Schlucken hört sie mir aufmerksam zu, während ich wie gebannt auf ihre Fingernägel starre. Sie sind nur an den Spitzen rot lackiert, so dass sie an die blutigen Krallen eines Raubtiers erinnern. Angeblich sind es mehrere Schichten, damit es länger hält. Auch Karin und ich experimentierten bisweilen mit zwei Sorten Nagellack, kirschrot beziehungsweise perlmuttfarben. Beim Tippen wurde das Ergebnis unserer Maniküre leider rasch ruiniert, für die erste Hilfe lagerte in meiner obersten Schreibtischschublade alles, was eine Sekretärin dringend brauchte: Feilen, Scheren, Papiertücher, Watte, Aceton und angebrochene Fläschchen mit Lack zum Ausbessern. In der zweiten Schublade hortete ich Kaugummis und Karamellen vom Karnevalsumzug, Spiegel, Puderdose, Lippenstifte und zwei Kämme, im untersten und größten Fach lagen endlich auch ein Stapel DIN-A-4-Papier, die Dose mit Büroklammern, der Stenoblock, ein Locher, Kohlepapier, der Hefter und das Lineal. Oben auf meiner grünen Tischplatte häuften sich griffbereit unzählige Folienblättchen, die einseitig mit weißem Pulver beschichtet waren. Damit konnten wir Tippfehler korrigieren, denn es gab erst einige Jahre später Tipp-Ex in flüssiger Form. Ich weiß nicht, ob unser einarmiger Chef gelegentlich in unseren Habseligkeiten kramte und über das Sammelsurium die Nase rümpfte; gelegentlich runzelte er mit leichtem Vorwurf die Augenbrauen und murmelte kopfschüttelnd: »Meine Damen, meine Damen ...«

Zum Mittagessen kam er nie in die Kantine. Wenn man ihn um diese Zeit in seinem Zimmer erwischte, packte er still und heimlich seine Butterbrote aus und krümelte den Schreibtisch voll. Ich nehme an, dass er es auf jeden Fall vermeiden wollte, dass ihm eine mitleidige Seele das Fleisch kleinschnitt. Aber wir fanden alle, dass er bei den Eintopfgerichten und Suppen eigentlich mithalten könnte. Im Gegensatz zu ihm war Burkhard Jäger immer anwesend, hockte am liebsten in einer einsamen Ecke mit dem Rücken zur Wand und beobachtete mit kaltem Blick langsam kauend seine Kollegen.

Ich schimpfte anfangs über die faden Gerichte, aber Karin hat mich auch in diesem Punkt ziemlich schnell erzogen. »Meine Tante sagt, wer öffentlich über das gemeinsame Essen meckert, stammt aus keinem guten Elternhaus. Es gehört sich nicht, den anderen den Appetit schon im Voraus zu vermiesen.«

Wenn das eine Gräfin sagte, musste es stimmen. Meine Kinderstube war nicht so fein gewesen. In der Backstube meines Vaters wurde gesoffen und, wenn ich hereinkam, übermütig mit Teigfetzen nach mir geworfen. Mit vierzehn war ich in den Bäckergesellen verknallt, doch der hatte schon eine Braut. Meine Mutter sah meine rotgeweinten Augen und tröstete mich: »Du kriegst mal einen viel Besseren! Eine Holda ist schließlich etwas ganz Besonderes.« Oft zog sie mich an ihren großen

warmen Busen, und ich spürte nichts als Liebe und
Geborgenheit.

»Warum haben sie dich nicht *Holly* getauft?«, fragt
meine Enkelin. »Das wäre cool! So wie die Holly
Golightly in *Frühstück bei Tiffany*!«

»Diesen Film sah meine Mutter erst, als ich längst
erwachsen war«, erkläre ich.

»Alles klar«, sagt Laura und stopft sich das letzte
in grünliche Algen gewickelte Sushi in den Mund.
»Aber ich habe überhaupt noch nicht begriffen,
warum sich dein Hund damals so seltsam benommen hat …«

Als sie mich so fragt, fällt es mir wieder ein: Im
Frühling hatte ich Rüdiger einmal ins gräfliche
Haus mitgenommen, doch für einen gemeinsamen
Spaziergang war es Karin zu regnerisch. Wir saßen
gemütlich beisammen und tranken Tee. Unbemerkt
von uns beiden schlich der Hund sich irgendwann
aus der Küche und lief die Treppe hinunter – wahrscheinlich wollte er endlich ins Freie. Im Erdgeschoss musste er dem Jäger begegnet sein. Wir
haben nie erfahren, ob der Hund ihn anknurrte und
der Heimkehrer sich bedroht fühlte, wir hörten nur
eine Tür zuschlagen und Rüdiger aufjaulen. Wehleidig humpelnd und mit eingezogenem Schwanz
tauchte er wieder bei uns auf. Der Jäger musste ihn

getreten haben. Von da an betrachtete der Hund den Herrn Regierungsrat offenbar als seinen Erzfeind.

Bis auf wenige Regentage erlebten wir einen herrlichen Sommer. Uns standen zehn Tage Urlaub zu, alles in allem konnten wir zwei Wochen lang verreisen. Karin und ich schmiedeten große Pläne, doch eine Reise nach Italien war mir zu teuer, und zu meinen Eltern in die Eifel wollte ich schon gar nicht. Die große Verwandtschaft meiner Freundin war dagegen in alle Himmelsrichtungen verstreut, eine Tante lebte in London. Karin tat sich ein bisschen schwer, die alte Dame um eine Einladung zu bitten, denn sie kannte sie kaum. Noch dazu, weil wir gemeinsam dort unterkommen wollten. An einem strahlend schönen Sonntagvormittag saßen wir im gräflichen Gärtchen und feilten mit vereinten Kräften an einem Brief. Jedes Wort musste sitzen, auf keinen Fall durfte man schleimen oder allzu kühn fordern, aber auch nicht demütig betteln. Als wir endlich mit unserem Text zufrieden waren, wollten wir uns belohnen.

»Ein Eisbecher im Schaumburger Hof«, schlug ich vor. Das alte Fachwerkhaus stand unter Denkmalschutz und war schon im neunzehnten Jahrhundert ein beliebtes Ausflugsziel. Professoren und

Studenten der Bonner Uni, Friedrich Nietzsche und Alexander von Humboldt hatten hier schon einen Schoppen getrunken. Bei schönem Wetter konnte man direkt am Rhein mit Blick auf das Siebengebirge Platz nehmen.

Es war sehr voll, als wir dort ankamen, einige Touristen lehnten bereits lauernd am Eisengeländer des Rheinufers, um auf einen frei werdenden Sitzplatz zu warten. Ich war ziemlich enttäuscht, aber wir hatten Glück. Ein älteres Ehepaar winkte uns heran, es waren Freunde meiner Wirtin, die mich kannten. Fünf Minuten später konnten wir ihre Stühle einnehmen und hatten einen wunderbaren Überblick über die Rheinpromenade und die zahlreichen feingemachten Spaziergänger.

Plötzlich stieß mich Karin an. »Holle, sieh doch mal ganz unauffällig nach vorn, nein, mehr auf der rechten Seite! Steht dort nicht der Jäger neben der großen Kastanie?«

Er war es tatsächlich. Trotz des warmen Wetters trug er einen grauen Regenmantel und fiel in der Menge kaum auf, wir hatten ihn jedoch gut im Visier. Immer wieder schaute er auf seine Armbanduhr. »Der wartet auf jemanden«, meinten wir und waren aufs Äußerste gespannt, ob es eine Frau war. Oder gar ein *Fisternöllchen*.

»Typisch, selbst am Sonntag trägt er noch eine

Aktenmappe bei sich«, sagte Karin. »So ein Streber! Aber schau mal, er guckt schon wieder auf die Uhr!«

Unwillkürlich hob ich auch das Handgelenk, um einen Blick auf meine Armbanduhr zu werfen. Es war genau 11.45 Uhr – und Sonntag, der 22. Juli.

Das Vogelhäuschen war übrigens am Tag nach unserer Entdeckung abmontiert worden und verschwunden. Nur ein einsamer Nagel verriet uns die Stelle, an der es zuvor angebracht gewesen war. Wir nahmen also an, dass der Briefschreiber Lunte gerochen hatte, weil Karins Kaugummi uns verraten hatte.

4
Spitzenhöschen

War das ein Zufall? Angestrengt und nicht gar zu auffällig schielten wir zu Burkhard Jäger hinüber. Immer, wenn eine Frau in seiner Nähe erschien, sagte ich zuversichtlich: »Da kommt sie!«

Bei einer besonders hässlichen Vettel waren wir uns ganz sicher. Aber wir irrten uns jedes Mal und verloren fast die Lust an diesem Spiel, als unsere wunderbaren Eisbecher serviert wurden. Plötzlich zischte Karin mir zu: »Da, sieh mal einer an! Es tut sich was!«

Ein zweiter Dunkelmann war wie aus dem Nichts aufgetaucht und stand plötzlich neben dem Jäger. Keine Frau, sondern ein kleingewachsener, mittelalter Mann in korrektem Anzug. Das einzig Auffallende war eine dunkelbraune Warze an der Stirn. Offenbar wechselten sie nur wenige Worte, gaben sich zum Abschied auch nicht die Hand, mischten sich vielmehr rasch unter andere Touristen und verschwanden in entgegengesetzte Richtungen. Karin hatte es nicht bemerkt, ich aber sehr wohl:

Burkhard Jäger trug jetzt keine Aktenmappe mehr. Noch einmal drehte er sich um und entdeckte uns. Ein spärliches Nicken, dann war er fort.

Hatte man den Jäger durch die Nachricht im Starenkasten an diesen Ort bestellt? Es konnte auch umgekehrt gewesen sein – der Jäger hatte den kleinen Umschlag selbst hinterlegt und den unscheinbaren Fremden hier antreten lassen. Der Zweck war anscheinend die Übergabe seiner Mappe. »Wir sollten den Jäger im Auge behalten«, sagte ich. »Irgendetwas stimmt da nicht!«

An dieser Stelle meldet sich Laura wieder zu Wort: »Klarer Fall von TBK!« Neugierig geworden, was es mit dem Starenkasten auf sich haben könnte, hat sie vor dem Einschlafen noch ein wenig in ihrem Smartphone recherchiert. »Der Starenkasten könnte ein sogenannter *toter Briefkasten* sein, und die Mappe war womöglich präpariert«, meint sie. »Die haben sich damals ziemlich coole Verstecke einfallen lassen, einen ausgehöhlten Stein, das Innere eines Stifts oder einer Zuckerrübe. Es gab sogar rollende Briefkästen in Interzonenzügen! Zu eurem Glück war die Botschaft nicht mit Geheimtinte geschrieben. Aber sie hat bestimmt einen unangenehmen Geruch ausgeströmt, der den Hund so wild gemacht hat. Ich hab gelesen, dass sogar mal ein berühmter Spion durch einen müffelnden Brief aufgeflogen ist. Man vermutete ein geheimes Versteck, öffnete den Umschlag über Dampf – und siehe da ...«

Karin äußerte noch einen weiteren Verdacht. Die Domestiken der Gräfin erledigten zwar die *große Wäsche* mit dem neuen Wundermittel Sunil, doch die teuren Nylons, ebenso Pullover oder andere empfindliche Kleidungsstücke wusch Karin lieber selbst.

»Im Keller gibt es Leinen, da hänge ich meine Sachen auf, weil es meine Tante im Badezimmer verboten hat. Und dort unten, wo jeder im Haus Zutritt hat, fehlte vor zwei Wochen ein cremefarbener BH, ein anderes Mal ein Spitzenhöschen. Zuerst dachte ich, das Dienstmädchen hätte geklaut, aber meine Tante kann sich das nicht vorstellen, Rita ist eine treue Seele und außerdem viel dicker als ich. Doch offenbar gibt es Männer, die auf weibliche Unterwäsche scharf sind. Bestimmt war es der Jäger, dem trau ich alle Perversionen zu ...«

Der graue Burkhard Jäger mit einem BH unterm Kopfkissen? Ich musste herzlich lachen, so absurd kam mir das vor.

»Insgesamt habt ihr doch vier Untermieter, da könnte ebenso gut ein anderer der Fetischist sein«, wandte ich ein. »Wie ist das eigentlich, schließen sie ihre Zimmer immer ab? Wir könnten doch mal heimlich eine Razzia machen.«

»Weiß ich nicht«, sagte Karin. »Ich habe mich nie weiter für ihre Zimmer interessiert. Aber bei Herrn Habek und Herrn Zischka wird einmal in der Woche saubergemacht, die Haushälterin wird also einen Schlüssel haben. Der Jäger und der Grizzly putzen selbst.«

»Geizig ist er also auch noch! Beim Grizzly versteht es sich, der hat wohl kaum mehr Kohle als wir. Aber der Jäger verdient doch genug, um einmal die Woche eine Putzfrau zu bezahlen!«

»Der will sich wahrscheinlich nicht in die Karten gucken lassen. Vielleicht hortet er schubladenweise Damenunterwäsche. Und überhaupt – womöglich war er es auch, der uns damals beim Duschen zugeschaut hat!«

Am Montag fehlte Karin im Büro. Nach Dienstschluss schaute ich – samt Hund – unverzüglich bei meiner kranken Freundin vorbei. Die Vespa stand nicht im Hof.

Karin kam gleich die Treppe hinuntergestürmt, nuschelte etwas von einer Erkältung und lotste mich in die Küche. Kaum kochte das Teewasser, da sprudelte sie ebenfalls los. Als alle Untermieter an diesem Morgen das Haus verlassen hatten, hatte sie als Erstes die Zimmer von Herrn Habek und Herrn Zischka untersucht. Sie konnte problemlos hineingelangen, denn der Schlüssel der Haushälterin hing an einem Haken in der Abstellkammer. Die beiden Männer hielten Ordnung, von BHs und Höschen keine Spur, auch nicht unter der Matratze. Allerdings standen bei Zischka mehrere leere und ein paar volle Schnapsflaschen im Schrank. Dann versuchte es Karin bei Burkhard Jäger. Wie sie erwartet hatte, war sein Zimmer abgeschlossen. Um keine Möglichkeiten auszulassen, drückte sie zuletzt auch beim Grizzly probeweise auf die Klinke und hatte Glück, die Tür ging auf …

… oder Pech, denn sie war gerade mit der Durchsuchung fertig, als er plötzlich aus dem Badezimmer kam und sich wie ein tropfender Bär vor ihr aufbaute. Karin hatte keine Ahnung gehabt, dass er gelegentlich Nachtdienst hatte und dann bis zum Nachmittag zu Hause blieb. Am liebsten wäre sie im Erdboden versunken. Der Grizzly hatte patschnasse Haare und ein Handtuch um die breiten Schultern. Nach dem ersten Schock verlangte er eine Erklärung für ihr Verhalten. Sie flunkerte ihm vor, sie hätte ihn gesucht, weil sie Hilfe brauche. Es bestehe nämlich der dringende Verdacht, dass der Jäger ihre Unterwäsche stehlen würde.

Die Geschichte gefiel mir nicht. Karin hätte eine

so riskante Aktion auf keinen Fall im Alleingang durchziehen sollen, außerdem fand ich es nicht gut, dass der Grizzly nun eingeweiht war. Ich schaute sie wortlos, aber missbilligend an und wartete auf die Fortsetzung.

»Der Grizzly hat versprochen, einen Nachschlüssel oder Dietrich zu besorgen beziehungsweise herzustellen. Er hat sich richtig darauf gefreut, den Jäger zu überführen, denn er kann ihn auch nicht leiden. Mit allen anderen im Haus habe er ein gutnachbarliches Verhältnis, nur der Herr Regierungsrat würde höchstens flüchtig grüßen und sei entweder arrogant oder total verklemmt.«

»Ich möchte bei der Durchsuchung dabei sein«, sagte ich, und sie versprach es. Außerdem überlegte ich, ob man die Gräfin nicht informieren müsse.

»Auf keinen Fall«, sagte Karin. »Tante Helena lässt nichts auf den Jäger kommen, sie hält ihn für besonders solide, anständig und gewissenhaft, weil die Miete immer pünktlich eingeht. Im Grunde will sie ihren Untermietern möglichst selten begegnen; da ist er für sie der Idealfall.«

Mir kam ein anderer Gedanke. »Karin, es wundert mich doch sehr, dass der Grizzly sich auf einen kriminellen Handstreich eingelassen hat. Hast du ihm etwa Hoffnungen gemacht?«

Sie grinste nur.

Laura kann sich eine Welt ohne Computer und Handys überhaupt nicht vorstellen. Und sie findet es befremdlich, dass es in meiner Jugend längst nicht in jedem Haushalt ein Telefon gab. Man hat eben sehr viel häufiger Briefe geschrieben, erkläre ich, der Briefträger kam sogar zweimal am Tag. Eine wunderbare Tradition geht durch euer Simsen, Mailen, Twittern und Chatten verloren; in früheren Jahrhunderten wurden noch Briefe geschrieben, die zu Tränen rührten, die Auskunft gaben über Geburt und Tod, und natürlich die kostbaren Liebesbriefe, die man mit hellblauen Seidenschleifen bündelte und in einem Geheimfach versteckte. Am Abend saß die Familie noch beisammen und las, einen Fernseher kauften meine Eltern erst 1961, und er war ihr ganzer Stolz. Nachbarn und Freunde kamen zu Besuch, wenn es im einzigen Programm etwas Interessantes gab, und zahlten fünfzig Pfennig.

Laura gähnt. »Es war doch wahnsinnig unpraktisch, wenn man nicht in ständigem Kontakt bleiben konnte«, sagt sie. »Wie hast du das nur ausgehalten!«

Wenige Tage später sagte Karin, der Grizzly habe mittlerweile einen Dietrich organisiert, aber man müsse hundertprozentig sicher sein können, dass uns keine Menschenseele ertappen würde, vor allem nicht der Jäger selbst. Es war meine Aufgabe, mich um den Terminkalender meines Chefs zu kümmern und geplante Sitzungen einzutragen. Ich konnte also feststellen, wann der Jäger mit Sicherheit nicht zu Hause war, allerdings hatten Karin und ich dann noch keinen Feierabend. Eine kleine Ausrede war schnell erdacht, und der Chef entließ uns unter der Bedingung, die Arbeit am nächsten Tag nachzuholen.

Der Grizzly hatte Spätschicht und verschaffte uns am frühen Nachmittag Zugang zum Jagdzimmer. Immerhin war es der größte und teuerste Raum im Erdgeschoss, mit ein paar antiken Möbeln aus gräflichem Besitz. Als Einziger besaß der Jäger ein privates Badezimmer, die anderen drei Untermieter mussten sich eines teilen. Karin knöpfte sich den Barockschrank, der Grizzly die Kommode vor, ich übernahm den Schreibtisch. Wir arbeiteten flink und ohne viel dabei zu reden. Der Jäger war zum Glück ein Pedant und Saubermann, man musste sich nicht vor seiner Wäsche ekeln. Wir unterhielten uns nur im Flüsterton, damit die Haushälterin, die überall herumgeisterte, uns nicht hören konnte.

»Nichts«, sagte der Grizzly.

»Nichts«, echote Karin frustriert. Dann begann sie, im Nachttisch zu kramen und gemeinsam mit ihrem starken Helfer die Matratze zu lüpfen. Es entging mir nicht, dass der Grizzly dabei versuchte, meine Freundin wie aus Versehen zu berühren.

Für den Schreibtisch brauchte ich länger; insgeheim hoffte ich, auf einen kleinen Umschlag oder wenigstens auf braunes Packpapier zu stoßen, aber auch das gelang mir nicht. Eine Schublade war allerdings verschlossen, darauf setzte ich meine letzte Hoffnung.

Der treue Grizzly bemühte sich wieder mit dem Dietrich und schaffte es erneut. Neugierig spähten Karin und er über meine Schulter und gaben einen enttäuschten Seufzer von sich, weil auch hier weder ein BH noch ein Höschen zu finden waren. Trotzdem sah ich den Papierkram flüchtig durch. Der Inhalt unterschied sich kaum von dem der anderen Schubladen: ein Reisepass und ein paar Rechnungen, dazwischen eine Lupe, Kontoauszüge, Briefe von der Krankenkasse, drei Passfotos, ein Opernglas und ein edler Füller.

In der Handelsschule hatte ich auch Unterricht in den Fächern *Kaufmännisches Rechnen* und *Buchführung*. Zwecks praktischer Übung ließen mich meine Eltern ihre Einnahmen und Ausgaben eintragen sowie die Kontoauszüge ordnen. Es hatte mir Spaß gemacht, und ich bedauerte es, in meiner jetzigen Stellung bloß stenographieren und tippen zu müssen. Bevor wir nun endgültig das Jägerzimmer verließen, blätterte ich noch sachkundig in den fremden Bankauszügen und stutzte über die Höhe des jetzigen Guthabens. Seine Besoldung wurde regelmäßig überwiesen, die Miete bezahlte er per Dauerauftrag. Doch seltsamerweise wurde niemals etwas abgehoben, es gab kaum Bewegungen auf diesem Konto. Für Essensmarken in der Kantine, Benzin, Rechnungen der Wäscherei und was er sonst noch täglich berappen musste, wurde anscheinend kein Bargeld vom Girokonto benötigt. Meine Komplizen konnten sich ebenso wenig einen Reim darauf machen wie ich.

Zwischen zwei grünen Pappdeckeln entdeckte Karin einen offenen Umschlag, den ich übersehen hatte. Innen lagen nagelneue Hundertmarkscheine, die sie sofort abzählte. Insgesamt war es deutlich mehr als unser Jahresgehalt.

»Für jeden von uns ein Hunderter«, schlug Karin vor und wollte sich bedienen. Fassungslos patschte ihr der Grizzly auf die grabschende Pfote. Mit zitternden Händen verschloss er die Schublade. »Hier hört der Spaß auf«, sagte er etwas kleinlaut, nachdem er auch das Zimmer wieder ordentlich hinter uns abgeschlossen hatte. »Das ist alles eine Nummer zu groß für uns! Fräulein Karin, ich rate Ihnen dringend, die Finger davon zu lassen!« Mit diesen Worten verschwand er, ohne dass Karin ihm danken konnte.

Auch wir verzogen uns aufgeregt in die Mansarde, wo uns niemand sehen und hören konnte.

»Das Schwarzgeld ist mir wurscht«, sagte Karin wütend. »Ich will mein Spitzenhöschen wiederhaben!«

»Ich habe irgendwie das Gefühl, dass wir etwas übersehen haben«, sagte ich. »Wir haben zum Beispiel das Badezimmer nicht gefilzt. Hast du eigentlich bei allen grauen Anzügen und grauen Mänteln in die Taschen geschaut?«

»Keine Frage, so doof bin ich nicht«, antwortete sie. »Die meisten Taschen waren leer, sonst nur das Übliche.«

»Was zum Beispiel?«

»Nun, an Textilien fand ich nur gestärkte Taschentücher. Und sonst: ein Ersatzschlüssel – wohl für die Vespa –, Zigaretten, Streichhölzer, ein rotes Schweizer Offiziersmesser, ein paar Essensmarken, eine Sonnenbrille, eine Benzinquittung, Kopfschmerztabletten ...«

»Moment mal, Zigaretten? Er raucht doch gar nicht!«

Aber dafür gab es harmlose Erklärungen. Die Marke HB war sehr verbreitet, vielleicht hatte jemand eine Packung liegenlassen, vielleicht wollte der Jäger auch gelegentlich unserem einarmigen Chef eine Zigarette anbieten. Damals qualmten fast alle, auch wir hin und wieder, es galt als schick. Für junge Leute war es allerdings kein billiges Vergnügen, viele begnügten sich mit einem selbstgedrehten Sargnagel.

»Hast du auch den Inhalt seiner Schuhe inspiziert?«, fragte ich.

Karin verzog das Gesicht. »Holle, jetzt wirst du paranoid! Wer stopft denn schon BHs in seine Stiefel! Nein wirklich, irgendwo hat alles seine Grenzen.«

Ich glaubte inzwischen, dass der Jäger zwar keine Unterwäsche stahl, aber sonst eine Menge auf dem Kerbholz hatte.

Auf unseren Spaziergängen mieden wir mittlerweile das Büschelchen, weil uns die Wildnis auf einmal unheimlich vorkam. Früher hatten wir schon mal andere Hundebesitzer getroffen, auch spielende Kinder, aber meistens waren wir allein. Nun wussten wir, dass sich eine finstere Szene dort herumtrieb. Heute würde man auf Dealer tippen, das war damals noch kein Thema, aber illegale Tauschgeschäfte waren denkbar. Mehrere Botschaften aus aller Herren Länder lagen ganz in der Nähe.

Meinem Hund passte es gar nicht, dass er jetzt

an der Leine geführt wurde. Deshalb kraxelten wir ab und zu die Rheinböschung hinunter und ließen ihn auf dem schmalen Sandstreifen frei laufen. Er liebte es, wenn er ein Stöckchen apportieren durfte. Einmal ritt Karin der Teufel, und sie schleuderte einen Ast weit in den Strom hinein, Rüdiger stürzte sich hinterher und wäre um ein Haar ertrunken. Anscheinend gab es einen Strudel, aus dem er sich nicht befreien konnte. Mit klopfendem Herzen sah ich zu, wie das Tier verzweifelt kämpfte, und malte mir bereits aus, wie meine Wirtin auf den Tod ihres Lieblings reagieren würde. Auch Karin wurde blass und hatte ein sichtbar schlechtes Gewissen. Zu unserer Erleichterung wurde Rüdiger schließlich weit abgetrieben und entkam der Sogwirkung. Ein ganzes Stück von uns entfernt konnte er wieder an Land schwimmen, wo er sich ausgiebig schüttelte.

5
Die Studenten

Laura schmeißt wieder mit Begriffen um sich, die mir fremd sind. Eine simple Schreibkraft könnte heute zum Beispiel Fachpraktikerin für Bürokommunikation heißen. Sie spricht vom Brainstorming ihres gesamten Teams, neulich hat sie einen Lehrgang für Flip-Charts geleitet, und einer ihrer Freunde hat einen Job als Clickworker. Alles ist anders als damals. Ihr Chef hackt höchstpersönlich auf der Tastatur herum, und Kopien kommen in Sekundenschnelle aus dem Drucker.

Bei uns waren die Aufgaben nicht so ausgewogen verteilt, ich musste stenographieren und tippen, Karin verbrachte viel Zeit in der Dunkelkammer. Sie musste im Nassverfahren kopieren, eine aufwendige Arbeit in einem primitiven Fotolabor. Bis zu drei Durchschläge konnte man zwar mit Kohlepapier hinkriegen, aber alle weiteren waren kaum mehr lesbar. Manchmal blieb sie so lange in der finsteren Höhle, dass ich glaubte, sie habe mit dem Teufel ein Stelldichein.

Karin war selbstbewusster als ich und frecher. Dafür wurde ich bei der Arbeit häufiger gelobt und war gewissenhafter als sie. Weil meinem Chef mein Interesse an gutformulierten Texten aufgefallen war, schickte er mich oft in die Bibliothek des Ministeriums, um dicke Wälzer zu entleihen und später wieder zurückzubringen. Ein paar juristische Gesetzeskommentare standen zwar auch in seinem Regal, doch wenn er an einem Regierungsentwurf arbeitete, reichte das nicht aus. Fast ein halbes Jahr mühte er sich mit einer einheitlichen bundesweiten Beflaggungsverordnung ab. Nie hätte ich geahnt, wie schwierig es war, Gesetze verständlich und eindeutig zu definieren; wenn er mich gelegentlich sogar um Rat fragte, fühlte ich mich sehr geehrt.

In den Semesterferien jobbten meistens ein paar Studenten in der Bibliothek. Sie mussten die Loseblattsammlungen auf den neuesten Stand bringen, falsch eingeordnete Bücher aufspüren, entliehene wieder einsortieren und auch gelegentlich eine Spätschicht übernehmen. Ich beneidete die Studenten. Sie waren etwa in meinem Alter, hatten aber ein lustigeres Leben. Zwischen den wandhohen Bücherregalen der drei Hinterzimmer kletterten sie wie die Affen auf den Leitern herum, spielten Skat oder Verstecken und benahmen sich oft wie zehnjährige

Kindsköpfe. Ihre Vorgesetzten waren nachsichtig mit ihnen und ließen sie gewähren, Karin und mir hätte man so viel Übermut niemals zugestanden.

»*Jeunesse dorée*«, sagte die Gräfin nur, als wir davon erzählten. Eine goldene Jugend, die habe auch sie gehabt, aber das sei lange her, und danach sei ihr Leben sehr hart gewesen. Von Karin wusste ich, dass sie in einer einzigen Bombennacht ihre gesamte Familie verloren hatte.

In jenem Sommer verdienten zwei männliche und zwei weibliche Studenten ihr Studien- und Taschengeld in unserer Bibliothek. Die Mädchen wurden hin und wieder von ihrem Freund abgeholt. Die jungen Männer waren offenbar noch zu haben und einer netter als der andere. Sie hießen Helmuth und Manfred, waren alte Schulfreunde und nannten einander Helle und Matze.

Zu meiner Freude schienen die Studentinnen Diät zu halten oder zu sparen, denn sie bissen in der Mittagspause nur in einen Apfel und spazierten dabei im Freien herum. Also legte ich es in der Kantine darauf an, am Tisch der Studenten zu sitzen. Um überhaupt mal ins Gespräch zu kommen, fragte ich nach ihren beruflichen Plänen. Manfred wollte Jurist, Helmuth Tierarzt werden. Zu beiden Fächern fiel mir etwas ein: Rechtswissenschaft mochte ich, weil ich gern das hübsche Zeichen für *Paragraph* tippte, Veterinärmedizin war mir insofern vertraut, als ich täglich mit einem Hund spazieren ging. Auch hatte es in meinem Elternhaus eine Katze gegeben und früher sogar drei Kaninchen. Doch offenbar wollten die Studenten nicht unbedingt über Gesetze und Viehzeug plaudern, sondern fragten mich ihrerseits aus. Welchen Film ich zuletzt gesehen habe, ob ich es richtig fände, dass die Bundesrepublik der NATO beigetreten sei, was ich von Innenminister Schröder halten würde, ob mein Vater die SPD wähle und ob es in meiner Familie einen Spätheimkehrer gebe. Im Flüsterton fragten sie auch noch, ob es stimme, dass viele Ministerialbeamte Mitglieder der NSDAP, also Nazis, gewesen seien. Ich hatte keine Ahnung. Sie gingen anscheinend davon aus, dass ich mich als Angestellte des Innenministeriums brennend für Politik interessierte. Beschämt musste ich gestehen, dass ich keine eigene Zeitung besaß und nur gelegentlich einen Blick in das Blatt meiner Wirtin warf. Aber ich hörte gespannt zu, wenn die beiden über aktuelle Themen diskutierten, zum Beispiel über die Teilnahme bewaffneter Kampfgruppen der Arbeiterklasse an einer Maidemonstration in der DDR. Gerade als ich eine naive Frage zur Wiederbewaffnung stellte, glitt ein grauer Schatten an uns vorbei. Es war der Jäger, der sein Versteck im Hintergrund des Saales verlassen hatte und mich sekundenlang prüfend musterte. Er sagte allerdings keinen Ton, sondern verschwand ebenso schnell, wie er gekommen war.

»Wer war das?«, fragte Helmuth.

»Ein Regierungsrat aus unserer Abteilung«, sagte ich. »Meine Kollegin und ich mögen ihn nicht besonders. Zu allem Überfluss wohnt er jetzt im Haus von Karins Tante zur Untermiete.«

»Diese verknöcherten Bürokraten können wir auch nicht leiden!«, sagte Manfred. Und wo meine Freundin Karin denn stecke?

Ich nahm an, in der Dunkelkammer.

Am nächsten Tag saß Karin mit uns am Tisch, und von da an wurden die Mittagspausen vergnüglicher, es wurde ein wenig geflirtet und gealbert, politische Themen waren jetzt Nebensache. Schon kurz darauf beschlossen wir, am kommenden Freitag gemeinsam ins Kino zu gehen. Hoffentlich wird dieser Film mal wieder im Fernsehen gezeigt, damit ihn auch Laura sehen kann. *Ich denke oft an Piroschka* mit der Schauspielerin Liselotte Pulver. Der Film rührte mich zu Tränen, denn es gab kein Happy End. Die Liebe eines Studenten zu der blutjungen Ungarin blieb eine sentimentale Erinnerung an heitere Sommerferien.

»Ich ahne schon, was kommt. Welcher von beiden wurde also dein Freund?«, fragt Laura neugierig.

Schnee von gestern wird ja sofort interessant, wenn es um Liebe geht. In den Godesberger Kurlichtspielen bekam ich meinen ersten Kuss von Helmuth, der mich von da an »Holle« nannte.

»Wie süß! Holle und Helle!«, sagt Laura spöttisch. »Hast du ein Foto von damals?«

Nach einigem Kramen finde ich es. Wir lehnen etwas steif und mit eingefrorenem Lächeln am Eisengeländer der Rheinpromenade, in der Ferne sieht man die Silhouette des Siebengebirges. Mit Genugtuung stelle ich fest, dass ich eine Taille wie Scarlett O'Hara hatte. Helle sieht hübsch aus und sehr jung. Er hat noch ein rundes, fast kindliches Gesicht, auf dem Schwarzweißfoto sieht man leider nicht, wie rosig seine Apfelbäckchen waren. Ein richtiger Naturbursche war er, groß, blond und zupackend. Auf dem Foto trägt der angehende Tierarzt eine helle Jacke zur dunklen Hose und natürlich einen Schlips; ich stecke in einem wadenlangen, weiten Rock und einer ärmellosen Spitzenbluse. Im Grunde gab es keine eigene Mode für junge Leute, unsere Eltern hätten im gleichen Outfit zum Sonntagsspaziergang aufbrechen können. Erst als der Minirock aufkam, wurde die Mode etwas frecher.

»Cool«, sagt Laura und betrachtet das Foto mit

mildem Lächeln. »Wie lange ging das denn mit euch?«

»Nicht lange«, sage ich ausweichend. Die Pille gab es damals ja noch nicht, aber Laura würde mich bestimmt für prüde halten, wenn sie wüsste, dass wir niemals miteinander geschlafen haben.

»Und hat Karin sich dann mit dem anderen Jungen zusammengetan?«

»Karin tat zwar so, als hätte sie ihn ganz gern, aber es war nur Theater. Matze wirkte durchaus etwas verliebt und hätte bestimmt sofort mit ihr eine Affäre begonnen, doch sie hatte anscheinend noch andere Eisen im Feuer. Irgendetwas lief bei ihr, was sie sogar mir verschwieg.«

Wir unternahmen viel miteinander. An einem Wochenende besuchten wir das runde Contra-Kreis-Theater in Bonn, regelmäßig machten wir Ausflüge, stiegen auf den Ölberg und besuchten die Godesburg, wanderten durch den Kottenforst oder fuhren ein Stück mit dem Schiffchen. Manchmal durfte Matze das Auto seines Vaters ausleihen, und wir brausten zu viert durch die Gegend. Wir besuchten sogar meine Eltern in der Eifel, denn ich musste dringend meine schmutzige Wäsche abgeben und saubere einladen. Matze wollte uns unbedingt die wunderschöne Aussicht vom Rolandsbogen aus zeigen. Er belehrte Karin und mich, dass die

Bundesrepublik und die Sowjetunion seit kurzem diplomatische Beziehungen aufgenommen hatten und die russische Botschaft sich nun in Rolandswerth befinde; bisher kannten wir nur die Residenz im Stadtteil Rüngsdorf.

Um ungestört allein zu sein, mussten Helle und ich das andere Paar gelegentlich abhängen. Diskos gab es damals noch nicht, der nachmittägliche Tanztee im Hotel Dreesen war eine spießige Angelegenheit. Also verbrachte Karin mit ihrem Verehrer die Samstagabende in einem Bonner Kellerlokal, wo sie sich bei Rock-'n'-Roll-Musik austobten. Helle und ich behaupteten einfach beide, ungern zu tanzen. Pflichtgemäß hatte ich den Hund bereits kurz ausgeführt, bevor Helle und ich stundenlang auf meiner Bank am Rhein saßen. Er legte seinen Arm um mich, ich schmiegte mich eng an seine Brust. Von diesem Blickwinkel aus konnte ich nicht in die Ferne schauen, sondern nur die zotteligen Algen sehen, die sich an den Trossen eines Bootsstegs verfangen hatten. Wenn keiner vorbeikam und sobald es einigermaßen dunkel wurde, fingen wir an zu schmusen und zu knutschen. Mit dem Wetter hatten wir Glück, es waren warme Sommernächte. Bei Regen wären wir ohne Bleibe gewesen. Ich durfte keinen männlichen Besuch empfangen, und Helle teilte sich in seinem Elternhaus im rechtsrheinischen Beuel ein Zimmer mit seinem jüngeren Bruder. Unsere Gespräche waren nicht besonders geistreich, meistens schauten wir nur träumerisch in das fließende Wasser und fragten uns gegenseitig nach ganz banalen Alltäglichkeiten: unserer Lieblingsfarbe, der Schulzeit, den Eltern und Geschwistern, dem Leibgericht, den Weihnachtstraditionen. Es gab viele Parallelen, denn auch Helle stammte aus einer Handwerkerfamilie.

Geknutscht haben wir ausgiebig, aber auch nicht mehr. Bis es am letzten Abend vor seiner Abreise zu einem dramatischen Vorfall kam. Von Anfang an lief alles anders als geplant. Unsere Bank war besetzt! Irgendwie hatten wir uns daran gewöhnt, dass sie uns immer zur Verfügung stand.

»Mit dem Hund gehen Karin und ich oft direkt am Wasser spazieren«, sagte ich. »Dort ist es allerdings kühler als oben auf der Promenade.«

Hand in Hand begaben wir uns schließlich auf einen der vielen Dämme im Fluss. Wir ließen uns auf der äußersten Spitze nieder und drehten dem Ufer den Rücken zu. Bestimmt konnte man uns nur schemenhaft in der Dämmerung erkennen, so dass wir keine Rücksicht auf Zuschauer nehmen mussten. Es ist mir im Nachhinein fast ein bisschen peinlich, aber irgendwann zogen wir uns immerhin Oberhemd und Bluse aus, um einen innigeren Hautkontakt zu spüren. Obwohl ich fror und wir nicht gerade bequem lagerten, hielten wir es aus purer Begeisterung auf den ungleichmäßigen Kieselsteinen lange aus und versuchten dabei, uns gegenseitig zu wärmen. Schließlich ging der Vollmond auf und leuchtete über den dunklen Strom.

Mitten in Momenten reinen Glücks entdeckte ich eine Nixe, die sanft im glitzernden Wasser schaukelte. Ich fand diesen Anblick so hinreißend romantisch, dass ich mich aus Helles Umklammerung löste und mit ausgestrecktem Arm auf das Naturwunder hinwies. Aber mein Liebhaber wollte Tierarzt werden und glaubte nicht an Märchen. Er sprang auf und wartete, bis seine Augen sich an die Dunkelheit gewöhnt hatten. »Von wegen Nixe! Das ist ein Ertrinkender, der Hilfe braucht!« Ohne lange zu fackeln, streifte er die Hose ab, zog die Schuhe aus und sprang in das kalte Wasser, während ich in Panik geriet. Ganz in der Nähe war damals der Hund fast ertrunken, und jetzt riskierte mein Liebster Kopf und Kragen. Weit und breit war keine Menschenseele zu sehen, mein Hilferuf blieb ungehört.

Helle war ein sportlicher junger Mann, und anscheinend gab es an dieser Stelle auch keinen Strudel. Ich konnte erkennen, dass er schnell bei meiner Nixe angekommen war und wie ein gelernter Rettungsschwimmer beide Arme unter die Achseln des treibenden Körpers schob, um ihn mit kräftigen Zügen an Land zu bringen. Bewundernd sah ich zu, wie er mit Wiederbelebungsversuchen begann. Doch kurz darauf brach er ab: »Der ist mausetot«, sagte er.

»Was machen wir jetzt?«, fragte ich zitternd.

Helle zog sich wieder vollständig an, ich auch. »Wir müssen Meldung machen«, sagte er, fast wie ein Soldat. »Für einen Krankenwagen ist es zu spät. Das ist ein Fall für die Polizei, der Mann hat alle Kleider und sogar noch einen Schuh an, weiß der Henker, was passiert ist.«

Furchtsam kam ich einen Schritt näher und sah dem Toten ins Gesicht, so gut es im fahlen Mondlicht eben möglich war. In meinem Kopf blitzte etwas auf, und ich wollte nur eines: weg hier.

»Ich muss sofort nach Hause, ich hole mir sonst noch den Tod! Auf keinen Fall komme ich mit zur Wache! Das kannst du von mir aus ohne mich machen, aber erst musst du mich heimbringen, ich sterbe vor Kälte!« Dabei fiel ich Helle um den Hals und schluchzte bitterlich.

Er sah es ein und begleitete mich bis zur Haustür. Dem Toten war ohnedies nicht mehr zu helfen. Am nächsten Morgen wollte Helle aufs Polizeirevier gehen.

Als ich endlich im Bett lag, musste ich noch einmal aufstehen, weil ich Schüttelfrost bekam. Also zog ich mir einen Norwegerpullover über den Schlafanzug und legte meinen Mantel über die Bettdecke.

Am Sonntagmorgen hatte ich hohes Fieber und konnte mich leider nicht mehr von Helle verabschieden. Die Sommerferien waren vorüber und damit fürs Erste unsere gemeinsame Zeit. Helle studierte nicht in Bonn wie sein Freund Matze, sondern in Gießen; nur in den Ferien wohnte er bei seinen Eltern in Beuel. Manfreds Vater war ein höheres Tier bei irgendeiner Behörde und hatte mittels Vitamin B beiden Studenten den lukrativen Job im Ministerium vermittelt. Sonst hätte er eben auf dem Schlachthof gearbeitet, sagte Helle, der auf dem Lande aufgewachsen war.

6
Der Grizzly

Am späten Nachmittag klopfte meine Wirtin an die Tür. Ob ich heute denn gar nicht mit dem Hund …? Mit scharfem Blick erkannte sie die Situation und musterte kopfschüttelnd das Häufchen Elend im Bett.

»*Frolleinsche, dat jefällt mer jar nicht*«, meinte sie. Schließlich brachte sie mir Kamillentee, ein Fieberthermometer sowie eine Gelonida-Schmerztablette und sagte stolz: »*Jo, do sin Se platt!*«

Später ließ sich auch Karin sehen, da ich nicht zum verabredeten Treffpunkt gekommen war. Sie merkte gleich, dass ich nicht nur krank, sondern auch mit den Nerven am Ende war. Neugierig setzte sie sich auf den Bettrand und drang so lange in mich, bis ich ihr alles von der Wasserleiche erzählte.

»Ach, Holle, was regst du dich gleich so auf«, sagte sie. »Tot ist tot, de-ha-ka-pe!«

Eine ganze Woche lang musste ich das Bett hüten, trotz Tabletten, Zwieback und Kamillentee. Der

Hund schmuggelte sich oft in mein Zimmer und bewachte meinen Schlaf, der Chef ließ mir gute Besserung wünschen, meine sonst so strenge Wirtin zeigte plötzlich ihre mütterlich-barmherzige Seite. Sie legte mir sogar ihren *Bonner Generalanzeiger* auf den Nachttisch, damit ich etwas Abwechslung hatte.

Als ich am Dienstag die Zeitung aufschlug, stieß ich auf einen Artikel mit der Überschrift: *Wer kennt diesen Mann?*, und das Blut klopfte mir in den Ohren. Der Tote auf dem großen Foto war eindeutig jener unscheinbare Typ, der sich mit dem Jäger am Schaumburger Hof getroffen hatte. Oder sah ich Gespenster? Schon in jener Nacht, als Helle den leblosen Körper am Ufer ablegte, hatte mich angesichts der Warze auf der Stirn eine böse Ahnung beschlichen. Mir reichte damals nur ein flüchtiger Blick auf die gruselige Szene, um hysterisch zu reagieren. Noch im Nachhinein lief es mir kalt über den Rücken.

Schließlich las ich den Text immer und immer wieder durch. Ein junger Mann hatte die Leiche am Sonntagmorgen entdeckt und die Polizei verständigt. Ob es sich um einen Unfall oder ein Verbrechen handle, sei noch unklar; die genaue Todesursache könne erst durch eine Obduktion ermittelt werden. Jedenfalls habe der Unbekannte keine Papiere bei sich gehabt.

Musste ich mich bei der Kriminalpolizei melden?

Ungern wollte ich beichten, dass Helle den Ertrunkenen zwar an Land gezogen hatte, wir aber einfach abgehauen waren. Leider hatte Helle tags darauf die Meldung offenbar nicht nachgeholt. Auch er würde dann vernommen werden und mir den Verrat nicht verzeihen. Dass ich den Mann schon früher zusammen mit dem Jäger gesehen hatte, wollte ich erst recht nicht aussagen, schließlich war er ein Kollege meines Chefs. Ich beschloss, einfach den Mund zu halten und nur Karin einzuweihen.

Als ich wieder arbeiten kam, hatte Karin eine gute Nachricht für mich: Ihre Verwandte aus London hatte geschrieben. Sie lud uns ein, für zwei Wochen zu Besuch zu kommen, allerdings sei es nur Ende Oktober möglich. Nun mussten wir erst einmal unserem Chef beibringen, dass wir beide gleichzeitig Urlaub machen wollten, was ihm gar nicht schmeckte.

»Meine Damen, wie stellen Sie sich das vor? Wer wird Sie vertreten? Entweder Fräulein Holle bleibt hier und Fräulein Bolwer fährt nach England oder umgekehrt«, sagte er. Doch schließlich bekamen wir ihn weich.

Kurze Zeit später wurde ich volljährig, leider mitten in einer prallen Arbeitswoche. Meine Eltern hatten kühn beschlossen, ihren Laden zwei Tage lang dichtzumachen, mit ihrem nagelneuen Ford Taunus nach Bonn zu fahren, mich vom Ministerium abzuholen und mit Karin und mir essen zu gehen. Italienische Eisdielen gab es schon sehr lange in Deutschland, doch die ersten Pizzerias der Nachkriegszeit hatten gerade erst eröffnet. Als Inhaber einer Backstube war mein Vater natürlich neugierig, was es mit dem unbekannten Gericht auf sich hatte.

Also feierten meine Eltern, Karin und ich meinen einundzwanzigsten Geburtstag mit Schaumwein und Pizza Margherita. Vater und Mutter wussten nicht genau, ob sie das neumodische Zeug loben sollten, Karin und ich waren hin und weg.

Anschließend brachte uns mein Papa zurück nach Bad Godesberg, ließ sich den neuen Theaterplatz und die Stadthalle zeigen und fragte großzügig nach weiteren Wünschen. Kürzlich hatte auch ein Schuhgeschäft mit schicken italienischen Modellen eröffnet, und ich erhielt zartrosa Ballerinas, die ich schon sehnsüchtig im Schaufenster bewundert hatte. Da mein Vater gerade die Spendierhosen anhatte, bekam auch meine Mutter bequeme, hellbraune Wildlederschuhe, schließlich stand sie täglich stundenlang hinter dem Ladentisch und verkaufte Eifeler Landbrot, Brötchen und Streuselkuchen.

Als die Uhr beim Juwelier Schrottka neun Uhr schlug, zockelten meine müden Eltern wieder ab, tief beeindruckt vom rasanten Verkehr und städtischen Flair der ehemals so verschlafenen Pensionärs- und Kurstadt, die jetzt Bonns gute Stube geworden war. Ich fühlte mich sehr erwachsen. Bei Mietverträgen würde ich nie mehr die Unterschrift meines Vaters benötigen und durfte bei der nächsten Bundestagswahl wählen, fragte sich nur, welche Partei.

Laura unterbricht mich, sie will endlich wissen, wie es mit Helle weiterging. Es sei ihr klar, dass ihr verstorbener Opa nicht Helmuth geheißen habe.

Nun, wir schrieben uns noch zwei, drei Briefe, dann hatten wir wohl beide anderes im Kopf, die heiße Liebe wurde lau und schlief sanft und schmerzlos ein. In den nächsten Semesterferien tauchten andere Studenten in der Bibliothek auf, Helle machte irgendwo in der Pampa ein Praktikum bei einem Tierarzt, und ich sah ihn nie wieder. Zwei Jahre später traf ich Matze zufällig im Hofgarten und erfuhr, dass sich Helle mit einer Bauerntochter verlobt habe.

Karin und ich saßen wieder einmal auf unserer Bank, der Hund hatte sich bereits ausgetobt und lag zufrieden auf dem noch warmen Boden. Meine Freundin war der Meinung, dass der Jäger uns eigentlich in seinem neuen vw täglich mitnehmen könne, wo wir doch den gleichen Weg zur Arbeit hatten. Ein anständiger Mensch wäre längst selbst auf diese Idee gekommen!

Als sie ihn kürzlich direkt darauf angesprochen hatte, reagierte er äußerst zurückhaltend. Wenn sie mal verschlafen habe und es gar nicht anders gehe, könne sie ja ausnahmsweise nachschauen, ob sein Wagen noch auf der Straße stehe. Aber er würde nicht immer zur gleichen Zeit aufbrechen und könne sich morgens auch Zeit lassen, da er abends oft noch länger arbeite. Deswegen mache es keinen Sinn, auf ihn zu warten und am Ende gar die Straßenbahn zu verpassen.

»Geizig, unkollegial, korrupt, hässlich, langweilig und arrogant!«, sagte sie zornig. »Er stiehlt Unterwäsche und kassiert Bestechungsgelder! Ich hätte Lust, ihn bei Tante Helena anzuschwärzen, aber dann müsste ich zugeben, dass wir bei ihm eingebrochen sind.«

»Und der arme Grizzly säße auch in der Patsche, das wäre nicht fair«, sagte ich.

»Es war nicht nett von mir, ihm einen Bärennamen zu verpassen«, sagte Karin. »Er heißt Franz-Josef, ist ein feiner Kerl und möchte Jupp genannt werden.«

»Duzt du dich etwa mit ihm?«, fragte ich erstaunt.

»Es hat sich so ergeben«, antwortete Karin schnippisch. »Übrigens hat er inzwischen erfahren, dass eine Razzia – wenn sie von Profis durchgeführt wird – ganz anders funktioniert als bei uns Dilettanten. Ein Spezialist für Leder durchsucht im Uhrzeigersinn alle Schuhe, Aktentaschen, Ledersessel und so weiter. Ein anderer ist für Holz zuständig, der macht sich an die Möbel und Schubladen ran, ein dritter knöpft sich die Textilien vor, Vorhänge, Kleidung, Teppiche. Alles geht sehr schnell und effektiv vonstatten. Es wäre zu überlegen, ob wir es ein zweites Mal versuchen, den Dietrich haben wir ja noch.«

»Für den Papierkram bräuchte man allerdings auch noch einen Spezialisten. Aber woher will der Grizzly das alles wissen? Schließlich ist er kein Kriminalkommissar!«

»Genau wie wir arbeitet auch Jupp in einem Ministerium und kriegt nebenbei allerhand mit. Oft sind sich die Leute gar nicht bewusst, dass der Hausmeister mithört, während sie ein vertrauliches Gespräch führen.«

Die neue detektivische Allianz schmeckte mir nicht. »Damals hat dein Jupp doch heftig protestiert, als wir uns den einen oder anderen Hunderter krallen wollten. Er wurde ja fast panisch und hat sich sofort auf und davon gemacht …«

»Ach Holle, inzwischen frisst er mir aus der Hand. Jupp hat sich überlegt, ob wir nicht Gleiches mit Gleichem vergelten sollten. Wer so viel Bargeld in der Schublade anhäuft, hat Dreck am Stecken. Hättest du nicht auch gern ein eigenes Auto?«

»Ich habe noch nicht mal genug, um den Führerschein zu machen«, sagte ich und sah sie prüfend an. Mir war nicht ganz klar, was in ihrem hübschen Köpfchen vor sich ging. »Wollt ihr ihn etwa erpressen?«, fragte ich ungläubig.

Karin zündete sich eine gräfliche Zigarette an, die Andeutung eines Lächelns glitt blitzschnell über ihre Züge, die Füße wippten unruhig. »Fändest du das schlimm?« fragte sie zurück.

»Auf jeden Fall gefährlich«, meinte ich. »Er ist schließlich ein höherer Beamter, er könnte dafür sorgen, dass wir unseren Job verlieren. Möchtest du das riskieren? Ich nicht! Und überhaupt – vielleicht hat er das Geld ja geerbt, und alles ist ganz harmlos. Es könnte auf eine riesige Blamage hinauslaufen.«

Sie blies mir Rauch ins Gesicht. »Wer wird denn gleich in die Luft gehen, greife lieber zur HB! Holle, du bist gerade so was von humorlos! Jupp und ich spinnen doch nur ein bisschen herum, wir haben gar keinen echten Plan. Jupp würde sowieso nichts Illegales machen, er ist viel zu bürgerlich. Aber wir hätten beide gern einen schicken Schlitten. Ich dachte an ein rotes Cabriolet.«

Auf unseren Chef ließen wir nichts kommen, auch wenn er auf andere ruppig wirkte. Im Grunde seiner Seele war er gutmütig und kein Menschenfeind, doch der Verlust seines rechten Armes hatte ihn ein wenig kauzig gemacht. In einer benachbarten Abteilung kursierte der Kalauer: *Besser arm dran als Arm ab*. Mit großer Anstrengung schrieb er seine Notizen mit der linken Hand, ließ sich nicht in den Mantel helfen und wurde sofort zornig, wenn man ihm die Tür aufhielt. Das Einzige, was er mir zugestand, war für die anderen männlichen Mitarbeiter sowieso eine Selbstverständlichkeit: Wenn ich vom Mittagessen zurückkam, ließ er sich einen Kaffee servieren. Meinem Chef erwies ich diesen Liebesdienst immer sehr gern.

Er las gerade in einem internen und wohl streng vertraulichen Papier, als ich anklopfte und die Tasse auf seinem Schreibtisch abstellte.

»Seltsam«, sagte er und schob das Schreiben rasch in eine Schublade. »Wenn ich mich richtig erinnere, ist das doch bei euch in Bad Godesberg passiert? In der Tageszeitung habe ich nie mehr etwas über den Ertrunkenen gelesen …«

»Weiß man denn endlich, wer er ist?«, fragte ich möglichst unbeteiligt und scheuchte eine Stubenfliege vom Tisch.

»Die Identität des Toten konnte offenbar geklärt werden, es handelt sich um einen gewissen German Sokolow, Russe und Mitarbeiter bei der sowjetischen Botschaft. Die Todesumstände seien noch unklar, doch aller Wahrscheinlichkeit nach war es kein Unfall, zum Schwimmen hätte er sich schließlich ausgezogen. Immerhin könnte der Mann auch von einem Schiff gestürzt sein.«

»Mord?«, fragte ich zaghaft.

»Vielleicht auch Selbstmord«, sagte er und rührte in seinem Kaffee herum. »Ein mysteriöser Fall! Anscheinend will man aber nicht die ganze Wahrheit offenlegen. Vielleicht hatte der Tote einen Diplomatenpass, und man befürchtet internationale Verwicklungen. Vergessen wir besser die ganze Angelegenheit ...«

Er grinste verlegen, als hätte er schon zu viel verraten, und ich verzog mich.

Als ich später mit Karin in der Straßenbahn saß, konnte ich ihr die Neuigkeit brühwarm erzählen. Also ein Russe! Da sich Deutschland und die Sowjetunion seit Jahren im Kalten Krieg befanden, war es höchst spannend, dass der Jäger mit einem

Russen Kontakt gehabt haben sollte. Ob das wirklich stimmte?

»Sokolow hört sich slawisch an«, sagte ich. »Aber *German* klingt doch eher deutsch, also wie Germane oder wie Hermann ...«

»Meinst du, das ist ein Zufall? Auf der geheimnisvollen Botschaft im Starenkasten stand: *Onkel Hermann gestorben*! Und jetzt ist ein German tatsächlich tot. Oder phantasieren wir jetzt schon wieder?«

Inzwischen hatte unsere Tram die Station Hochkreuz erreicht, und wir blickten müde durch das schmutzige Fenster hinaus. Ein sandfarbener VW-Käfer fuhr zügig auf der sogenannten Diplomatenrennbahn vorbei, den niemand anderes als der Jäger lenkte. Doch als wir an der gräflichen Villa ankamen, stand sein Auto nicht vor der Tür, er trieb sich also noch andernorts in der Gegend herum. Ich verabschiedete mich von Karin und lief gedankenverloren den kurzen Weg nach Hause, wo ich stürmisch von Rüdiger begrüßt wurde.

7
Englische Klamotten

Der Satz stammt nicht von mir, aber er stimmt trotzdem – das Alter ist eine unerhörte Kränkung. Kleine Kinder sagen stolz: Ich kann schon Rad fahren, lesen, schwimmen und so weiter. Wenn man die achtzig überschritten hat, muss man sich das Gegenteil eingestehen: Ich kann nicht mehr lange wandern, ohne Unterbrechungen durchschlafen, stundenlang lesen oder größere Strecken Auto fahren. Materialermüdung, Verschleißerscheinungen, Rückbildungsprozesse oder wie man es nennen mag. Die Augen schwächeln, die Gelenke knacken und knirschen, die Ohren wollen nicht mehr zuhören, der grauhaarige Kopf kann sich keine neuen Namen merken, die Vergesslichkeit nimmt zu, die Konzentration lässt sehr zu wünschen übrig. Am übelsten wird der armen Haut mitgespielt. Austrocknung, Krähenfüße, Schuppen und Falten sind ja noch das Geringste, schlimmer sind Warzen und Pigmentflecken, die sich langsam, aber sicher ausbreiten.

Wie rasch konnte ich früher eine Vielzahl von Aufgaben schwungvoll und ohne Pause erledigen! Jetzt bin ich schon erschöpft, wenn ich nur einen kleinen Teil meiner Pflichten geschafft habe. Leider habe ich meiner Enkelin in einem Anfall von Selbstüberschätzung angeboten, ihr das Bügeln abzunehmen. Es scheint eine Tätigkeit zu sein, die bei jüngeren Menschen in Verruf geraten ist. Laura schien hocherfreut über meinen Vorschlag und wollte im Gegenzug zwei-, dreimal die Woche gemeinsam mit mir essen. Dadurch hätten wir auch genug Zeit zum Plaudern. Ein schlechter Deal! Wer hätte erwartet, dass meine liebe Enkelin fast täglich Blusen und T-Shirts, Nachthemden und Schlafanzüge wechselt und ich jetzt viele Stunden am Bügelbrett verbringe. Die leicht gekrümmte Haltung und das lange Stehen werden zur Qual, trotzdem mag ich nicht zugeben, dass es mir zu viel wird. Ich bin schließlich froh, dass ich einen jungen Menschen in meiner Nähe weiß.

Übrigens habe ich in Lauras Alter auch nicht gebügelt, ich muss es zu meiner Schande gestehen. Meine Mutter hat es mir jahrelang abgenommen, was mir im Nachhinein ziemlich peinlich ist. Sie hatte es bestimmt nicht leicht, neben der anstrengenden Arbeit im Laden auch noch den Haushalt zu versorgen. Bügeln habe ich erst richtig gelernt, als ich verheiratet war und den wöchentlichen Stapel an Herrenhemden verfluchte.

Laura erzählt mir viel über ihr Berufs- und wenig über ihr Liebesleben. Aber das waren schon immer Themen, die man lieber nicht mit Müttern oder gar Großmüttern bespricht, dafür hat man schließlich Schwestern und Freundinnen. Ich weiß nur, dass sie mit neunzehn Jahren bereits einige Zeit mit einem Freund zusammengelebt hat, zwei Jahre später mit einem anderen. Im Augenblick scheint ihr das Singledasein aber zu behagen, jedenfalls wirkt sie nicht wie ein Häufchen Elend.

Ebenso wie Laura ließ sich Karin ungern in die Karten gucken, obwohl wir doch gute Freundinnen waren. Ich ahnte, dass sie bei längeren Aufenthalten in der Dunkelkammer nicht immer allein war. Nur mehr oder weniger zufällig hatte ich erfahren, dass sie sich mit dem Grizzly duzte – was ihrer Tante sicher nicht recht gewesen wäre. Bestimmt erachtete die Gräfin einen simplen Hausmeister als keinen standesgemäßen Umgang für ihre Nichte. Es gab vieles in unserem Leben, wofür sich die alte Dame überhaupt nicht interessierte, doch Karins Zukunft gehörte nicht dazu. Unsere Freundschaft mit den Studenten hatte sie durchaus begrüßt, sogar neugierig nachgehakt, was deren Väter für Berufe hätten. Von meinem Vater wusste sie von Anfang an, dass er Bäckermeister war, hatte es aber akzeptiert. »Handwerk hat goldenen Boden«, pflegte sie zu sagen. Karins Papa, der im Krieg gefallen war, hatte Ländereien in Ostpreußen verwaltet und die adelige Gutsherrentochter, also Karins Mutter, geschwängert. Unsere Gräfin hatte die Heirat ihrer jüngsten Schwester mit einem Herrn Bolwer nicht gerade gutgeheißen, aber ihre bürgerliche Nichte trotzdem wie eine Tochter aufgenommen. In der Hierarchie des konservativen Adels war ein Gutsverwalter immer noch besser als gar nichts.

Mit solchen Gedanken beschäftigte ich mich, nachdem ich eines schönen Tages Karin und den Grizzly in eindeutiger Pose erwischt hatte. Sie saßen innig umschlungen auf meiner Bank am Rhein. Fast sah es so aus, als ob sie mich provozieren wollten, denn Karin wusste genau, dass ich mich hier immer mit Helle getroffen hatte und außerdem fast jeden Tag mit dem Hund meiner Wirtin entlangkam. Am liebsten wäre ich erhobenen Hauptes an ihnen vorbeigerauscht, doch der verrückte Köter machte mir einen Strich durch die Rechnung. Als er Karin erkannte, riss er sich los, und seine Begrüßung fiel so stürmisch aus, dass ein paar Kinder stehen blieben und lachten. In seinem Übermut sprang der Hund auch einen wildfremden Mann an, der mich wütend beschimpfte: »*Saach dinge Möpp, er soll dat net maache! Siehste net, dass isch misch schon in de Büx driesse?«*

Ich entschuldigte mich bei dem Hosenscheißer und trollte mich. Im Gegensatz zu Karin verstand ich den Bonner Dialekt ganz gut, weil man in der Eifel so ähnlich sprach. Immer wieder fiel meine Kollegin als Eingewanderte – als *Imi* – auf, unter anderem, weil sie nicht katholisch war. Meine Wirtin hatte sogar einen besonderen Ausdruck für suspekte Angelegenheiten, sie pflegte dann zu sagen: »*Dat kütt mer evanjelisch vür.*«

Doch ich wollte es mir auf keinen Fall durch spöttische Kommentare mit Karin verderben, denn demnächst würden wir ja gemeinsam nach London reisen. Ich war noch nie im Ausland gewesen und freute mich sehr auf dieses große Abenteuer.

Wahrscheinlich konnte man damals bereits nach England fliegen, aber es wäre ohnedies zu teuer für uns gewesen. Mit der Eisenbahn ging es bis Calais, mit der Fähre nach Dover, dann wieder weiter mit dem Zug. In London saßen wir schließlich zum ersten Mal in einer U-Bahn. In den nächsten Tagen haben wir uns oft vertan und sind in die verkehrte Richtung gestartet.

Karins Verwandte wohnte in Chelsea, einem

Stadtteil im Londoner Westen. In der Nähe floss die Themse, gleich um die Ecke befand sich die King's Road, die ein paar Jahre später zum Hippiezentrum wurde. Aber schon in den fünfziger Jahren ging es hier anders zu als im verschlafenen Bonn: Musiker und Künstler, Originale und Exzentriker, schrille Modegeschäfte und verrückte Coffee Bars gehörten zur Szene. Die verwitwete alte Dame, bei der wir wohnen durften, war eine Kusine von Karins verstorbenem Vater und hatte als junges Mädchen einen englischen Fotografen geheiratet. Den vielen Bildern an den Wänden nach zu schließen, war sie eine Schönheit gewesen, jetzt war sie krumm und bucklig sowie hemmungslos dem Sherry verfallen. Ihre zweite Leidenschaft galt klotzigem Modeschmuck, mit dem sie fast wie ein glitzernder Tannenbaum behängt war. Die Haushaltshilfe sprach nur Cockney, wir verstanden kein Wort. Zum Frühstück gab es labberigen Porridge, für die anderen Mahlzeiten mussten wir selbst sorgen. Tante Emma bekam mittags einen Toast mit gesalzener Butter, Rührei und einer halben Tomate serviert, mehr brauchte sie nicht; ob sie arm oder reich war, konnten wir nicht beurteilen.

Als wir bereits eine Woche lang unermüdlich die Stadt durchstreift hatten, fragte sie, was es bei uns nicht gebe und wir deshalb hier kaufen sollten. Sie dachte wohl, dass es im Nachkriegsdeutschland an allem fehlte und Luxuswaren wie Nylons und Kaffee unerschwinglich seien. Unser Geld war bereits ziemlich aufgebraucht, wir hatten aber noch tausend Wünsche. Daraufhin spendierte Mrs Emma Clark ihrer Nichte eine Hose in schottischem Tartanmuster und mir einen Besuch beim Frisör. Sie empfahl Sassoon, ohne zu ahnen, dass er der beste und teuerste war. Meine Haare wurden im Rheinland als *fussich* bezeichnet, als Kind wurde ich wegen der Fuchsfarbe gehänselt. Hier in London war man höflich, bewunderte meinen roten Pferdeschwanz – und schnitt ihn ab. Ich kam mit einer bildschönen Kurzhaarfrisur nach Hause; Tante Emma nickte zufrieden und schenkte mir – und nicht Karin – eine scheußliche Brosche. In unserem neuen Outfit kamen wir uns unerhört schick und weltgewandt vor, mein schlechtes Schulenglisch wurde von Tag zu Tag besser, die sprachbegabte Karin machte sogar rasante Fortschritte, unser Selbstbewusstsein stieg.

»Es wäre *wonderful*, wenn ich mir noch ein Twinset kaufen könnte«, sagte Karin. »Es würde toll zu der Schottenhose passen. In England ist Lambswool billiger als bei uns ...«

»Und ich hätte gern den Badeanzug mit Rüschen, den wir bei *Harrods* gesehen haben«, sagte ich. »Damit könnte ich im Rüngsdorfer Freibad Staat machen ...«

Wir legten unsere gesamten Pfundnoten, Shillings und Pennys auf den Küchentisch, aber es reichte so eben für die letzten Tage: U-Bahn, billiges Essen, Eintritt in die National oder Tate Gallery – um auch etwas für die Bildung zu tun, dann war Sense. Tante Emma anbetteln kam nicht in Frage, sie war großzügig genug gewesen.

»Hätten wir doch dem Jäger ein paar Scheinchen geklaut«, seufzte ich.

»Was nicht ist, kann ja noch werden«, meinte Karin. »Wir sollten vielleicht ein zweites Mal auf Jägerjagd gehen! Aber für London ist es dann zu spät.«

»Hast du vielleicht noch eine Tante in Paris oder einen Onkel in Rom?«

Karin verneinte, ihre gesamte adlige und nicht adlige Mischpoke hätte sich zwar weiträumig verteilt, sei aber meistens in Gebirgsdörfern, Armenhäusern oder Kohlebergwerken gelandet. Die einzige Hoffnung sei ein Cousin, der leider die Bluterkrankung in sich trage und beim Rasieren dem Tod schon mehrfach von der Schippe gesprungen sei. Er wohne in einem Luxemburger Schloss, habe die Spülmaschine erfunden und sei Millionär. Ich wusste sofort, dass kein Wort davon stimmte, denn ich hatte erst kürzlich gelesen, dass die erste Geschirrspülmaschine bereits 1893 auf einer Weltausstellung gezeigt wurde. Karin liebte es, mich mit irrwitzigen Geschichten zu unterhalten.

Durch unsere Reise nach London hatte sich in uns die Idee festgesetzt, ein zweites Mal bei Burkhard Jäger auf die Pirsch zu gehen, diesmal aber ohne den Grizzly. Er hatte es uns ja bereits beim ersten Mal untersagt, das entdeckte Geld anzurühren. Da Karin anscheinend bei ihrem neuen Freund ein und aus ging, wusste sie, wo er den Dietrich aufbewahrte. Während ihr Jupp nicht zu Hause war, hatte sie sein Werkzeug bereits mehrmals an verschiedenen Objekten ausprobiert, wie sie mir stolz berichtete. Ich kann es aus meiner heutigen Sicht nicht mehr verstehen, warum uns Abenteuerlust, Gier und Leichtsinn zu einer so verwegenen Tat getrieben haben, obwohl wir doch gleichzeitig große Angst hatten. Jedenfalls bildeten wir uns ein, dass der Jäger uns nicht verdächtigen würde und den Diebstahl sowieso nicht an die große Glocke hängen konnte. Wir gingen davon aus, dass es sich auf jeden Fall um schmutziges Geld handelte, dessen Existenz er nicht zugeben durfte.

Ich wusste ja, wann bei Herrn Jäger wichtige Termine mit seinem Chef anstanden und er nicht unerwartet hereinplatzen würde, abgesehen davon, dass man zuerst sein Auto hören und immer noch schnell verschwinden konnte.

Es dauerte eine Weile, bis sich ein passender Zeitpunkt ergab. Fast wie ein professioneller Einbrecher öffnete Karin lautlos die Zimmertür, und wir schlüpften mit klopfendem Herzen hinein. Ich blieb zuerst hinter der Gardine stehen und beobachtete die Straße, falls aus irgendeinem Grund der vw doch noch vorgefahren käme.

Karin begab sich sofort an den Schreibtisch, in dem wir damals die Geldscheine entdeckt hatten. Das Öffnen der verschlossenen Schublade war etwas kniffliger, doch es gelang ihr nach einigen Versuchen und Flüchen. Nun hielt es mich nicht mehr auf meinem Posten, wir durchwühlten hastig und mit zitternden Fingern den gesamten Inhalt. Der begehrte Umschlag war nicht mehr da.

»Entweder hat er die Kohle auf einem ausländischen Konto gebunkert, oder sie gehörte ihm gar nicht selbst …«, überlegte ich.

»Oder das Geld ist immer noch hier, aber in einem raffinierteren Versteck«, sagte Karin. »Wir müssen noch mal gründlich suchen, wir waren damals viel zu schnell. Nach deinen Informationen haben wir mindestens eine volle Stunde Zeit!«

»Okay, dann fangen wir diesmal mit dem Badezimmer an, das hatten wir ja ausgelassen.«

Eine Zahnbürste und eine Tube Colgate steckten in einem Wasserglas. Ein Rasierer und das Fläschchen Pitralon, ein Kamm und Shampoo waren griffbereit auf der Konsole über dem Waschbecken deponiert. Zwei Handtücher und zwei Waschlappen hingen ordentlich an Haken, in einem Schränkchen befanden sich Putzmittel und ein großer Kulturbeutel aus Leder. Ich begann ihn vorsichtig auszupacken: zwei Nagelscheren, Pflaster, Hämorrhoidensalbe, Aspirin, Nivea-Creme, einige Seifenstücke und Rasierklingen. Und dann noch vier kleine, mir unbekannte Packungen mit der Aufschrift: *Hanseatische Gummiwerke*, die Karin als Kondome identifizierte.

Mir wurde die ganze Aktion allmählich peinlich. Man muss bedenken, dass ich ungefähr so aufgeklärt war wie heutzutage eine Zehnjährige. Im Gegensatz zu mir hatte Karin einen älteren Bruder, der sie vorbeugend über unterschiedliche Verhütungsmethoden belehrt hatte, denn die meisten Mütter hüllten sich damals in Schweigen oder ängstigten uns mit finsteren Andeutungen.

»Wir sollten lieber abhauen«, schlug ich vor. »Ich habe keine Lust, in unappetitlichen fremden Sachen herumzukramen, noch dazu bei einem Kotzbrocken wie diesem hier ...«

Karin griff sich den Kulturbeutel und stellte ihn über dem Waschbecken auf den Kopf. Heraus purzelten noch einige Ohrenstäbchen, Hustenbonbons, ein kleiner Schlüssel, ein goldener Ring und eine Nagelfeile.

»Da ist immer noch was drin«, sagte sie auf einmal, denn in der Innenseite ertastete sie eine leichte Wölbung zwischen Wachstuch und Leder, eine feine Spur aus getrocknetem Leim verriet ein Versteck. Karin nahm die Nagelfeile zu Hilfe und kratzte kunstfertig die geklebte Naht auf.

»Ha!«, rief sie theatralisch und zog etwas heraus, das nicht größer als eine Spielkarte war und wie ein Stück grünliche Pappe aussah.

Es war weder der gesuchte Geldumschlag noch ein Spitzenhöschen. Ich riss ihr den merkwürdigen Fund aus den Händen. Neben dem Namen HERMANN FALKENSTEIN hatte jemand eine längere Zahl mit Bleistift geschrieben, und dann war da noch ein unkenntlicher roter Stempel.

»Scheiße«, sagte Karin.

»Schon wieder ein Hermann«, sagte ich. »Irgendwie unheimlich, ich fürchte, das ist wirklich eine Nummer zu groß für uns. Du musst dieses Papier wieder reinfummeln und alles neu zukleben, aber nicht mit Kaugummi. In der linken Schreibtischschublade hatte ich neulich Pelikanol entdeckt…«

Den weißen Leim liebte ich schon als Schulkind, weil er so köstlich nach Marzipan duftete.

»Sollten wir vielleicht den Namen und die Zahl aufschreiben?«, fragte Karin. »Aber wozu auch, für uns hat das ja sowieso keine Bedeutung.«

»Für den Jäger aber schon, sonst hätte er sich nicht so ein ausgefuchstes Geheimfach ausgedacht«, überlegte ich. »Im Grunde wäre es doch einfacher gewesen, seine Notizen mitten in ein langweiliges Buch zu kritzeln, dann wäre es uns niemals aufgefallen.«

»Außer dem BGB sehe ich weit und breit keine Bücher«, sagte Karin. »Außerdem hat er es in der Kulturtasche schon griffbereit, wenn er plötzlich türmen müsste.«

8
Ertappt

Ganz leise und behutsam wollten wir das Jägerzimmer verlassen, wobei natürlich klar war, dass Karin mit Hilfe des Dietrichs die Tür wieder abschließen musste. Ich stand bereits auf der Schwelle, als die Gräfin plötzlich im Hausflur auftauchte. Verwundert und etwas ratlos musterte sie die ertappten Sünderinnen.

»Die Tür stand offen«, stotterte Karin und ließ den Dietrich blitzschnell in der Tasche verschwinden. »Holle und ich wollten nur mal eben einen Blick hineinwerfen!«

Die Gräfin zog missbilligend die Augenbrauen hoch, ging aber nicht die Treppe zu ihren Gemächern hinauf. Stattdessen trat sie über die Schwelle. Wie begossene Pudel schlichen wir hinter ihr her.

»Seit Herr Jäger hier wohnt, habe ich dieses Zimmer nicht mehr gesehen«, sagte sie. »Dabei wollte ich gelegentlich immer mal nachschauen, ob auch alles in Ordnung ist. Aber in diesem Fall muss ich wohl keine Bedenken haben. Ein wirklich anständiger und ordentlicher Mensch! Der ist aus gutem Stall, das habe ich sofort gerochen.«

»Tante Helena«, fragte Karin wie ein artiges Kind, »schaust du in allen Zimmern öfter mal nach dem Rechten? Auch bei mir?«

»Hin und wieder. Selbstverständlich habe ich für jeden Raum einen Schlüssel«, sagte die Gräfin. »Es könnte ja mal ein Feuer ausbrechen, und meine Untermieter sind nicht im Haus. Irgendwie ist man doch verantwortlich ...«

Karin und ich warfen uns einen vielsagenden Blick zu. Wir hätten die Tür gar nicht erst mit dem Dietrich öffnen müssen, wenn wir von Tante Helenas Schlüsselsammlung gewusst hätten. Inzwischen stand die Gräfin mitten im Raum und sah sich prüfend um, zum Glück hatten wir nach unserer zweiten Razzia alles tipptopp hinterlassen. Erneut betonte sie, was für ein Glück sie mit diesem Mieter hatte! In hoher Position und trotzdem so bescheiden! Schließlich hielt sie es aber doch für nötig, ein paar mahnende Worte an uns zu richten: »Die meisten Mädels sind neugierig, das war ich in eurem Alter auch. Aber dies hier ist ungehörig, leichtsinnig und ein Vertrauensbruch! Wenn Herr Jäger euch erwischt hätte, dann hätte er sich am Ende eine andere Bleibe gesucht.« Dabei stampfte sie mehrmals mit ihrem Fabergé-Stock aufs Parkett.

»Zimmer und Privatleben meiner Untermieter sind tabu!«

Doch nach einer kleinen Pause kam ihr eine neue Idee, und sie meinte: »Oder bist du etwa verliebt, Karin? Er ist zwar nicht verheiratet wie der Major, aber ich fürchte, er konzentriert sich ganz auf seine Arbeit und nimmt gar nicht wahr, wie schön du bist, ebenso wie Fräulein Holle. Obwohl mir ihre frühere Frisur besser gefiel.«

Der Jäger aus Kurpfalz war alles andere als ein Don Juan, da hatte sie natürlich recht. Doch dass uns gerade das Aalglatte an ihm keine Ruhe ließ, ahnte sie nicht.

Karin widersprach gar nicht erst, sondern überlegte. »Wäre es nicht taktvoll und klüger, wenn er sein Zimmer wieder abgeschlossen vorfände?« Sie lächelte ihre Tante an. »Es ist sicher peinlich für so einen korrekten Herrn, wenn er mit der Nase auf die eigene Schusseligkeit gestoßen wird. Er soll sich doch wohl bei dir fühlen!«

Kluger Schachzug, dachte ich.

Die Gräfin ging auch sofort darauf ein. »Kind, da hast du völlig recht! Spring doch mal eben hinauf in mein Boudoir, im Nähtischchen ist ein Fach mit Knöpfen, dort findest du den Schlüsselbund.«

Schnell wie der Wind war Karin wieder zurück und überreichte ihrer Tante die gesamte Schlüsselkollektion. Eigenhändig sperrte die Gräfin jetzt das Jägerzimmer ab, nickte uns huldvoll zu und zündete sich eine neue Zigarette an. Wir wurden ganz ohne Sanktionen entlassen.

Am nächsten Tag fragte ich meine Freundin, ob sie kyrillische Schrift lesen könne, denn mir war eine Idee gekommen. Tatsächlich hatte Karin früher ein wenig Russisch gelernt, und das Alphabet könne sich jeder im Handumdrehen aneignen.

»Der Tote im Rhein war ein Russe und hieß German Sokolow«, sagte ich. »Kannst du rauskriegen, ob dieser Name auch eine deutsche Bedeutung hat?«

In der Mittagspause begleitete ich Karin in die Bibliothek, wo es zahlreiche Wörterbücher gab.

Man kannte mich dort gut und händigte uns bereitwillig ein dickes Nachschlagewerk aus. Karin wurde schnell fündig. »Aha! Sokol heißt Falke«, flüsterte sie und zog die Stirn in Falten. »Wahrscheinlich handelt es sich bei German Sokolow und Hermann Falkenstein um ein und dieselbe Person. Aber frag mich nicht, was das bedeuten soll.«

Aber mir wurde alles schlagartig klar: Mit dem toten Briefkasten im Büschelchen hatte es angefangen, mit der Übergabe geheimer Dokumente ging es weiter, mit dem toten Agenten erreichte die gefährliche Operation ihren Höhepunkt. Ich wurde auf einmal ganz blass. »Karin«, flüsterte ich. »Wir sind in einen Spionagefall verwickelt!«

Wir schwiegen eine Weile und gruselten uns.

»Wenn fast alle Mitarbeiter längst zu Hause sind, ist der Jäger manchmal noch in der Dunkelkammer und macht eigenhändig Abzüge«, meinte Karin schließlich.

»Woher willst du das wissen?«

»Weil ich es gerochen habe! Morgens war ich oft die Erste im Kopierzimmer, und es stank dort penetrant nach seinem Rasierwasser!«

»Dein Tantchen hat aber seinen guten Stallgeruch gewittert!«

Sie ließ sich nicht irritieren. »Und weißt du, was außerdem verdächtig ist?«, fragte Karin. »Im Jägerzimmer findet man zwar ganz normale Gegenstände für den täglichen Gebrauch, doch fast nichts Persönliches – keine Bücher, Briefe, Andenken und bloß ein leeres Köfferchen unterm Bett! Aber auch kein Funkgerät, keine Antennen, Mikrophone, Kameras oder was man als Spion sonst so braucht. Das Transistorradio hat er sich genauso wie den Motorroller und das Auto bestimmt von seinem illegalen Geld gekauft. Er muss noch woanders ein Depot haben. Und dort bewahrt er bestimmt auch BH und Höschen auf, dieser Fetischist! Erinnerst du dich an den kleinen Schlüssel im Kulturbeutel?«

»Karin, ich glaube, es wird Zeit, dass wir ihn anzeigen!«, sagte ich.

»Um Gottes willen, Holle! Wir haben doch nur einen vagen Verdacht und keinen einzigen stichhaltigen Beweis – die Polizei würde uns auslachen. Außerdem schmeißt mich Tante Helena raus, wenn ihr Liebling durch unsere Schuld Scherereien bekäme oder gar verhaftet würde! Kommt überhaupt nicht in Frage!«

Schweren Herzens gab ich mich geschlagen, und wir beschlossen, uns nie mehr mit Burkhard Jägers finsteren Machenschaften zu befassen. Aber es kam anders.

Anfang Dezember wurde Karin zweiundzwanzig. Von ihrer Tante hatte sie die Erlaubnis erhalten, ein paar Freunde einzuladen. Da ihr Mansardenzimmer zu klein war, durfte sie in der Küche einen Tisch für ihre Gäste decken und dort bis zehn Uhr feiern. Vorläufig sollte die Gräfin allerdings nicht wissen, dass der Grizzly mit von der Partie war.

Zu jener Zeit war es unüblich, den Besuchern ein Menü vorzusetzen, aber ein paar pikante Häppchen mussten es schon sein. Karin hatte den kühnen Plan, Toast Hawaii zu servieren, damals der letzte Schrei und angeblich vom Fernsehkoch Clemens Wilmenrod erfunden. In Öl eingelegter Thunfisch, kalifornisches Konservenobst wie Pfirsiche und Ananas oder neudeutsche Dosenravioli waren schick und zeigten, dass man sich nicht mehr mit Leberwurstbrot am Abend und Sauerbraten am Sonntag begnügte. Auf dem Markt gab es jetzt rote Paprikaschoten, die anfangs von so mancher bürgerlichen Familie abgelehnt wurden. »Bin selber scharf genug«, sagte der Grizzly, als Karin ihm gefüllte Paprika aus der gräflichen Küche in seine Kammer geschmuggelt hatte. Weil er den unbekannten Fraß auf keinen Fall anrühren wollte, lachte Karin ihren Jupp ein bisschen aus. Wir hingegen fühlten uns seit unserem Londonbesuch als halbe Globetrotter, auch weil wir dort ein richtig scharfes indisches Currygericht probiert hatten.

Gemeinsam überlegten wir, wer zu Karins Party kommen sollte. Sie war zwei Klassenkameradinnen wiederbegegnet, die seit kurzem als Schreibkraft im neuen Bundesministerium für Verteidigung angestellt waren. Wie unsere Arbeitsstelle war auch dieses Amt in einer ehemaligen Kaserne untergebracht. Gut zwei Wochen vor Karins Geburtstag bekamen dort die ersten Soldaten der neuen Bundeswehr ihre Ernennungsurkunden.

Nicht ohne Eifersucht registrierte ich, dass Karin von nun an noch andere Freundinnen vor Ort hatte. Doch ich wandte nur ein, es sei irgendwie peinlich, wenn der Grizzly der einzige Mann in unserer Runde bliebe.

»Mein Bruder könnte aus Düsseldorf kommen«, schlug Karin vor. »Sicher erlaubt ihm Tante Helena, auf dem Sofa zu übernachten. Du kennst ihn noch nicht, hoffentlich wird er dir gefallen! Leider ist Walter Mitglied einer schlagenden Studentenverbindung, das bedeutet, dass sie dumm genug sind, sich gegenseitig die Fresse zu verschandeln. *Schmisse* nennen sie ihre Narben und sind auch noch stolz darauf. Abgesehen davon ist er eigentlich ganz in Ordnung.«

»Wir brauchen aber mehr als einen«, sagte ich. »Vier Frauen und nur zwei Männer, das geht nicht! Auf jeden Fall solltest du mal bei Matze anklopfen, immerhin studiert er ja in Bonn! Vielleicht könnte er sogar Helle aus Gießen herbeilocken. Auf meinen letzten Brief hat Helle nie reagiert. Oder du lädst einfach nur eine deiner Klassenkameradinnen ein und nicht beide …«

»Das geht nicht, entweder beide oder keine«, sagte Karin. »Die kleben aneinander wie Zwillinge. Außerdem ist Gundi bereits vergeben, aber ihr Verlobter studiert zurzeit in den Staaten. Gundi und Ulla werden sich freuen, neue Leute kennenzulernen, sie sind ja erst vor kurzem nach Bonn gezogen.«

Im Übrigen deutete sie an, dass sie auch in unserem Ministerium einen glühenden Verehrer hätte, den sie aber nicht mit ihrem Jupp zusammenbringen wollte.

Schließlich war es so weit. Als wir gerade noch ein paar halbierte Tomaten in dekorative Fliegenpilze verwandelten, erschien die Gräfin in leutseliger Laune. Interessiert sah sie sich die hübsch gedeckte Tafel an und spendierte großzügig zwei Flaschen Eierlikör, den ihre Haushälterin in der Vorweihnachtszeit zuzubereiten pflegte, sowie drei Flaschen lieblichen Schaumwein.
»Kinder, nach dem Essen wollt ihr sicherlich tanzen. In der Küche wird es zu eng, aber wenn ihr in der Diele den Teppich einrollt, dürft ihr ausnahmsweise dort herumhopsen. Aber auf keinen Fall länger als zehn, schließlich haben meine Untermieter einen Anspruch auf Nachtruhe. Karin, du weißt ja, wo das Grammophon steht! Also, amüsiert euch gut!«

Ulla und Gundi kamen auf die Minute pünktlich, Jupp kurz nach ihnen. Als Vierter traf Matze atemlos auf dem Fahrrad ein, in einem Rucksack hatte er Schallplatten und Weinflaschen mitgebracht. Bedauernd sagte er, mit Helle habe es leider nicht geklappt, der müsse sogar am Wochenende Biochemie und Tierzucht pauken. Karins Bruder kam mit der Bahn und als Letzter, er hatte noch keine Schmisse im Gesicht und gefiel mir auf Anhieb recht gut. Zum Tanzen fehlte leider ein weiterer Kavalier, aber das nahmen wir hin.

Nicht so die Gräfin. Als wir gerade mit Schaumwein anstießen, tauchte sie zum zweiten Mal auf und warf einen prüfenden Blick in die Runde. Karins Bruder Walter wurde als Verwandter zuerst begrüßt, dann kamen Karins Freundinnen dran und schließlich auch Matze. Vor dem Grizzly blieb sie ungläubig stehen, wahrte aber Haltung und reichte ihm nach sekundenlangem Zögern ebenfalls die Hand.

Auf der Anrichte standen die Geburtstagsgeschenke. Mit leichtem Erstaunen stellte sie fest, dass es sich ausschließlich um Flaschen handelte: Die beiden Mädels hatten Likör mitgebracht, den sie aus reinem Alkohol, Zucker und Kirschsaft zusammengepanscht hatten. Jupp hatte einen Kasten Bier angeschleppt, Walter hatte zwei Flaschen Spätlese, Matze Dessertwein gestiftet. Heute würde man über diese Kollektion die Hände über dem Kopf zusammenschlagen, denn abgesehen vom Bier waren alle Getränke mehr oder weniger süß und klebrig, sonst hätten sie uns nicht geschmeckt.

Mir wurde schnell klar, dass Karin ihren Bruder auf mich angesetzt hatte, wohl um mich über den Verlust von Helle hinwegzutrösten. Walter saß also neben mir, machte mir Komplimente und ließ sich von unserer Expedition nach London berichten. Anscheinend hatte er Lust, die spleenige Tante Emma ebenfalls heimzusuchen. Matze wusste wohl noch nicht, ob er sich eher an Gundi oder an Ulla halten sollte, und Jupp half Karin bei der Bewirtung, öffnete Flaschen und schenkte ein. Auf ihren Befehl hin trug er schließlich das Grammophon in die Diele und stellte es auf eine alte Eichentruhe. Die wenigen Schallplatten mit Wiener Walzer und Tango stammten noch aus der gräflichen Jugendzeit, doch Matze hatte vorgesorgt. *Ganz Paris träumt von der Liebe* mit Caterina Valente und *Rote Rosen, rote Lippen, roter Wein* mit René Carol erfreuten sich damals zwar großer Beliebtheit, aber unsere Favoriten waren Boogie-Woogie und *Rock Around The Clock* mit Bill Haley. Der fadenscheinige Perser wurde also aufgewickelt, und Gundi erbot sich, Platten aufzulegen. Doch bevor es überhaupt zum Tanzen kam, hörten wir die Gräfin schon wieder anrücken, diesmal nicht allein. Mit Entsetzen sah ich, wen sie da im Schlepptau hatte.

»Überraschung! Ihr habt Glück gehabt, dass Herr Jäger noch zu Hause war«, jubelte die Gräfin.

»Er darf bei deiner spontanen Geburtstagsfeier doch nicht fehlen, Karin! Aber keine Angst, deine alte Tante wird die Jugend nicht weiter stören.« Sie nickte uns noch einmal huldvoll zu und verschwand.

Es war ziemlich offensichtlich, dass die Party geplant und überhaupt nicht spontan war. Burkhard Jägers Miene war nicht zu deuten, aber schließlich war er freiwillig mitgekommen, er hätte ja auch ablehnen können. Er verbeugte sich nach allen Seiten, dann reichte er Karin die Hand und gratulierte förmlich. Als Halbadelige war sie gut genug erzogen, um ihn mit Walter und den beiden Mädels bekannt zu machen. In unserem Kreis wusste nur der Grizzly Bescheid, dass der Neue äußerst unwillkommen war. Besonders Ulla schien sich zu freuen, dass beim Tanzen nun keine Frau mehr leer ausgehen musste.

Gundi fackelte nicht lange, zog das altmodische Grammophon mit der Kurbel auf und brachte einen zerkratzten Walzer mit einer verrosteten Nadel zum Laufen. Karins Bruder Walter reagierte rasch, nahm mich bei der Hand, und schon drehten wir uns schwungvoll zu den Klängen von *Wiener Blut*. Meine resolute Freundin – in diesem Punkt ihrer Tante nicht unähnlich – schnappte sich den unerfahrenen Grizzly und zwang ihn ebenfalls zum Tanzen. Matze bildete mit Ulla das dritte Paar, während Gundi auf der Truhe sitzen blieb und sicherlich hoffte, vom Neuankömmling aufgefordert zu werden. Burkhard Jäger stellte sich jedoch wortlos neben sie und observierte uns mit kaltem Blick, genau wie in der Kantine. Ich sah es Karin an, dass sie sich wahnsinnig über seine Gegenwart ärgerte, aber ihrer Tante nicht gut in den Rücken fallen konnte. Wahrscheinlich hätte sie es hundertmal lieber gesehen, wenn die Gräfin einen der anderen langweiligen Untermieter, Herrn Habek oder Herrn Zischka, hergebeten hätte, aber die waren an den Wochenenden eher in der Kneipe anzutreffen.

Im Vorbeiwirbeln schielte ich immer wieder zu unserem Meisterspion hinüber und musste plötzlich kichern. Die Gräfin hatte ihn anscheinend so autoritär und geschickt überrumpelt, dass er ihr aus dem Stand heraus willenlos gefolgt war und wohl nur eilig sein graues Jackett übergezogen hatte. Er trug nämlich keine schwarzen Halbschuhe wie im Büro, sondern Fellpantoffeln. Und zwar genau von jener Sorte, die auch mein Vater am Feierabend bevorzugte und spaßeshalber *Kning* nannte, das rheinische Wort für Kaninchen. Fast erschien mir der Jäger auf einmal menschlicher, wie er da als Ritter von der traurigen Gestalt in spießigen Hausschuhen neben dem Plattenspieler stand und wohl selbst nicht genau wusste, was er hier verloren hatte.

»Sie haben ja noch gar nichts zu trinken«, sagte Jupp nach den ersten missglückten Tänzen mit Karin. »Was darf's denn sein? Bier, Wein oder Spezialität des Hauses?«

Der Jäger wollte wohl kein Spielverderber sein und entschied sich nichtsahnend für die Spezialität. Prompt bekam er einen Humpen mit blutrotem Kirschlikör gereicht und leerte ihn zur Schadenfreude des Grizzlys auch brav ganz aus. Karin ließ ihn dabei nicht aus den Augen. Sie kicherte wie ein boshaftes Teufelchen. Alle anderen ließen sich auch nicht lumpen, es wurde ebenso fleißig getrunken wie wild getanzt. Die Wirkung des Alkohols auf Burkhard Jäger war schwer zu beurteilen, allerdings mochte er wohl weder tanzen noch stehen bleiben, denn er ließ sich mit einem dezenten Rülpser auf der Truhe nieder und betätigte sich von da an als Discjockey, um Gundi abzulösen. Bis auf den abgehärteten Walter waren alle ziemlich schnell besoffen, bei ihm dauerte es etwas länger.

9
Katerstimmung

Laura amüsiert sich über unsere Party. »So ähnlich haben wir mit sechzehn gefeiert«, meint sie. »Aber doch nicht mehr mit zweiundzwanzig! Alkopops waren in meiner Teenagerzeit ein echtes Problem, Designerdrinks aus Limo und Spirituosen durfte man zwar erst mit achtzehn konsumieren, aber auf jedem Schulfest wurden ein paar Flaschen eingeschleust. Immer mal wieder wurde der Rettungswagen gerufen, um einen stockbesoffenen Schüler abzutransportieren. Ein paar Jahre später waren wir längst erhaben über dieses süße Zeug!«

Doch dann will sie es wissen: »Und bei euch? Kam es bei eurer wilden Party zu einer Schnapsleiche?«

Das wusste Tante Helena zu verhindern. Wenn ich mich recht erinnere, entfuhr ihr ein nicht gerade ladylikes *Himmel, Arsch und Zwirn*, als sie lange nach der Geisterstunde in einem dunkelroten Schlafrock auf der Bildfläche erschien und zornentbrannt auf dem sofortigen Ende des Gelages bestand. Für Karin, Walter, den Grizzly und den Jäger war das kein Problem, da sie das Haus nicht verlassen mussten. Ich hatte es nicht allzu weit, Matze wollte mich netterweise auf dem Gepäckträger seines Fahrrads mitnehmen. Die beiden Mädels befürchteten jedoch zu Recht, dass zu dieser Zeit weder ein Bus noch eine Straßenbahn nach Bonn fahren würde. Auf die Idee, ein Taxi zu rufen, kam keiner, einen solchen Luxus hätten sich junge Leute niemals geleistet. Also nahte die Stunde des Jägers, der als Ältester und Einziger ein Auto besaß. Obwohl er sich leicht schwankend auf den Beinen hielt, schmachtete Ulla ihn so flehend an, dass er mühsam die Hacken zusammenschlug und nuschelte: »Selbstverständlich werde ich die Damen sicher nach Hause geleiten!«

»Aber doch nicht sturzbetrunken und in Schlappen!«, rief der Grizzly, und alle lachten. Offenbar wurde es Burkhard Jäger erst jetzt peinlich bewusst, dass er keine Schuhe trug. Er bat um etwas Geduld, begab sich in sein Reich und war wenig später ernüchtert, gestiefelt, ummantelt und mit Hut wieder da. Keiner hielt ihn zurück, als er mit Ulla und Gundi das Haus verließ.

Natürlich kann man den Verkehr der fünfziger Jahre nicht mit der heutigen Raserei vergleichen, auch die Polizeikontrollen hielten sich in Grenzen, aber immerhin war Bonn die Hauptstadt und kein Dorf. Wie durch ein Wunder kam es zu keinem Unfall, und wann der Jäger endlich im Bett lag, bekam keiner mehr mit.

Später erfuhr ich, dass Karin und ihr Lover notdürftig die Küche in Ordnung brachten, während sich Walter vor dem Aufräumen drückte. Noch bevor man ihm auf dem Sofa ein Lager bereiten konnte, hatte er sich einfach auf Karins Bett geworfen und war dort sofort eingeschlafen. Es blieb seiner Schwester gar nichts anderes übrig, als zu ihrem Jupp in die Federn zu kriechen.

Am nächsten Morgen war Sonntag. Ich wachte erst spät und nur durch das unbarmherzige Klopfen meiner Wirtin auf. Sie bat mich, ihren rammdösigen Rüdiger auszuführen, weil sie ebenfalls verschlafen hatte und in die Kirche wollte. Gemeinsam mit dem Hund machte ich mich schnurstracks auf den Weg zur gräflichen Villa, denn ich wollte Walter unbedingt wiedersehen und auch wissen, in welcher Stimmung Karin anzutreffen war. Dunkel erinnerte ich mich, dass wir – bis auf den Jäger – alle Brüderschaft miteinander getrunken hatten. Dabei hatte ich leider »Prost, Grizzly« gesagt und damit verraten, wie wir Karins geliebten Jupp insgeheim zu nennen pflegten. Vielleicht war es nicht ohne Hintergedanken geschehen, denn ich war eifersüchtig auf ihr neues Glück. Doch der Grizzly war ohnedies zu betrunken, um sich darüber aufzuregen.

Wir hatten die Einfahrt noch nicht erreicht, da begann der Hund zu knurren. Vor dem Anwesen in der Rheinallee entdeckte ich den aschfahlen, dick eingemummelten Autobesitzer mit einem dampfenden Eimer in der Hand. Aus dem Inneren seines Wagens roch es in der kalten Winterluft penetrant nach Erbrochenem. Ich hielt dem erregten Hund die Schnauze zu, und Burkhard Jäger tat so, als ob er mich nicht bemerkte. Die Haustür hatte er nur angelehnt, ich huschte hinein und hörte schon auf halber Treppe heftigen Streit: Karin und ihr Bruder waren aneinandergeraten. Wie ich gleich darauf in der Küche erfuhr, hatte Walter sich, ohne zu fragen, in Tante Helenas Badewanne gelegt. Er hatte die Gelegenheit nutzen wollen, weil es in seiner Studentenbude kein warmes Wasser gab.

»Und ich kann deinen schwarzen Dreckrand wieder wegputzen! Eine Unverschämtheit!«, brüllte Karin, warf einen schmierigen Lappen nach ihrem Bruder und sich selbst auf einen wackligen Küchenstuhl. »Auch beim Aufräumen warst du einfach verschwunden. Und dann hast du mir zu allem Überfluss noch mein Bett geklaut!«

Schwanzwedelnd lief der Hund zu ihr hin, legte seine sabbernde Schnauze auf ihr Knie und versuchte sie zu beruhigen.

»Seit wann müssen Gäste Gläser spülen und Badewannen schrubben? Du hast mich schließlich eingeladen!«, konterte Walter. »Und außerdem solltest du mir dankbar sein! Schließlich habe ich mich nur in deine Miefkiste verzogen, damit du dich mit deinem Tanzbär vergnügen konntest!«

Am Sonntag waren zwar keine lauschenden Dienstboten zugegen, aber die Gräfin musste ja nun wirklich nicht alles mitbekommen. Ich ging dazwischen und mahnte Karin, dass ihre Tante angesichts eines weiteren Techtelmechtels unter ihrem ehrwürdigen Dach *stante pede* allen Beteiligten kündigen würde. Die Geschwister schwiegen bestürzt und starrten sich nur bitterböse an, bis mir Walter kurz und unfreundlich zunickte und verschwand. Seine aufgebrachte Schwester würdigte er keines Blicks. Sekundenlang verspürte ich den Drang, ihm nachzulaufen und ihn wenigstens bis zum Bahnhof zu begleiten. Aber ich traute mich nicht, obwohl ich ahnte, dass er so bald nicht wiederkommen würde.

»Er hätte sich wenigstens von Tante Helena verabschieden müssen«, schimpfte Karin, sprang wieder auf und leerte wütend einen übervollen Aschenbecher. »Dabei heißt es, die Verbindungsstudenten bekämen Benimmunterricht. Weißt du, Holle, ich bin nicht zum ersten Mal tief enttäuscht von meinem Bruder!«

Wie besessen griff sie wieder zu einem Lappen und wienerte die Anrichte. Karin hatte dafür gesorgt, dass dieses bunte Möbel hier Einzug hielt, es war das einzig moderne Stück der gräflichen Küche und ihr ganzer Stolz, denn die Schubladen waren rosa, hellgelb, zartgrün und lila gestrichen. Ihre rastlose Aktivität gefiel mir nicht.

»Der Jäger steht draußen und wäscht sein Auto«, sagte ich, um das Thema zu wechseln. »Ich kann nicht beurteilen, ob er es selbst vollgereihert hat oder eine deiner reizenden Freundinnen. Wohnen Gundi und Ulla eigentlich zusammen?«

»Nein, aber nicht weit voneinander entfernt. Übrigens habe ich mich sehr über meine fromme kleine Ulla gewundert, sie schien den beknackten Jäger nicht unsympathisch zu finden. Ich habe beobachtet, dass er sich mindestens zehn Minuten lang mit ihr unterhalten hat. Ausgerechnet Burkhard Jäger und Ulla Fischer! Irgendwie bin ich nicht dazu gekommen, sie zu warnen. Ich hätte ja nie im Leben erwartet, dass Tante Helena als Geburtstagsgeschenk diese trübe Tasse anschleppt!«

»Apropos trüb: Womöglich haben wir bisher immer nur im Trüben gefischt. Der Jäger hat am

Ende seine Geheimpapiere und Waffen im Ministerium aufbewahrt, und der Schlüssel passt zu seinem Schreibtisch oder dem Rollschrank. Das müssten wir dringend überprüfen …«

Nur durch einen breiten Flur getrennt, lag Burkhard Jägers Büro unserer Schreibstube gegenüber, so dass wir ihm häufig begegneten. Bei unserem Chef hätte ich genau gewusst, in welcher Schublade die vertraulichen Dokumente lagen, ein Tresor oder Safe war gar nicht vorhanden. Ich hätte aber nicht die geringste Lust verspürt, den Schlüssel zu suchen und heimlich in seinen Akten zu schnüffeln. Eigentlich konnte es mich zur Weißglut bringen, dass der Jäger uns bis in die Träume verfolgte.

Karin hörte mir gar nicht zu, der Jäger war ihr im Moment völlig egal. Sie war hundemüde, gähnte und deutete an, dass sie keine Lust auf eine längere Unterhaltung hatte.

Kaum war ich draußen vor der Tür, wurde der Hund wieder wild, denn der Jäger war immer noch nicht fertig mit seiner Säuberungsaktion. Um den Kotzbrocken nicht begrüßen zu müssen, zogen wir schleunigst Leine, doch ein paar Häuser weiter blieb ich vor der türkischen Botschaft stehen und blickte nachdenklich zurück auf den Putzteufel, seinen stinkenden Volkswagen und die stattliche Villa, die mir immer so imponiert hatte. An der Straßenseite wurde der Giebel von einem filigranen Türmchen bekrönt, den überdachten Eingang trugen zwei imposante Säulen. In der ersten Etage, in der Gräfin von der Wachenheide residierte, verrieten die hohen Sprossenfenster, dass sich hier die hellsten und schönsten Räume befanden. Schon oft hatte ich das Gebäude mit meinem Geburtshaus in der Eifel verglichen. Zwischen dem Neubau einer Sparkasse und einer uralten Apotheke lag die Bäckerei in günstiger Lage – der ganze Stolz meiner Eltern. Das ehemalige Fachwerkhaus hatten sie im unteren Bereich durch orange-braun geflammte Klinkerplatten modernisiert, heutzutage würde man es verschandelt nennen. Im ersten Stock wurden die Balken aber belassen und passend zum Dach grau angestrichen, das Rheinische Schiefergebirge hatte nämlich jedes Haus mit einem anthrazitfarbenen Deckel versorgt. Im Erdgeschoss befanden sich die altväterliche Backstube, ein fensterloser Lagerraum – das sogenannte *Kabuff* – sowie das Lädchen; die Zimmer im oberen Stock waren niedrig und eng, kein Gedanke an eine herrschaftliche Beletage, aber es roch überall gut nach warmem Brot.

Doch neben den anderen repräsentativen Villen in der Rheinallee, die frisch renoviert aus ihrem Dornröschenschlaf erwacht waren und als Residenzen, Privatsanatorien und Hotels dienten, machte die Villa der Gräfin wenig her. Die Zimmer der Untermieter waren nur mit dem Nötigsten ausgestattet. Selbst das Jägerzimmer konnte es nicht mit einem modernen Hotelzimmer aufnehmen. Wie kam es, dass ein Regierungsrat hier seine Zelte aufschlug? Nach einigem Grübeln konnte ich mir das bescheidene Domizil nur so erklären: Der Jäger besaß noch eine Zweitwohnung in der Pfalz, vielleicht sogar ein Haus, eine Frau und Kinder. Das möblierte Zimmer war ein Provisorium, wo er unauffällig untergeschlüpft war und das er daher mit keinerlei privaten Gegenständen ausgestattet hatte. Allerdings wusste ich von Karin, dass er am Wochenende selten verreiste, sondern fast immer zu Hause hockte oder allenfalls ein paar kleinere Spritztouren machte. Genüsslich malte ich mir aus, dass Burkhard Jäger von der eigenen Frau verjagt worden war. Man konnte ihn fast bemitleiden!

Endlich ist Laura wieder mal hier, sie hat eine Weile nichts von sich hören lassen. Außer einem Sack voller Bügelwäsche hat sie von McDonald's einen Triple-Cheeseburger für mich und sechs Chicken Nuggets für sich mitgebracht. Ich muss gestehen, dass ich eine gesunde Abneigung und massive Vorurteile gegen dieses amerikanische Zeug hege, mich aber trotzdem daran gewöhne. Laura grinst, als ich mit kaum verhohlener Lust in mein Käsebrötchen beiße; sie glaubt, eine gute Tat zu vollbringen, wenn sie mich mit diesem und jenem modernen Imbiss vertraut macht. Sie selbst hat in unserer postmigrantischen Gesellschaft schon verschiedene kulinarische Moden mitgemacht – als Teenager war sie eine Weile Veganerin, dann entdeckte sie durch einen neuen Freund die Fleischeslust, irgendwann kochte sie nur nach aufwendigen Rezepten, und im Augenblick will sie bloß schnell und preiswert satt werden und hat keinen Nerv für Slow Food. Auch ich werde mit zunehmendem Alter faul und esse vorm Fernseher ohne Tischdecke, Serviette und Anstand.

»Frau Holle, du siehst richtig cool aus, wenn du auf dem Sofa abhängst und dabei einen Burger verputzt!«

Wenn ihr etwas imponiert, ist es *cool*. Lauras Wäsche liegt frischgebügelt für sie bereit, auch das findet sie *cool* und belohnt mich beim Abschied mit einem Kuss. Zwischen Tür und Angel meint sie noch: »Heute habe ich nicht viel Zeit, aber nächstes Mal erzählst du mir, wie es mit eurem Jägermeister weiterging …«

Ja, der Jäger! Sicher hätte sie ihn als äußerst *uncool* bezeichnet, wenn er ihr jemals begegnet wäre. Doch im Gegensatz zu Karins Bruder Walter schien er sich immerhin für die Exzesse bei der Geburtstagsfeier zu schämen. Er suchte die Gräfin zwei Tage später in aller Förmlichkeit mit einem Blumenstrauß auf, um sich für die Unannehmlichkeiten zu entschuldigen. Angeblich saß er fast eine Stunde in ihrem Boudoir und bekam von der Domestikin Rita eine Tasse Tee serviert.

»Ich habe natürlich wissen wollen, über was sich Tante Helena so lange mit diesem Langweiler unterhalten konnte«, erzählte Karin. »Lustigerweise hat sie ihn nach Strich und Faden ausgequetscht und hat ihm doch glatt ein paar Informationen entlockt. Immerhin wissen wir jetzt, dass er einige Jahre in russischer Kriegsgefangenschaft war und später in Berlin studiert hat. Das hat mich durchaus gewundert, denn er wirkt doch so, als ob er noch nie etwas von der Welt gesehen hätte ...«

»Wir dagegen waren bereits in London! Aber vielleicht hat er in der Gefangenschaft ein bisschen Russisch gelernt, das würde doch zu seinem Kontakt mit German Sokolow gut passen!«

»Gott hab ihn selig, den ollen Onkel Hermann!«, sagte Karin spöttisch. »Könntest du dir ernsthaft vorstellen, dass der Jäger ihn umgebracht hat? Ich halte ihn für viel zu feige. Und was wäre überhaupt sein Motiv? Aber dass er Dreck am Stecken hat, ist klar. Denk nur mal an die vielen Hundertmarkscheine ...«

Im Grunde interessierte uns das ominöse Geld am meisten, das verschwundene Spitzenhöschen geriet fast in Vergessenheit. Erst sehr viel später erfuhren wir durch einen Zufall, dass der Jäger in diesem Punkt ein Unschuldslamm war. Die zarten Wäschestücke waren von einem der anderen Untermieter, genauer gesagt von Herrn Zischka, geklaut worden. Er hatte das Diebesgut allerdings nicht zum eigenen Lustgewinn gestohlen, sondern seinem derzeitigen *Fisternöllchen* als Liebesgabe überreicht.

10
Unverschämte Männer

Meine alten Augen spielen mir immer wieder einen Streich. Heute Morgen las ich in der Zeitung die Überschrift: *Automarder Ablasshandel,* ließ das Blatt sinken und grübelte, was für ein seltsamer Deal dahinterstecken mochte. Als ich erneut weiterlas, stellte ich verwundert fest, dass von *atomarem Ablasshandel* die Rede war.

Als ich Laura von meiner Fehlleistung erzähle, muss sie lachen. Obwohl sie ja bereits Mitte zwanzig ist, kann sie noch wie ein Teenager losprusten und erinnert mich dann ein wenig an meine Freundin Karin. Rein äußerlich gibt es da keine Parallelen, Karin war blond, Laura hat dunkelbraune wilde Locken und trägt gern Schwarz. Aber auch sie ist zierlich von Gestalt sowie flink im Kopf und wird wahrscheinlich nie so richtig auf ihre etwas zu große Nase fallen.

Das dachte ich auch von Karin, die mir durch originelle Ideen, Mut und erstaunliche Abgebrühtheit imponierte. Doch einmal erlebte ich sie, wie sie völlig außer sich in unser Büro hereinstürmte und den nächstbesten Gegenstand – es war meine Handtasche – wütend in die Ecke pfefferte. Ihre Tante hätte um mehr Contenance gebeten.

»Was ist los? Was habe ich dir getan?«, fragte ich ärgerlich und sammelte den Inhalt meiner Tasche wieder auf.

»Du bist ja fast nie in der Dunkelkammer«, polterte sie los. »Du weißt überhaupt nicht, welchen Gefahren man dort ausgesetzt ist!«

»Ich muss stenographieren und tippen, das ist auch nicht immer lustig. Aber sag endlich, wovon du überhaupt redest. Von Sodom und Gomorrha?«

»Völlig dunkel ist es ja nie, das Rotlicht sorgt dafür, dass man arbeiten kann. Deswegen erkennt man schon, wer sich rein- und rausschleicht. Aber ich stand mit dem Rücken zur Tür und wurde regelrecht überfallen. Der Kerl hielt mich an beiden Händen fest, drängte mich an die gekachelte Wand, presste sich an mich und grapschte nach meinem Busen. Gegenwehr war unmöglich. Und dann hat er meinen Kopf halb umgedreht und mich geküsst, das heißt, er hat seine Zunge … Hast du vielleicht Zahnpaste oder Odol …«

Sie sprach nicht weiter, angelte sich ein Taschentuch, schneuzte sich und heulte ein bisschen.

»Das hört sich ja fast nach einer Vergewaltigung an«, sagte ich mitfühlend.

»War es in gewisser Weise auch. Damit ich ihn nicht erkennen konnte, hat er mir noch den schmutzigen Wischlappen vor die Augen gebunden. Als er endlich von mir abließ und ich voller Ekel nach ihm gespuckt habe, ist er sofort abgehauen. Vorher hat er noch behauptet, ich hätte doch nur nach einem erotischen Abenteuer gegiert! Jeder wüsste schließlich, dass es noch andere gebe ...«

»Vor kurzem ist mir dieses Gerücht auch schon zu Ohren gekommen. Sag mal ehrlich, ist da was dran?«

»Na gut, es gibt einen neuen Rechtsreferendar, dem ich manchmal beim Kopieren geholfen habe. Aber alles ist völlig harmlos, wir unterhalten uns nur, vielleicht etwas länger als unbedingt nötig. Das ist wohl einer Klatschbase aufgefallen.«

»Aber wer war der Mistkerl?«

»Ich weiß es nicht, ich habe ihn in der Dunkelheit nicht erkannt, und er war zu schnell wieder draußen. Aus unserer Abteilung war es wohl keiner, und der Jäger bestimmt nicht, den rieche ich auf zehn Meter Entfernung. Außerdem würde er niemals eine Kündigung von Tante Helena riskieren.«

»Der Schuft kann theoretisch aus jeder Abteilung stammen. Sprach er rheinisch? War er groß oder klein, dick oder dünn? Roch er nach Zigaretten oder Alkohol?«

»Nein, er stank eigentlich nicht. Aber jetzt fällt mir ein, er schmeckte nach Lakritz ... Ich könnte kotzen!«

»*Haribo macht Kinder froh*«, summte ich. Die Produkte der Bonner Süßwarenfabrik waren buchstäblich in aller Munde. »Wer konnte überhaupt wissen, dass du in der Dunkelkammer bist?«

»Eigentlich nur du und der Chef. Aber den hätte ich sofort erkannt, außerdem ist er ein Gentleman und hat nur einen Arm. Meinst du, ich sollte es ihm sagen? Am liebsten würde ich überhaupt nicht mehr kopieren.«

Gemeinsam klopften wir bei unserem Chef an die Tür. Er hörte sich die Geschichte an und schüttelte fassungslos den Kopf. Viele andere Männer hätten in jener Zeit vielleicht nur gegrinst oder gar eine zweideutige Bemerkung gemacht, er nahm uns ernst.

»So etwas geht einfach nicht!«, sagte er entrüstet. »Eine Unverschämtheit! Das darf nie wieder passieren, aber ich weiß im Moment noch nicht, wie man es verhindern kann. Fräulein Bolwer, Sie brauchen vorläufig nicht zu kopieren, jedenfalls nicht ohne Begleitung. Vielleicht kann ich auch einen männlichen Mitarbeiter damit beauftragen. Andererseits würde ich dem Kerl gern eine Falle stellen und ihn schnappen. Wie konnte er überhaupt wissen, dass Sie sich gerade in der Dunkelkammer aufhalten? Wurden Sie vorher beobachtet?«

Karin konnte sich nicht erinnern, aber mir fiel ein, dass man durch die Fenster des gegenüberliegenden Trakts den Flur vor der Dunkelkammer einsehen konnte und es nicht schwer war, eine zielstrebig vorbeieilende Sekretärin zu erkennen. Wenn da drüben einer saß, der Lakritz konsumierte, war der Fall bereits gelöst.

Der Chef lachte. »Unser schlaues Fräulein Holle«, lobte er. »Sie sollten zur Kriminalpolizei gehen! Ich werde einen Spion hinschicken, der die männlichen Mitarbeiter von V/II mal unter die Lupe nimmt und in ihren Schubladen diskret nach Haribo fahndet!«

Auf dem Heimweg benahm sich Karin etwas seltsam. Erst schaute sie so düster und schweigsam zum Fenster hinaus, dass ich schon befürchtete, sie wäre traumatisiert. Doch vielleicht dachte sie sich nur eine hinterhältige Falle für den unbekannten Mistkerl aus. »Du könntest mir einen Gefallen tun, Holle«, sagte sie plötzlich.

Ich hatte Mitleid mit ihr und nickte sofort. »Morgen möchte ich schwänzen. Könntest du dem Chef ausrichten, ich sei krank geworden?«

»Morgen ist Freitag, willst du dir nach dem Schrecken ein erholsames Wochenende gönnen? Welches Leiden darf's denn sein? Lepra, Kinderlähmung, Pest oder Cholera?«

Sie sah sich verstohlen um, aber die vielen müden Menschen in der Straßenbahn kannten uns nicht und nahmen keine Notiz von unserem leisen Gespräch. Trotzdem flüsterte Karin kaum hörbar: »Ich möchte mit Jochen nach Frankfurt fahren, dort gibt es eine Demonstration gegen Krieg und Gewalt. Und Gewalt hat man mir gerade angetan!«

Wer war Jochen? Der nette Referendar aus der Dunkelkammer? Ich erfuhr, dass sein Bruder an der Johann-Wolfgang-Goethe-Universität studierte. Seine Kommilitonen hatten zu einem Schweigemarsch aufgerufen, an dem besagter Jochen aus Solidarität teilnehmen wollte. Ich war ein wenig befremdet – um welchen Krieg ging es überhaupt? Obwohl ich mich etwas übergangen fühlte, versprach ich Karin, sie im Büro zu entschuldigen.

So kam es, dass ich am Freitag ohne meine Freundin zur Arbeit fuhr und am Abend auch ganz allein zurückmusste. Und so kam es wohl auch, dass ich die Straßenbahn verpasste, denn Karin legte großen Wert auf einen pünktlichen Feierabend und trieb mich stets zur Eile an. Zu allem Überfluss hatte es angefangen zu regnen, meine Laune war auf dem Nullpunkt angelangt. Warum hatte meine liebe Kollegin dauernd einen Jupp oder Jochen an der Angel und ich fast nie jemanden? Als plötzlich ein vw neben der Haltestelle stoppte, ein Fenster geöffnet wurde und mich ausgerechnet der Jäger mitnehmen wollte, konnte ich es kaum glauben. Unverzüglich stieg ich ein und wischte mir mit dem Taschentuch die Regentropfen aus dem Gesicht.

Natürlich fragte er als Erstes nach Karin. »So, so, Ihre Kollegin ist plötzlich krank geworden«, meinte er leicht ironisch. »Ich habe sie heute gegen neun auf dem Weg zum Bahnhof gesehen, da wirkte sie noch ganz munter. Aber bei diesem Wetter ...«

Mir war nicht ganz wohl bei meiner Lüge. Aber im Grunde ging ihn Karins akute Halsentzündung überhaupt nichts an.

»Wo wir jetzt ganz unter uns sind«, fuhr Burkhard Jäger fort, »muss es endlich mal heraus! Ich nehme an, Sie wissen es bereits: Fräulein Bolwer hat sich leider auf ein schamloses Verhältnis mit einem Untermieter eingelassen, was sowohl mir als auch den Herren Habek und Zischka nicht entgangen ist. Ich sehe es als meine Pflicht an, die verehrte Gräfin über die moralische Gefährdung ihrer Nichte in Kenntnis zu setzen.«

Mir verschlug es erst einmal die Sprache. Inzwischen kannte ich die Gräfin gut genug, um ihre Reaktion richtig einzuschätzen – sie würde sowohl ihre Nichte als auch den Grizzly gnadenlos vor die Tür setzen. Und für mich persönlich wäre es ebenfalls eine Katastrophe, wenn ich mein zweites Zuhause verlöre.

Es dauerte eine Weile, bis ich meinen Zorn in Worte fassen konnte: »Meine Freundin ist volljährig und kann tun und lassen, was sie will! Eine Denunzierung wäre eine bodenlose Gemeinheit! Wenn Sie wirklich so weit gehen, dann werden wir ebenfalls auspacken! Sie haben eine ganze Menge Dreck am Stecken, das wissen Sie selbst am besten!«

Er reagierte gelassen. »Da müssen Sie schon etwas konkreter werden, Fräulein Holle. Ja, ich habe neulich etwas zu viel getrunken, aber dafür habe ich mich bereits bei der Gräfin entschuldigt.«

Nun konnte ich nicht mehr an mich halten. »Der unbekannte Ertrunkene aus der Zeitung heißt German Sokolow, und Sie haben sich mit ihm am Schaumburger Hof getroffen!«

Das saß. Der Jäger verstummte, fahrig fummelte er mit einem Fensterleder an der beschlagenen Windschutzscheibe herum und stellte die rotierenden Scheibenwischer aus und wieder an. Schließlich gab er sich einen Ruck und behauptete: »Da geht die Phantasie mit Ihnen durch, mein liebes Fräulein

Holle! Dem toten Russen bin ich noch nie begegnet, und seinen Namen höre ich zum ersten Mal. Wie kommen Sie überhaupt auf so eine absurde Idee?«

»Sie haben diesem Mann eine Aktenmappe übergeben, das konnten wir beobachten. Und ich habe ihn auf dem Zeitungsfoto an seiner Warze erkannt.«

»Aber ich bitte Sie, jeder Zweite hat irgendwo eine Warze, das ist doch lächerlich. Aber woher wissen Sie eigentlich, dass der ertrunkene Mann German Sokolow heißt? In der Zeitung wurde doch bloß gefragt, wer den Toten vielleicht identifizieren könnte?«

Ich antwortete nicht. Jetzt hat er sich verraten, dachte ich, falls er nämlich gar nichts mit dem Mord zu tun hat, würde er mich nicht fragen. Außerdem war er sichtlich nervös geworden, rammte beim Überholen beinahe einen LKW und schwitzte. Offenbar kannte er meine Adresse, denn er fragte nicht, sondern fuhr vor das Haus meiner Wirtin, stieg aus und hielt mir sehr förmlich die Tür auf.

»Wir müssen demnächst in Ruhe miteinander reden«, sagte er vage, gab Gas und verschwand im Regen, in den sich Schneeflocken mischten.

Bei diesem Wetter schickte man zwar keinen Hund vor die Tür, aber Rüdiger erwartete mich trotzdem und bestand auf seinem Recht. Mein Spaziergang geriet entsprechend kurz.

In meinem scheußlichen Zimmer war es eiskalt. Am Morgen hatte ich vergessen, mich um den Ofen zu kümmern. Sonst legte ich immer ein in nasse Zeitungen eingewickeltes Brikett auf die Glut, so dass ich am Nachmittag nicht neu anfeuern musste. Als ich mühsam wieder etwas eingeheizt hatte, erschien mir dieses trostlose Zimmer wie ein Gefängnis, und ich haderte mit meinem Schicksal. Ich besaß weder ein Radio, noch konnte ich mich auf den Roman, den mir Karin geliehen hatte, konzentrieren. Verdrossen starrte ich auf die hässlichen Gardinen, den klobigen Schrank, den verschlissenen Linoleumboden. In Zukunft wollte ich eisern sparen, um mir endlich eine winzige Wohnung mit ein paar eigenen Möbeln leisten zu können. Missmutig kauerte ich auf dem Bett, trank Tee aus einer schmutzigen Tasse, biss lustlos in ein trockenes Brötchen, verputzte schließlich als Dessert eine ganze Tafel Schokolade und kroch viel zu früh unter das klumpige Plumeau.

Lange tat ich kein Auge zu, tausend Gedanken tobten mir durch den Kopf. Wie würde der Grizzly reagieren, wenn er von Karins Teilnahme an einer dubiosen Demonstration erfuhr? Und zwar gemeinsam mit einem Rechtsreferendar aus dem Innenministerium? Steckten am Ende die Kommunisten dahinter? Durften angehende Beamte überhaupt eine politische Kundgebung unterstützen? In Gedanken stellte ich mir den tobenden, eifersüchtigen Grizzly vor und ließ ihn reimen: *Meinem Nebenbuhler Jochen brech' ich heute alle Knochen!* Vor allem aber war ich in Panik, weil ich die Karte Sokolow ausgespielt hatte. Der Weidmann würde nicht lockerlassen. Womöglich waren wir zu Freiwild geworden.

Am Samstag musste ich bis Mittag arbeiten, auf dem Heimweg kam ich so oder so durch die Rheinallee. Fräulein Karin liege noch im Bett, erklärte Rita, ließ mich aber herein, und ich stürmte hinauf in die Mansarde. Meine Freundin trug ein Spitzennachthemd aus gräflichem Besitz und lag wie eine Sterbende unter ihrer schneeweiß bezogenen Daunendecke. Es war nicht zu verheimlichen, dass sie geweint hatte.

Noch bevor ich sie von den neuen Problemen mit Burkhard Jäger unterrichten konnte, fing sie schon an loszuwettern. Erst nach und nach bekam ich mit, dass es bei der Demonstration vor der Frankfurter Uni zu einer Straßenschlacht gekommen war.

»Wir haben doch gar keinen Krieg in Deutschland«, sagte ich etwas dämlich und erfuhr, dass es sich um die Verstaatlichung des Sueskanals handelte, der den Krieg im Nahen Osten ausgelöst hatte. Arabische und afrikanische Studenten – unterstützt von deutschen Kommilitonen – wollten dagegen demonstrieren.

»Und warum heulst du jetzt? Das geht uns doch eigentlich gar nichts an«, sagte ich tröstend.

»Wir leben in einem Polizeistaat, einer Diktatur!«, schluchzte Karin. »Die Polizei ist mit Gummiknüppeln auf uns los, Jochen wurde von einem Streifenwagen erfasst und zu Boden gerissen! Und alles nur, weil der Schweigemarsch vom Polizeipräsidium nicht genehmigt worden ist. Ich möchte am liebsten auswandern, und zu allem Überfluss arbeiten wir beide auch noch für dieses Scheißministerium! Eine Schande! Es war ein Fehler, dass wir uns bis jetzt so wenig für Politik interessiert haben.«

»Liegt dein Jochen jetzt im Krankenhaus?«

»Nein, aber er hat bestimmt viele blaue Flecken, und außerdem war es saukalt und regnete, und ich habe jetzt wirklich Halsschmerzen. Am besten, du lässt mich allein. Ich will noch eine Runde pennen.«

Ich sah ein, dass ich Karin mit den neuesten Nachrichten nicht noch mehr beunruhigen sollte. Kurz vor der Haustür begegnete ich dem Grizzly. Mit einem Eimer voller Schlacke stapfte er aus dem Heizungskeller.

»Guten Tag, Jupp. Karin ist krank geworden«,

sagte ich. Er sah mich traurig an. Wahrscheinlich ahnte er bereits, dass sein Glück mit der hübschen Halbadeligen nicht von langer Dauer sein würde.

»Die Gräfin hat verboten, dass wir Untermieter die Mansarden betreten«, sagte er leise. »Wenn Karin etwas braucht, kann ich ihr leider nicht helfen.«

Es war für mich selbstverständlich, Weihnachten bei meinen Eltern zu feiern. Der 23. Dezember war nur noch ein halber Arbeitstag, am 24. saß ich im Zug und schaute erleichtert hinaus in die friedliche weiße Eifellandschaft. In den letzten Tagen war ich allem ausgewichen, was zu klären gewesen wäre – ich hatte Karin nichts von meiner Autofahrt mit dem Jäger erzählt, und ich war unserem Feind geschickt aus dem Weg gegangen. Immerhin war auch er nicht bei der Gräfin vorstellig geworden, um von Karins *moralischer Gefährdung* Rapport zu erstatten. Offensichtlich hatte mein Erpressungsversuch vorerst gewirkt.

11
Ein seltsamer Brief

Das Wirtschaftswunder hatte selbst bei meinen Eltern in der Eifel Einzug gehalten. Das erste Statussymbol war ein Auto, später kamen ein Fernsehapparat und schließlich eine Waschmaschine mit separater Schleuder hinzu. Meine Mutter abonnierte zwei Zeitschriften: Das Frauenmagazin *Constanze* und die Programmzeitschrift *Hör Zu*. Sie liebte Klatsch und Tratsch über Filmstars und Königshäuser. Fürst Rainier von Monaco – sie sprach von *Rainer* – hatte den Kellys am ersten Weihnachtsfeiertag seine Aufwartung gemacht und um Grace Kellys Hand angehalten. Mutter scheute sich nicht, mir ihren Lieblingstraum zu erzählen.

»Holda, ich sah dich in einem weißen Kleid an der Seite eines wunderschönen Prinzen. Man sagt zwar, Träume seien Schäume, aber in Bonn gibt es doch täglich Besuche von Königen und Staatsoberhäuptern. Vielleicht lernst du in eurem Ministerium auch mal so einen kennen, und es gibt irgendwann eine romantische Hochzeit.«

»Ach Mama, ich bin nicht Aschenputtel, und in unserem Ministerium sitzen keine Märchenprinzen auf weißen Rössern, sondern graue Aktenhengste und Paragraphenreiter an Schreibtischen aus schäbigem Tannenholz!«

Im Gegensatz zu meiner Mutter hätte es mein Vater gern gesehen, wenn ich weder einen Prinzen noch einen Beamten, sondern einen Bäcker heiraten würde, einen tüchtigen Nachfolger. Papa wollte sich schließlich in einigen Jahren zur Ruhe setzen. Doch meine Mutter wusste sehr gut, dass ich dann genau wie sie von früh bis spät Brot verkaufen musste, und wünschte sich eine bessere Zukunft für ihre Tochter.

Weihnachten wurde wie jedes Jahr in kleinem Kreis gefeiert, wir waren ja leider keine Großfamilie. Meine Mutter hatte wohl mehrere Fehlgeburten erlitten, so dass es bei der einzigen Holda geblieben war. Immerhin fehlte die Großmutter bei keinem Fest, ein hutzeliges krummes Weiblein. Ihr verdanke ich, dass ich – genau wie meine Mama – mit den Grimm'schen Märchen aufgewachsen bin. Nach und nach schenkte sie mir ihr eigenes Silberbesteck für meine Aussteuer. Ich mochte die riesigen Messer und langzinkigen Gabeln mit dem verschnörkelten Monogramm überhaupt nicht, sondern liebäugelte mit einer griffigen, modernen Form. In den fünfziger Jahren galt nicht nur Jugendstil als Kitsch, viele Möbelstücke flogen auf den Sperrmüll. Mir tut es immer noch weh, wenn ich daran denke, dass ich Jahre später einen ererbten Biedermeierschrank fürs Kinderzimmer himmelblau angestrichen habe.

Karin hatte behauptet, wir hätten uns bisher viel zu wenig für Politik interessiert. Mein Vater mauerte, wenn ich ihn nach seiner Rolle im Dritten Reich fragte, es war ihm sichtlich peinlich, dass er sich freiwillig zur Waffen-ss gemeldet hatte. Meine Mutter zuckte mit den Schultern, sie habe immer so viel zu tun, dass sie eigentlich selten einen Blick in die Tageszeitung werfe. Politik sei außerdem Männersache. Ausgerechnet meine Oma, von der ich es am wenigsten erwartet hatte, begeisterte sich für den gleichaltrigen Konrad Adenauer. In jungen Jahren hatte sie dem Kaiser zugejubelt, danach *Heil Hitler* gerufen, und nun war sie Feuer und Flamme für den neuen Bundeskanzler.

Die paar Tage in meiner alten Heimat waren schnell vorbei. Silvester feierte ich noch zu Hause, aber am Neujahrstag reiste ich wieder ab. Ich empfand die Erwartungen meiner Eltern als latenten Druck und war erleichtert, als ich wieder wegkonnte. Vor allem freute ich mich auf Karin, die ihre freien Tage bei der Mutter und den Geschwistern in Krefeld verbracht hatte.

Bestimmt fühlte sich die Gräfin einsam in ihrer leeren Villa, denn auch alle Untermieter und Bediensteten waren ausgeflogen, selbst der Jäger hatte erwähnt, dass er mit Angehörigen feiern werde.

Aus Unachtsamkeit oder vor lauter Langeweile hatte Karins Tante einen Brief geöffnet, der für Burkhard Jäger bestimmt war. Da er abgesehen von einer Fachzeitschrift fast gar keine Post bekam, war sie wohl auch ein wenig neugierig auf das unbekannte Liebesleben ihres Untermieters. Als Absender stand da nämlich ein Frauenname: *Martha Piontek.*

»Mir ist da ein peinlicher Lapsus unterlaufen. Könnt ihr mir einen Rat geben, wie ich diesen Brief wieder zukleben kann, ohne dass Herr Jäger es merkt?«, fragte sie uns, kaum dass wir wieder da waren. »Ihr kennt aus dem Büro doch sicherlich irgendeinen Trick ...«

»Wenn er nicht wichtig ist, könntest du den Brief doch auch einfach verschwinden lassen – Post geht schließlich immer wieder mal verloren. Was steht überhaupt drin?«, fragte Karin harmlos, aber Tante Helena versicherte hoch und heilig, kein einziges Wort gelesen zu haben.

Karin sah sich das aufgeschlitzte Kuvert prüfend an und meinte, es sei wohl am besten, einen neuen Umschlag anzufertigen. Die paar Zeilen könne sie mit einer ähnlichen blauen Tinte ganz gut fälschen, denn sie war schon immer eine begabte Zeichnerin gewesen. Die verwendete Briefmarke war unter Dampf schnell abgelöst und konnte wieder angeleimt werden, nur ein misstrauischer Profi würde erkennen, dass der Stempel nicht über die Ränder der Marke hinausging. Seufzend übergab Tante Helena ihrer Nichte das Dokument und ließ sich absolute Diskretion zusichern; Karin verschwand unverzüglich mit ihrer Beute. In ihrer Mansarde schrieb sie den gesamten Brief ab, damit ich später auch am lustigen Jägerleben teilhaben konnte. Dann erst beschriftete sie einen fast identischen Umschlag und überreichte ihrer Tante das vollendete Werk. Erleichtert schob die Gräfin die Fälschung unterm Türspalt hindurch.

Bis jetzt hatte mich Karin fast noch nie in meinem möblierten Zimmerchen besucht, umso mehr staunte ich, als sie kurz nach meiner Ankunft bei strömendem Regen auftauchte. Bevor sie auch nur ein Wort sagte, zog sie einen Schuh aus, dessen Sohle ein Loch hatte. Den durchnässten Strumpf hängte sie neben den Ofen und schüttelte sich wie Rüdiger, der Hund meiner Wirtin. Ich hatte ihr noch immer nichts von meinem bedrohlichen Gespräch mit dem Jäger erzählt, kam aber vorerst wieder nicht dazu, weil mir Karin aufgeregt ein nasses, vollgekritzeltes Blatt Papier unter die Nase hielt. Halblaut las ich:

Lieber Burkhard,
um sicher zu sein, dass dieser Brief nicht in fremde Hände gerät, wird ihn meine Kusine mit in den Westen nehmen und in Hannover einwerfen. Seit Lilo inhaftiert ist, habe ich das unbestimmte Gefühl, dass auch ich von der Stasi bespitzelt werde. Einmal im Monat darf ich meine Tochter besuchen, es geht ihr den Umständen entsprechend nicht gerade gut. Sie sitzt bis auf weiteres in politischer Haft. Ihre Zugehörigkeit zu unserer Glaubensgemeinschaft wird als Gegnerschaft zum Kommunismus angesehen. Im heutigen System der DDR ergeht es uns kaum besser als unter den Nationalsozialisten. Man unterstellt uns Boykotthetze gegen demokratische Einrichtungen und behauptet, wir seien Spione einer imperialistischen Macht. Meine Bitte an Dich: Kannst Du nicht Deine Beziehungen zu prominenten Politikern spielen lassen, um Lilo im Austausch endlich freizubekommen? Es ist immer tragisch, wenn ein liebendes Paar durch willkürliche Repressionen getrennt wird, in Eurem Fall aber besonders. Nach Deinen schweren Jahren im Krieg und in russischer Gefangenschaft solltest auch Du endlich die Möglichkeit zur Gründung

einer Familie haben. Ihr werdet ja beide nicht jünger.

Lieber Burkhard, ich flehe Dich an, alles zu unternehmen, was in Deiner Macht steht. Alles Gute für das neue Jahr, Gott segne Dich!
Mit bestem Gruß von Mutti Martha

»Kapierst du das?«, fragte Karin. Ich überflog den Brief zum zweiten Mal und nickte.

»Anscheinend ist der Jäger verlobt, und seine Lilo sitzt in der DDR im Knast«, sagte ich. »Das ist nun wirklich eine Überraschung! Wer hätte diesem Geizhals jemals eine Freundin zugetraut! Und was soll das für eine Glaubensgemeinschaft sein? Gehört der Jäger selbst dazu? Meinst du, es sind die Zeugen Jehovas?«

Karin wusste es auch nicht. »Vielleicht haben wir ihm Unrecht getan«, überlegte sie. »Womöglich versucht er nur, wenn auch mit fragwürdigen Mitteln, seine Lilo freizubekommen. Wer weiß, ob wir das an seiner Stelle nicht ebenso machen würden ...«

Nun fand ich es an der Zeit, von meiner Autofahrt mit dem Jäger zu berichten. Als Karin erfuhr, dass er sie wegen ihres Techtelmechtels mit dem Grizzly bei der Gräfin anschwärzen wollte, war es mit ihrem Mitleid schon wieder vorbei.

»Egal, ob er nun ein armes Schwein ist oder nicht, er ist vor allen Dingen ein Schwein!«, rief sie entrüstet. »Was geht es ihn an, ob ich Jupp manchmal besuche?«

»Wahrscheinlich ist es der pure Neid«, sagte ich. »Er selbst guckt in die Röhre und gönnt anderen rein gar nichts. Und Sex außerhalb der Ehe ist für eine puritanische Sekte ohnedies undenkbar.«

»Durch prüde Gebote züchtet man nur diese verklemmten Typen heran, die Spitzenhöschen klauen! Ach Holle, du hast mich zwar retten wollen, aber trotzdem Mist gebaut. Er ahnt jetzt, dass wir zu viel über seine Machenschaften wissen. Er wird versuchen, uns kaltzustellen.«

»Und wenn er uns nicht bloß kaltstellt, sondern kaltmacht? Mein Gott, Karin, mir wird ganz schlecht! Schließlich wohnt er in eurem Haus. Ein Agent kennt bestimmt jede Menge Todesarten, die wie ein Unfall aussehen! Er könnte zum Beispiel die elektrischen Leitungen manipulieren!«

»Und dabei aus Versehen die unschuldige Rita umbringen«, sagte Karin. »Das wird er nicht wagen. Außerdem müsste er schon uns beide auf einen Schlag aus dem Weg räumen. Wir dürfen auf keinen Fall gemeinsam zu ihm ins Auto steigen. Meinst du, wir sollten Jupp einweihen, damit er gelegentlich als unser Bodyguard fungiert?«

Ich wiegte den Kopf hin und her. Vielleicht war meine Frage allzu indiskret: »Karin, hast du gerade zwei Eisen im Feuer? Jochen und Jupp? Ich hatte neulich das Gefühl, der Grizzly wäre enttäuscht von dir.«

»Er hat überhaupt keinen Grund zur Eifersucht. Ich habe nicht mit Jochen geschlafen, aber Jupp bildet sich das ein. Leider ist er ziemlich konservativ und ein gläubiger Katholik, er denkt bereits ans Heiraten. Das kommt aber überhaupt nicht in Frage, jetzt sowieso noch nicht und mit Jupp schon gar nicht.«

Und was macht sie, wenn ein Kind unterwegs ist?, fragte ich mich, wagte aber nicht, dieses Thema anzusprechen. Wenn Karin sich schon mit Kondomen auskannte, dann wusste sie auch, wie man eine Schwangerschaft verhüten konnte. Kürzlich hatte mir noch meine Wirtin vom traurigen Schicksal ihrer Tochter erzählt: *Jetz sitz dat ärm Majann met zwei Pänz allein in Poppelsdorf!* Die zwei unehelichen Enkelkinder meiner Wirtin bekam ich allerdings nie zu Gesicht, vielleicht gab es sie ja gar nicht, und die Geschichte sollte mir bloß zur Warnung dienen.

»Warum würdest du den Grizzly – ich meine deinen Jupp – nicht heiraten?«, fragte ich leicht gereizt, denn ich witterte sozialen Dünkel. In diesem Punkt war ich empfindlich.

»Ich habe mir neulich überlegt«, sagte Karin, »dass ich auf jeden Fall einen Diplomaten heiraten möchte. Botschaftergattin ist mein Ziel! Stell dir mal vor: alle paar Jahre in einer anderen Hauptstadt residieren, auf Empfängen seidene Abendkleider tragen, Fremdsprachen bei einem Privatlehrer lernen, die Kinder in ein teures Internat schicken. Deswegen werde ich demnächst versuchen, meine Stelle im Innenministerium gegen einen Job im Auswärtigen Amt einzutauschen, dort hat man sicher bessere Chancen. Jupp hat mir mal erzählt, dass es unter den Diplomaten überdurchschnittlich viele Adlige gibt, da habe ich vielleicht durch Tante Helena ganz gute Karten.«

So eine treulose Tomate, dachte ich. Ihrem Grizzly wird sie vormachen, sie wolle nur deshalb ins Außenministerium wechseln, um ihm möglichst nahe zu sein. Ich kam in ihren Plänen überhaupt nicht vor, doch die beleidigte Leberwurst wollte ich nicht spielen. Um abzulenken, verlangte ich erst einmal eine gräfliche Zigarette und holte einen Aschenbecher.

»Die Probleme mit dem Jäger sind aber deswegen nicht vom Tisch. Vielleicht bist du bereits tot, bevor du auch nur einen einzigen Diplomaten kennengelernt hast«, sagte ich und versuchte vergeblich, den Rauch in Kringeln auszustoßen. Karin qualmte häufiger als ich, die hässlichen Nikotinspuren an ihren zarten Fingerkuppen verrieten sie ebenso wie die perfekten Ringe, die sie produzierte. Meine Wirtin mochte es zwar nicht, wenn im Zimmer geraucht wurde, aber sie konnte es auch nicht verbieten.

Der nächste Morgen war ein Montag, der 2. Januar 1956, und wir mussten wieder arbeiten. Der Jäger würde erst heute zurückerwartet, erfuhr ich. Ich hatte ihn seit der Autofahrt nicht mehr gesehen und es auch tunlichst vermieden, ihm zu begegnen. Als Letztes hatte er gesagt, er müsse mit uns reden, was immer das bedeuten mochte; er schien es allerdings nicht besonders eilig zu haben. Wir überlegten, wie wir uns bei einem Zusammentreffen verhalten sollten.

»Das Schreiben von Mutti Martha – also seiner zukünftigen Schwiegermutter – wird er also erst heute Abend lesen«, stellte ich fest. »Wird es ihm bei seinem beruflichen Hintergrund nicht auffallen, dass nur die Briefmarke und nicht der Umschlag abgestempelt ist? Hoffen wir nur, dass er viel zu gespannt auf den Inhalt ist, um sich groß mit dem Umschlag aufzuhalten.«

Noch am selben Tag wurde Karin gegen Mittag von der Haushälterin ihrer Tante angerufen. In unserem

Büro stand natürlich ein Telefon, ebenso wie bei unserem Chef. Privatgespräche wurden allerdings nicht gerne gesehen. Da nicht allzu viele Normalbürger einen eigenen Anschluss besaßen, bestand ohnedies nicht oft Gelegenheit dazu, zumal man sich von der Zentrale verbinden lassen musste. Wenn es klingelte, waren es meist interne Anrufe – wir sollten etwa eine Akte abholen, den Chef suchen oder eine Unterschriftenmappe vorbeibringen. Der aufgeregten Miene meiner Freundin entnahm ich, dass es sich um eine Hiobsbotschaft handelte.

»Tante Helena ist gestürzt und liegt im Johanniter-Krankenhaus«, sagte Karin. »Sie hat wahrscheinlich eine Gehirnerschütterung, außerdem ist der linke Arm gebrochen. Es macht keinen Sinn, wenn ich jetzt sofort hinfahre, aber vielleicht darf ich etwas früher Schluss machen.«

So kam es, dass ich wieder allein zur Haltestelle laufen musste; es schneite ein wenig, aber die Flocken blieben nicht liegen. Diesmal beobachtete ich ängstlich die vorbeifahrenden Autos, denn ich wollte auf keinen Fall das Mitleid des Jägers erregen und am Ende wieder von ihm mitgenommen werden. Ob er die *verehrte Frau Gräfin* im Krankenhaus besuchen würde? Ich stellte mir vor, wie er mit einem ebenso hässlichen wie billigen Strauß vor ihrem

Bett stand und seine geschwächte Vermieterin vom unzüchtigen Treiben in ihrem Haus in Kenntnis setzte. Seltsam, dass dieser Mensch eine Verlobte hatte, aber es hieß ja immer, auf jeden Topf passe irgendein Deckel. Ich stellte sie mir vor wie Popeyes Freundin Olivia, lang, dünn und mit riesigen Quadratlatschen. Der mittelgroße Jäger würde neben ihr wie ein mickriges Männlein wirken.

In der Straßenbahn konnte ich immerhin die Rückseite des *Bonner Generalanzeigers* mitlesen, weil mein Gegenüber die Zeitung in ganzer Breite hochhielt. Im nahegelegenen Städtchen Andernach rückten gerade die ersten fünfhundert Freiwilligen in die Kaserne ein, um in der neugegründeten Bundeswehr Dienst zu tun. Ich überlegte, ob diese Tatsache für einen Spion wie Burkhard Jäger wohl von Bedeutung war.

12
Die Sammlung

Die prüde Epoche meiner Jugend war eine Zeit der Verdrängung. In den Schulen des katholischen Rheinlands saßen jetzt protestantische Flüchtlingskinder aus dem Osten. Die meisten Eltern sprachen nicht von ihrer unrühmlichen Rolle im Dritten Reich, die Kinder verschwiegen traumatische Erlebnisse auf der Flucht und bei der Vertreibung. In jener Zeit, die immer noch von rassistischem Gedankengut geprägt war, taten sich immer wieder junge Frauen mit Besatzungssoldaten zusammen und wurden besonders schief angesehen, wenn es sich um einen dunkelhäutigen GI handelte. Die sogenannten Negerbabys wurden auf Anraten der Jugendämter oft nach der Geburt ihren Müttern abgeschwatzt und an Afroamerikaner in den Vereinigten Staaten vermittelt, denen wiederum eine normale Adoption untersagt war. Das erfuhr ich erst kürzlich durch eine Dokumentation im Fernsehen. Doch meine Enkelin Laura interessiert sich kaum für die Geschichte des vergangenen Jahrhunderts, sondern vielmehr für meine ganz persönlichen Abenteuer.

Die Gräfin musste lange im Krankenhaus liegen, weil man zur damaligen Zeit bereits eine leichte Gehirnerschütterung mit mehrwöchiger Bettruhe kurierte. Von mir aus hätte sie auch noch länger wegbleiben können, so ungezwungen ging es in ihrer Abwesenheit in der Villa zu. Karin und ich trafen uns nicht mehr in der Küche oder der Mansarde, sondern machten es uns in Tante Helenas Boudoir bequem. Einmal übernachtete ich sogar samt Hund auf dem dortigen Sofa, weil ich bei schlechtem Wetter nach einigen Gläsern Eierlikör nicht mehr den Weg nach Hause antreten wollte. Dort erwartete mich allerdings dann meine zornige Wirtin, weil sie ihren Hund vermisste.

Jupp hatte seine Eifersuchtsattacken überwunden, traute sich jetzt endlich in Karins Mansarde, nutzte die Gelegenheit und am nächsten Morgen das gräfliche Bad. Auch die Domestiken, das Dienstmädchen Rita und die Haushälterin, ließen fünf gerade sein, putzten schnell und oberflächlich, kochten auf Sparflamme nur für sich selbst und hatten verständlicherweise keine Lust, Karin und mich zu bedienen. Aber gerade diese Lotterwirtschaft trug zur allgemeinen Gemütlichkeit und Verbrüderung bei. Herr Habek und Herr Zischka, die ebenso pünktlich im Büro auf der Matte standen wie abends in der Kneipe, bekamen nicht viel davon mit, denn sie wurden stets mit dem gewohnten Frühstück versorgt. Karin wollte auf jeden Fall vermeiden, dass sich einer der Untermieter bei ihrer Tante beschwere. Doch sie hatte die Rechnung ohne den Jäger gemacht.

Vielleicht fühlte sich Burkhard Jäger als ältester Bewohner für die Moral verantwortlich und wollte späteren Vorwürfen der Gräfin vorbeugen. Jedenfalls machte er bei einem Krankenbesuch beunruhigende Andeutungen mit indirekten Hinweisen auf den Grizzly. Doch die Kranke reagierte ungehalten, denn gerade dieser Mieter sei unentbehrlich – schließlich war er für die Wartung der Heizung und viele kleine Reparaturen zuständig. Auf die anderen Herren könne sie gut und gern verzichten, aber nicht auf so einen vortrefflichen Handwerker. Trotzdem wollte sie konkrete Tatsachen hören, aber der Jäger vermied fürs Erste direkte Anschuldigungen. Schließlich versprach er der besorgten Gräfin, sich persönlich um den guten Ruf ihres Hauses zu kümmern.

Es liegt wohl in der Natur der Sache, dass ein Grizzly und ein Jäger selten zu Freunden werden.

Von Anfang an gab es Animositäten zwischen den beiden: Jupp fand den Jäger arrogant, der wiederum hielt den Zimmernachbarn für einfältig und ungebildet. Zufällig sah der Jäger kurz nach seinem Krankenhausbesuch, wie der Grizzly frohgemut in den ersten Stock hinaufstapfen wollte.

»Es ist Ihnen hoffentlich bekannt, dass die Untermieter nichts in den Privatzimmern der Frau Gräfin zu suchen haben«, fuhr er ihn an. Jupp war geistesgegenwärtig genug, um zu kontern: »Fräulein Karin hat mich gebeten, eine knarrende Tür zu ölen.«

Der Jäger musterte sein Gegenüber mit zusammengekniffenen Brauen und entdeckte weit und breit kein Ölkännchen.

»Ich muss mir den Schaden erst einmal ansehen«, sagte Jupp, drängte sich an seinem Verfolger vorbei und stieg unbeirrt nach oben. Nach kurzem Anklopfen betraten sie gemeinsam das Boudoir, wo Karin auf dem Sofa lümmelte.

»Na, wo befindet sich denn die knarrende Tür?«, fragte der Jäger süffisant, und Karin sah die beiden Männer fragend an.

Wieder zeigte der Grizzly, wie reaktionsschnell und pfiffig er war, als er seine Freundin unverzüglich siezte. »Fräulein Karin, Sie haben mich doch neulich gebeten, die Badezimmertür zu reparieren.

Bevor ich das passende Werkzeug hole, wollte ich mir das erst einmal anschauen.«

Auch Karin schaltete rasch und lächelte. »Das ist wirklich nett von Ihnen, die Tür geht mir schon lange auf die Nerven. – Und was haben Sie für ein Anliegen, Herr Jäger?«

Unser grauer Feind behauptete, die gnädige Frau Gräfin habe ihn beauftragt, Fräulein Bolwer mit Rat und Tat zur Seite zu stehen. Er wolle bloß nachfragen, ob auch alles in Ordnung sei.

Als Karin ihm versicherte, die Welt sei noch nicht aus den Fugen, deutete er eine Verbeugung an und verschwand.

Ich stieß etwas später dazu, ließ mir alles haarklein erzählen und war beunruhigt. »Dieser widerliche Schnüffler!«

»Das kann man wohl sagen«, meinte Jupp. »Als ich etwa nach einer Stunde wieder herunterkam, lag der Jäger mit der Taschenuhr in der Hand auf der Lauer. Das sei ja eine ziemlich langwierige Sache gewesen, sagte er zynisch, und wie hätte die Reparatur geklappt so ganz ohne Werkzeug? Ich habe dann behauptet, Karin habe mir Nähmaschinenöl gebracht und der Schaden sei jetzt behoben.«

»Und?«, fragte ich. »Für einen Tropfen Öl braucht man doch kaum fünf Minuten ...«

»Du bist immer so pedantisch, Holle«, fand Karin. »Jetzt gibt sich der Jäger erst mal zufrieden und hat gemerkt, dass er mit uns kein leichtes Spiel hat. Außerdem weiß er genau, dass wir etwas gegen ihn in der Hand haben.«

Da wurde wiederum der Grizzly hellhörig, und Karin klärte ihn prompt über German Sokolow alias Hermann Falkenstein auf und über das belastende Material, das wir gefunden hatten. Sie geriet richtig in Fahrt, was wiederum mir nicht recht war. Jupp sollte ruhig weiterhin glauben, es gehe um geklaute Unterwäsche. Woher wollte Karin überhaupt wissen, dass ihrem Lover hundertprozentig zu trauen war?

»German Sokolow«, wiederholte der Grizzly nachdenklich.

Von unserer zweiten Durchsuchung hatte Karin immerhin nichts verlauten lassen. Den Namen hätten wir von unserem Chef erfahren, meinte sie nur.

»Glaubst du etwa, der Jäger hat ihn umgebracht?«, stammelte der Grizzly fassungslos.

»Warum sollte er? Man schlachtet doch keine milchgebende Kuh«, meinte Karin.

Schweigen machte sich breit.

Plötzlich fiel Karin noch etwas ein. Am vergangenen Sonntag habe sie mit Ulla in einem Bonner Café gesessen und erfahren, dass ihre Freundin den

Jäger in einer Kirche getroffen habe. Und zwar nicht bei einem katholischen oder protestantischen Gottesdienst, sondern bei einer Sekte mit nur wenigen Mitgliedern. Er habe sehr konzentriert und in sich gekehrt auf der hintersten Bank gesessen, aber beim Hinausgehen Ulla erkannt und freundlich mit ihr geplaudert.

»Na klar«, sagte Jupp. »Ulla arbeitet doch in der Ermekeilkaserne, da wird er sich bestimmt an sie ranschmeißen! Die neue Bundeswehr ist doch für einen Spion tausendmal interessanter als euer Innenministerium. Man sollte sie warnen!«

»Wir kennen nun schon zwei Menschen, die Sektenmitglieder sind«, sagte Karin. »Ich wusste zwar, dass Ulla sehr fromm ist, aber ich hatte bisher nie nachgehakt, welcher Konfession sie angehört. Sie hat es früher nicht leicht gehabt, ich war mal in ihrem Elternhaus zu Besuch. Der Vater ist ein jähzorniger Tyrann. Vielleicht fällt sie deshalb auf so einen Spießer wie den Jäger herein.«

Mir gab die Tatsache, dass sich Karin am Sonntag mit Ulla verabredet hatte, einen kleinen Stich. Mir gegenüber hatte sie nämlich behauptet, sie wolle ihre Tante im Krankenhaus besuchen und habe keine Zeit für den gewohnten Hundespaziergang. Ich musste meine Freundin jetzt nicht nur mit Jupp, sondern auch mit der frommen Ulla teilen. So ganz klug wurde ich nicht aus Karin. Manchmal war sie nicht zu bremsen, dann wieder fing sie an, mit ihrem Schicksal zu hadern. Ihr Bruder Walter hatte Abitur gemacht und bekam als Student ein Stipendium durch den sogenannten Lastenausgleich. Auch ihre jüngere Schwester würde demnächst ein Studium beginnen, nur sie selbst hatte die Schule mit der Mittleren Reife abgeschlossen und anschließend die Handelsschule besucht. Karin fühlte sich benachteiligt, denn man habe sie nicht ihrer Begabung entsprechend gefördert. In meiner Familie war das anders, meine Mutter wusste durchaus, dass Aschenputtel nur im Märchen eine glanzvolle Hochzeit feiert. Vielleicht war meine Freundin deshalb so darauf fixiert, einen Diplomaten zu heiraten, weil sie wenigstens auf gesellschaftlicher Basis Karriere machen wollte. Insgeheim hielt ich ihre Pläne für allzu ehrgeizig und unrealistisch. Noch konnte ich nicht ahnen, welche Kräfte in ihr steckten.

Das Unglück begann damit, dass uns Karin die antiken Spazierstöcke ihrer Tante präsentierte. An einem trüben Winterabend saßen Jupp, Karin und ich vorm Fernseher und schauten uns die Quizsendung *Heiteres Beruferaten* an. Das Gerät war brandneu, die Gräfin hatte es sich selbst zu Weihnachten geschenkt und in ihrem Boudoir direkt vorm Sofa aufstellen lassen. Damals gab es nur ein einziges Programm, und danach war Sendeschluss. Von den schlauen Ratefüchsen im Fernsehen inspiriert und weil es noch früh am Abend war, wollte Karin uns pantomimisch ein paar Berufe vorführen, die wir erraten sollten. Ebenso wie die Vorbilder sollten wir die Fragen so geschickt stellen, dass sie mit *Ja* beantwortet werden mussten, zum Beispiel: *Gehe ich recht in der Annahme, dass Sie kein Schornsteinfeger* (oder was auch immer) *sind?* Als sie mit einem zierlichen Flanierstock aus Ebenholz eine Kurtisane darstellte, wurde mein Interesse an der erlesenen Sammlung geweckt, und wir vergaßen unser Spielchen.

Karin zeigte uns mit einem gewissen Stolz die anderen Exemplare: einen Arztstock, um den sich eine Äskulapschlange aus Elfenbein wand, einen Opernstock aus rötlichem Zedernholz, in dem sich ein winziges Fernglas verbarg, einen Bambusstock mit einem Tigerkopf als Knauf, Stöcke aus exotischen Hölzern mit Verzierungen aus geschnitzten Rosen und Weinlaub, mit Ornamenten aus Schildpatt oder Silber, einer war sogar aus Walknochen hergestellt. Das wertvollste Stück, der Spazierstock von Fabergé mit dem Lapislazuliknauf, fehlte. Zum Abschluss kamen noch die sogenannten Funktionsstöcke an die Reihe, beispielsweise ein Sitzstock für Jäger. Andere hatten ein diskretes Innenleben: Aufgeschraubt verbargen sie ein Geheimnis, ein Fernglas, eine Pfeife oder ein dünnes Röhrchen für Schnaps zur unauffälligen Stärkung. Am faszinierendsten fanden wir alle drei den englischen Stockdegen, der eine Stichwaffe enthielt. Karin demonstrierte seine Schärfe lustvoll an einer Essiggurke.

Wieder einmal meldet sich Laura zu Wort. Sie findet es jammerschade, dass heute niemand mehr mit einem Spazierstock lustwandelt. Heute dienten Stöcke oder Krücken nur als Gehhilfen für behinderte ältere Menschen, jüngere bräuchten beide Hände für ihre Smartphones.

»Und zu allem Überfluss haben sie wie ein Steiff-Tierchen auch noch Knöpfe im Ohr«, sage ich missbilligend. »Und latschen wie in Trance bei Rot über die Ampel. Übrigens liefen die männlichen Stadtbewohner bereits zu meiner Zeit mit Aktenmappen und nicht mit Spazierstöcken durch die Gegend. Aber mein Vater – also dein Urgroßvater – ging ohne seinen treuen Wanderstab nicht aus dem Haus. Der war aus knorrigem Wurzelholz mit kleinen angenagelten Wappen aus Blech, die ich als kleines Mädchen wunderschön fand. Im uralten Kinderlied *Hänschen klein* heißt es ja schon: *Stock und Hut stehn ihm gut,* denn wenn ein kleiner

Junge wie ein Erwachsener auftreten wollte, ging es nicht ohne diese Attribute.«

»Einen Stockdegen hätte ich auch gern«, erklärt Laura. »Oder vielleicht könnte ich auch ein Stilett in meinen Regenschirm einbauen. Dann könnte ich mich endlich problemlos in jeder noch so verruchten Gegend herumtreiben.«

»Ich rate dir dringend davon ab«, sage ich warnend. »Gelegenheit macht Diebe! In den USA werden Jahr für Jahr viele Menschen umgebracht, nur weil in jeder Nachttischschublade ein Colt liegt.«

»Hat Karin später mal die Schätze ihrer Tante geerbt?«, fragt Laura dann. »Die waren doch sicherlich ein Vermögen wert!«

Wenn ich mich recht erinnere, hat die Gräfin ihre Sammlung einem Museum vermacht. Jedenfalls hat sie nie etwas davon erfahren, dass der Stockdegen einmal zum Einsatz kommen sollte.

Laura kann die Fortsetzung kaum erwarten, aber ich bin müde und werde ein andermal erzählen, welche Katastrophe damals geschehen ist – es fällt mir schließlich nicht leicht. Außer mir weiß kaum jemand, was sich im Haus der Gräfin zugetragen hat. Und jene, die davon wussten, leben wohl nicht mehr. Inzwischen ist die Sache ohnedies verjährt. Doch ins Grab mitnehmen möchte ich meine Geheimnisse nicht. Bevor ich ins Gras beiße, soll Laura erfahren, dass die vermeintlich so biedere Jugendzeit ihrer Großmutter ziemlich aufregend war.

13
Halali

Während der Wochen, in denen die Gräfin im Krankenhaus lag, fanden wir täglich mehr Gefallen am *dolce vita*. Mein Hundespaziergang nach der Arbeit fiel immer nur kurz aus – nach zehn Minuten brachte ich Rüdiger wieder zurück zu seiner Herrin und machte mich unverzüglich auf den Weg in die Rheinallee.

In der Villa kochten wir gemeinsam, lümmelten auf dem Sofa herum und verbrachten viele gemütliche Stunden mit Plaudern und Fernsehen. Meine Bedenken gegen den Grizzly hatten sich als unbegründet erwiesen; wenn er nicht gerade Spätdienst hatte, leistete er uns Gesellschaft und sorgte für ein gutgeheiztes Haus.

Der Jäger ließ sich vorläufig nicht mehr blicken. Dafür konfrontierte uns das Hausmädchen Rita mit einer unverschämten Bemerkung. Da ihr Zimmer neben Karins Mansarde lag, entging es ihr nicht, dass Jupp sich oft genug zu vorgerückter Stunde dort einnistete.

»*Hür'ens*«, meinte Rita in mühsam gebremstem Rheinisch. »*Wenn dat die gnädje Frau wüsst, die dät Ihne met em Kochlöffel öm de Uhre schlaje. Aber Sie müssen me nur e bissje en Jefalle dunn, dann sach isch nix.*«

Rita verlangte eine Woche Urlaub mit sofortiger Wirkung, die Frau Gräfin brauche das nicht zu erfahren.

So kam es, dass wir an jenem Freitagabend allein waren, denn die Haushälterin wohnte in Mehlem und verließ die Villa meist schon am frühen Nachmittag. Da ein arbeitsfreier Samstag vor uns lag, hatte Karin auch ihr erlaubt, an diesem Wochenende blauzumachen. Das Frühstück der Untermieter wollte Karin selbst zubereiten und auf einem Stuhl vor ihren Zimmern abstellen, aber vielleicht war es auch gar nicht nötig. Die Herren Habek und Zischka waren nämlich ebenfalls ausgeflogen. Gewarnt durch das Schicksal des Majors, stillten sie ihre Bedürfnisse außer Haus, in der Kneipe und bei professionellen oder privaten Liebesdienerinnen. Auch der vw des Jägers stand nicht vor der Tür. »Sturmfreie Bude«, stellte Karin zufrieden fest und schickte Jupp in den Keller, um Rotwein und Bier zu holen. Sie hatte kürzlich das neue Spiel Monopoly gekauft. Wir freuten uns alle drei auf einen lustigen Abend.

Ohne sich vor mir zu genieren, beschlossen Karin und Jupp, die Gelegenheit zu nutzen, um anschließend in Tante Helenas breitem Bett zu schlafen. Mir überließen sie spaßeshalber die Wahl zwischen dem Sofa und den schmaleren Betten von Karin, Jupp oder Rita. Wenn die Katze nicht zu Hause ist, tanzen die Mäuse, stellte ich fröhlich fest. Doch wir hatten die Rechnung ohne den Kater gemacht.

Diesmal saßen wir nicht im Boudoir, weil sich der quadratische Küchentisch besser als Spielbrett eignete. Monopoly war in kurzer Zeit überaus beliebt geworden, weil es perfekt in die Zeit des Wirtschaftswunders passte. Auch wir hatten von Anfang an viel Spaß am ungebremsten Kapitalismus. Mein Vater hatte uns einen frischen Hefezopf geschickt, den Karin aus Jux mit dem Stockdegen zerteilte. Wir aßen, tranken und rauchten, waren vergnügt und wohl ziemlich laut. Bestimmt hatten wir es deswegen überhört, als es ein paarmal an die Tür klopfte. Nur Jupp spitzte plötzlich die Ohren. »Immer herein, wenn's kein Schneider ist«, rief er gutgelaunt.

»Ich bin's doch nur, der Herr Jäger«, sagte der ungebetene Gast und trat ein. Zum ersten Mal mussten wir über einen Satz des grauen Langweilers ein wenig grinsen, denn er hatte den Schneider wörtlich genommen. Doch ihm war nicht zum

Scherzen. »Bei diesem Lärm kann man ja kein Auge zutun«, sagte er und blickte missbilligend auf Spielgeld, Würfel, Flaschen und Aschenbecher.

»Nehmen Sie Platz«, sagte Karin. »Man kann Monopoly auch gut zu viert spielen. Wenn Sie eine Weile zuschauen, können Sie bei der nächsten Partie mit einsteigen!«

Der Jäger zog sich wirklich einen Stuhl heran und setzte sich. Dann wandte er sich an Jupp, der sein Henninger-Export lässig aus der Dose trank.

»Schämen Sie sich eigentlich nicht, unschuldige junge Damen durch Glücksspiele zu verderben? Ich weiß wirklich nicht, wie ich das vor der Frau Gräfin verantworten kann!«

»Ja, ja«, sagte Karin süffisant. »Zu mehr als Empörung sind Sie wohl nicht in der Lage. Meine Tante wird bestimmt gern mitspielen, wenn sie wieder gesund ist.«

»Ich habe Ihrer Frau Tante versprochen, dass ich als Ältester ein wenig nach dem Rechten sehe«, fuhr der Jäger unbeirrt fort. »Was ich hier leider zur Kenntnis nehmen muss, kann ich auf keinen Fall billigen. Abgesehen davon leben Sie in Sünde, nicht nur vor Gott, sondern auch vor dem Gesetz!«

»Wir kennen den Kuppelparagraphen«, sagte Jupp. »Aber da Fräulein Karin und ich heiraten werden, hält die Sünde sich in Grenzen.«

Verblüfft schaute ich zu Karin hinüber, sie verzog keine Miene.

Doch der Jäger ließ sich nicht aus dem Konzept bringen und trumpfte noch einmal auf: »Ich werde dafür Sorge tragen, dass sich Frau von der Wachenheide so rasch wie möglich von ihrem unmoralischen Untermieter trennt.«

Jupp blieb gelassen. Er wusste genau, dass er bei der Gräfin einen Stein im Brett hatte.

Im Gegensatz zu ihm geriet Karin in Harnisch. »Das würde ich mir an Ihrer Stelle gut überlegen, Herr Jäger! Wir haben etwas gegen Sie in der Hand, das Ihrem bequemen Beamtenstatus ein für alle Mal ein Ende machen könnte. Genügt Ihnen das Stichwort Onkel Hermann?«

Der Name schlug ein wie eine Bombe. Burkhard Jäger zuckte zusammen und machte eine völlig unkontrollierte Handbewegung in Karins Richtung, wobei er mein Glas umwarf. Der Rotwein ergoss sich über das Spielfeld, das Papiergeld, über rote Hotels und grüne Häuser. Ich sprang auf und holte einen Lappen, während Karin und Jupp unseren panisch reagierenden Gast nicht aus den Augen ließen. Er hatte sich schnell wieder einigermaßen im Griff und rief empört: »Sie waren das also, Fräulein Bolwer! Sie haben den Brief im Starenkasten gelesen und ihn dilettantisch wieder zugeklebt!«

»Jetzt haben Sie sich verraten«, sagte Karin. »Sie sind der Mörder von German Sokolow! An Ihrer Stelle wäre ich in Zukunft lammfromm und mucksmäuschenstill, sonst sitzen Sie durch unsere Aussage schon bald im Knast.«

»Um Gottes willen«, sagte der Jäger. »Wie können Sie mir einen Mord zutrauen! Auf jenem Zettel stand zwar *Onkel Hermann gestorben,* aber das bedeutete etwas völlig anderes.«

»Nämlich was?«, fragte der Grizzly.

»Man nennt es so, wenn ein Agent enttarnt wurde, wenn er für vertrauliche Aufträge nicht mehr in Frage kommt und damit im übertragenen Wortsinn sozusagen gestorben ist. Die Nachricht war für mich bestimmt und sollte eine Warnung sein. Aber was erzähle ich Ihnen da, im Grunde ist das meine Privatsache und geht Sie überhaupt nichts an.«

»Und genauso wenig geht es Sie etwas an, mit wem ich hier Monopoly spiele«, sagte Karin. »Sie sind ein widerlicher Moralapostel, der seinerseits weder vor einem Verbrechen noch vor Landesverrat zurückschreckt.«

»Sie haben ja keine Ahnung«, protestierte der Jäger.

Ich hatte mich bisher zurückgehalten und war immer noch damit beschäftigt, die letzten Rotweintropfen aufzutupfen. Das Papiergeld legte ich zum

Trocknen auf die Heizung. Aber nun schaltete ich mich ein: »Wenn wir nach Ihrer Meinung keine Ahnung haben, dann klären Sie uns doch bitte schön auf! Was war in der Mappe, die Sie German Sokolow ausgehändigt haben?«

Endlich sah der Jäger mich auch mal an, sein Blick war düster und anklagend. »In der Mappe befanden sich nur unwichtige Papiere, ich wusste ja, dass Sokolow überlaufen wollte. Sie verurteilen mich voreilig, Sie können sich ja gar nicht vorstellen, wie perfide ich erpresst werde.«

Jupp fragte ironisch: »Mir kommen gleich die Tränen. Wer erpresst Sie denn?«

Daraufhin bekamen wir zu hören, was wir in Ansätzen bereits wussten: Burkhard Jägers Verlobte Lilo saß in der DDR im Gefängnis. Über dunkle Kanäle hatte ihm die Stasi nahegelegt, geheime politische Informationen an den Kontaktmann Sokolow zu übermitteln. Falls dessen Führungsoffizier in der russischen Botschaft, der mittels toter Briefkästen seine Aufträge vergab, mit der Ausbeute zufrieden sei, könne Lilo demnächst in den Westen ausreisen.

»Sokolow ist mit Sicherheit von den eigenen Leuten umgebracht worden«, schloss er. »Er hatte den Tarnnamen *Onkel Hermann*, seine Eltern waren angeblich Wolgadeutsche. Nach seinem Tod ist mir erst klargeworden, wozu Geheimdienste fähig sind.«

»Ich glaube Ihnen kein Wort«, sagte Karin. »Wir wissen schon lange, dass Sie kein Unschuldsengel sind. Am Montag werden wir unseren Chef über Ihre miese Rolle als Spitzel aufklären. Er wird mit Sicherheit weitere Schritte einleiten. Und jetzt trollen Sie sich endlich, damit wir weiterspielen können.«

Wie in Zeitlupe stand der Jäger auf und schien zu überlegen. Aber er wandte sich nicht etwa zur Tür, sondern ging einen Schritt auf die Spüle zu, wo sich das schmutzige Geschirr nur so türmte. »Wahrscheinlich will er seine Hände in Unschuld waschen«, lästerte Jupp. Doch der Jäger drehte sich, noch bevor wir es richtig begriffen, blitzschnell um, so dass er direkt hinter Karin zu stehen kam. Mit gekonntem Griff packte er meine arglose Freundin, umklammerte sie mit der Linken und hielt die Spitze eines Fleischmessers vor ihr Auge. Der Grizzly sprang vom Stuhl, wollte seine Liebste befreien und den Jäger niederstrecken.

Doch noch bevor es zu einem Zweikampf kommen konnte, brüllte der Jäger: »Eine falsche Bewegung, und sie ist blind!«

Wohl oder übel hielt sich der besonnene Jupp zurück, wenn auch mit geballten Fäusten.

Was der Jäger mit seiner Aktion bezweckte, ist mir bis heute nicht klar. Wahrscheinlich war es ein ziemlich unprofessioneller Versuch, uns einzuschüchtern. Karin japste nach Luft und versuchte mir in höchster Not etwas durch heftiges Augenzwinkern zu verstehen zu geben. Lautlos formten ihre Lippen ein Wort. Es waren nur zwei Silben. Endlich begriff ich: DE – GEN.

Der Spazierstock mit dem unseligen Inhalt lehnte noch an meinem Stuhl, weil wir ihn noch polieren und dann erst ins Boudoir hatten zurückbringen wollen. Der Jäger behielt unterdessen sowohl den Grizzly im Auge als auch das Messer und Karin im Griff, mich aber nicht. Im Bruchteil einer Sekunde riss ich die spitze Waffe aus dem Stock und jagte sie dem völlig überrumpelten Jäger rücklings durch die Strickjacke. Er schrie auf, ließ Karin los, das Messer fallen und kippte seitlich zu Boden.

Ich erstarrte, war maßlos entsetzt über meine unüberlegte Tat. »Wir müssen einen Krankenwagen rufen!«, flüsterte ich und hätte mir am liebsten die Augen zugehalten, weil sich die Jacke des Opfers dunkel verfärbte. Blutstropfen glänzten auf den hellen Kacheln.

Jupp riss den Degen aus der graumelierten Wolle und sah Karin fragend an. Sie schüttelte den Kopf. »Wir sind doch keine Samariter«, japste sie.

Der Jäger krümmte sich auf dem Küchenboden wie ein Wurm und stöhnte.

»Und wenn er stirbt?«, wimmerte ich. »Was dann?«

»Auf jeden Fall sollte man keine halben Sachen machen«, sagte Karin.

»Okay«, erklärte der Grizzly. »Vielleicht kann ich ihn ja ohne Hilfe eines Sanitäters verarzten. Es blutet zwar, aber das sieht meist gefährlicher aus, als es ist. Bin gleich wieder da, ihr könnt schon mal versuchen, ihm Jacke und Hemd auszuziehen.«

Ohne lange zu fackeln, lief er nach unten in sein Zimmer, um Verbandszeug zu holen.

Karin zitterte immer noch vor Todesangst. »Er wird es wieder tun«, schrie sie völlig hysterisch, schnappte sich den Degen und rammte ihn in die Jägerbrust. »Halali!«, kreischte sie und wurde kreidebleich.

Als Jupp nach wenigen Minuten zurück war, tat der Verletzte bereits seinen letzten Atemzug, noch bevor der Nothelfer die Stichwaffe herausziehen konnte. Offenbar hatte Karin das Herz getroffen.

Eine Weile standen wir wohl alle drei unter Schock, stierten auf den toten Mann vor unseren Füßen und konnten weder sprechen noch wegschauen.

Jupp ermannte sich als Erster und erklärte: »Es

hilft alles nichts, wir müssen jetzt die Polizei benachrichtigen. Ich denke, dass man auf Notwehr plädieren wird. Wir dürfen jetzt nichts mehr anrühren, vor allem nicht das Küchenmesser! Aber warum hast du bloß zum zweiten Mal zugestochen, Holle, er war doch schon außer Gefecht!«

»Ich war das«, sagte Karin.

»Ich glaube, du bist krank«, sagte Jupp.

Doch Karin fuhr unbeirrt fort: »Die Polizei sollten wir lieber aus dem Spiel lassen. Jetzt gilt es, genau zu überlegen, wie wir den Kerl loswerden. Zum Glück sind wir allein im Haus und haben Zeit genug, alle Spuren zu beseitigen.«

Es war klar, dass Karin hiermit das Kommando übernahm. Und sie hatte recht: Der Jäger musste weg. Sogleich fiel mir der tote Russe wieder ein, den wir im Rhein entdeckt hatten. Es wäre nicht verkehrt, wenn man eine zweite Leiche an derselben Stelle finden und einen Zusammenhang zwischen den beiden Toten herstellen würde.

»Und wie kriegen wir ihn dorthin?«, fragte Karin, doch dann fiel ihr der alte Bollerwagen ein, der noch im Keller stehen musste und mit dem ihre Mutter auf der Flucht einen bescheidenen Teil der Habe transportiert hatte.

Jupp meldete Bedenken an. Es sähe doch verdächtig aus, wenn um diese Uhrzeit drei junge Leute mit einem kleinen vierrädrigen Handwagen am Rhein entlangliefen. Die Jahre des Kohl- und Kohleklauens waren längst vorbei. Es war zwar dunkel und kalt, aber an einem Freitagabend könnten dort noch Menschen unterwegs sein, denen man auffiele. Abgesehen davon könne man den Toten nur von einem Boot aus in tieferes Wasser versenken.

Ratlos wartete jeder, dass der andere eine zündende Idee hatte.

»Es könnte doch auch nach einem Unfall aussehen«, überlegte ich. »Schließlich hat er ein Auto ...«

Karin und ich besaßen keinen Führerschein, nun ruhte alle Hoffnung auf dem Grizzly. Er konnte zwar auch nicht mit einem amtlichen Wisch dienen, hatte aber immerhin schon einen Traktor gefahren und auch mal den Wagen eines ausländischen Botschafters eingeparkt. Er traute es sich zu, den vw bis zur Anlegestelle einer Fähre zu fahren und dort in den Rhein rollen zu lassen.

»Wir könnten ihm auch ein Gepäckstück in den Kofferraum legen«, schlug ich vor. »Dann sieht es so aus, als habe er untertauchen wollen.«

Karin war einverstanden und wollte das Kofferpacken sofort übernehmen, während wir inzwischen den Toten die Treppe hinunterschleifen könnten, aber mit dieser Arbeitsteilung kam sie bei uns nicht durch. Glücklicherweise war der Jäger eher ein Leichtgewicht. Um Blutspuren auf der Treppe oder an den eigenen Kleidern zu vermeiden, wickelte Jupp den Oberkörper des Toten in ein großes Frotteetuch, fasste ihn unter den Armen und hob ihn an. Mit belegter Stimme befahl er mir und auch der unwilligen Karin, je ein Bein zu übernehmen. Auf diese Weise quälten wir uns zu dritt die Treppe hinunter bis ins Jägerzimmer, das ausnahmsweise nicht abgeschlossen war. Dort legten wir die Leiche erst einmal auf den Badezimmerfliesen ab. Karin zog den leeren Koffer unter dem Bett hervor und füllte ihn mit Waschzeug, Schlafanzug und ein paar Wäschestücken.

»Das ist zu wenig«, sagte ich. »Da passen noch ein Anzug, Krawatte, Socken und ein Paar Schuhe rein.«

»Mir fällt erst jetzt auf, dass er mal wieder seine Schlappen anhat«, sagte Jupp. »So setzt sich doch niemand bei Nacht und Nebel ins Auto, ihr müsst ihm schleunigst Schuhe anziehen.«

Es war zwar leicht, dem Jäger die Pantoffeln abzustreifen, aber mühsam, ihn in seine schwarzen Schnürschuhe zu zwängen.

Schließlich begann die Suche nach dem Autoschlüssel, der aber ordentlich an einem Haken neben dem Lichtschalter hing.

»Ihr müsst ihm unbedingt noch einen Mantel anziehen«, befahl Karin. »Und wir selbst sollten auch an warme Sachen denken, bevor es losgeht. Draußen ist es eisig.«

»Ich schau mir mal den Wagen an«, sagte Jupp. »Wenn wir ihn erst verladen haben, sollte alles blitzschnell gehen!«

In diesem Augenblick hörten wir es draußen poltern, stolpern und fluchen, Herr Zischka kam offenbar sturzbetrunken aus der Kneipe zurück. Jupp war schlau genug, die Tür sofort von innen abzuschließen und den Finger an den Mund zu legen. Es war vielleicht gar kein Fehler, wenn der Schnapsbruder später bezeugen konnte, dass Licht im Jägerzimmer gebrannt hatte.

14
Im Kottenforst

Wir warteten angespannt darauf, dass sich Herr Zischka aufs Ohr legte. Als man nach zehn Minuten keinen Laut mehr vernahm, schlich Karin über den Flur bis vor die Tür des Trunkenbolds und spähte durchs Schlüsselloch, drinnen war es dunkel.

»Sobald wir ihn schnarchen hören, können wir loslegen«, sagte Jupp. »Aber einen Autounfall können wir vergessen.«

»Warum nicht?«, fragte ich.

»Blöde Frage! Man braucht noch nicht mal einen Gerichtsmediziner, um die Stichwunden im Rücken und in der Brust zu erkennen. Um solche Verletzungen zu vertuschen, müsste sich der Tote in Säure oder besser noch in Rauch auflösen.«

»Dann könntest du ihn doch im Heizkessel …«, stotterte ich.

»Bist du wahnsinnig!«, rief Jupp. »Da passt er nie und nimmer rein! Man müsste ihn erst zerlegen. Bei aller Freundschaft – das könnt ihr mir nicht zumuten.«

»Vergraben geht auch nicht. Die Erde ist gefroren!«, sagte Karin.

»Also doch lieber in den Rhein«, meinte ich, denn das war schließlich meine erste Idee gewesen.

»Sokolow hatte keine äußeren Verletzungen, sondern ist wohl ertrunken«, meinte Jupp. »Wahrscheinlich hatte man ihn vorher betäubt. Die Todesursache des Jägers passt nicht ins Bild. Aber Holle hat mich mit dem Heizkessel auf eine Idee gebracht, ich denke jetzt doch an ein Feuer ...«

»Du willst doch nicht etwa Tante Helenas Villa abfackeln?«, fragte Karin entsetzt. »Das wäre der größte Blödsinn, den man sich ausdenken kann!«

Der Grizzly schien sich zu ärgern, er war empfindlich, wenn man ihn für doof hielt. »Ich will mir doch nicht mein eigenes Grab schaufeln«, sagte er gereizt. »Nein, das muss natürlich weitab vom Schuss stattfinden! Auf einer Lichtung im Kottenforst zünden wir die Karre samt Inhalt an – immer vorausgesetzt, dass sich ein gefüllter Benzinkanister im Kofferraum befindet. In dieser kalten Januarnacht bleiben wir ungestört, da wird bestimmt kein Förster, höchstens mal ein Wildschwein vorbeischauen. Allerdings müssen wir dann zu Fuß wieder nach Hause. Traut ihr euch das zu?«

Ich nickte tapfer, Karin enthielt sich der Stimme.

»Aber ich möchte auf keinen Fall, dass unseretwegen der ganze Wald in Flammen steht«, wagte ich zu protestieren.

Der Grizzly beruhigte mich. Gefahr für einen Waldbrand bestehe keine, es sei doch alles von einer Eisschicht überzogen. Er kenne eine geeignete Stelle.

Diesen Abend hatten wir uns alle etwas anders vorgestellt: Monopoly spielen, Wein trinken, Erdnüsse knabbern, müde in ein warmes Bett schlüpfen und am nächsten Tag bis in die Puppen schlafen.

Karin versuchte mit einem neuen Einwand, sich um die nächtliche Expedition zu drücken. »Zischka und Habek werden ihr Frühstück vermissen und sich beschweren«, sagte sie. »Ich muss also hierbleiben, so leid es mir tut.«

»Dann stellst du ihnen halt jetzt schon ein Tablett vor die Tür«, sagte ich, aber sie schüttelte den Kopf. Der Kaffee wäre am nächsten Morgen völlig kalt. Abgesehen davon käme wohl auch Habek irgendwann nach Hause und würde sich über das nächtliche Frühstück wundern.

»Es darf ihnen nichts auffallen, alles sollte so sein wie immer«, sagte sie und hatte natürlich recht.

»Wir sind längst wieder hier, wenn die Herrschaften wach werden«, sagte Jupp. »Schließlich wollen wir ja nicht bis in die Eifel fahren. Keine

Widerrede, letzten Endes bist du schuld an dem ganzen Schlamassel!«

Karin musste sich wohl oder übel fügen. Sie wollte aber ihre Rolle als Leitwölfin nicht so schnell aufgeben und stellte allerhand komplizierte Überlegungen an. Wir müssten davon ausgehen, dass der Jäger schon bald vermisst würde, dass man anhand des Autokennzeichens rasch den Besitzer identifizieren könnte und dann Ermittlungen in Gang kämen. Alle Mitbewohner würden polizeilich vernommen werden, darauf sollten wir vorbereitet sein.

Mir brummte der Kopf. Wäre ich an jenem Abend doch zu Hause geblieben! Leider konnte ich kein Alibi vorlegen, weil meine Wirtin inzwischen wusste, dass ich häufig bei Karin übernachtete. Ob sie mich nicht auch wegen eines Liebhabers in Verdacht hatte, hatte sie sich nie anmerken lassen. Solange nicht in ihrem Haus gesündigt wurde, war es ihr egal.

»Wie es weitergehen soll, können wir uns auch noch auf dem Heimweg überlegen«, sagte Jupp. »Jetzt dürfen wir keine Zeit verlieren.«

Er zog sich eine altmodische, mit Hamsterfell gefütterte Jacke an und ging hinaus, um nach dem Benzinkanister zu sehen, sich probeweise in den vw zu setzen und sich mit der Schaltung vertraut zu machen. Wir sollten inzwischen aufräumen, die Blutspuren entfernen und uns mit warmen Mänteln, Schals und Winterstiefeln für einen längeren Marsch rüsten. Handschuhe waren bei solchen Unternehmen sowieso obligatorisch. Ich musste allerdings so bleiben, wie ich gekommen war – in meinen Straßenschuhen und im Dufflecoat, den mir meine Eltern zu Weihnachten geschenkt hatten und der immerhin eine Kapuze hatte. Karin kam noch auf die gute Idee, eine Thermosflasche mit heißem Tee zu füllen und zwei Taschenlampen in ihren Korb zu packen.

Dann nahte der heikelste Teil unserer Mission: Wir mussten den Toten unbemerkt aus dem Haus schaffen und ihn in natürlicher Haltung in den vw setzen. Zur damaligen Zeit waren die Autos noch nicht mit Gurten ausgestattet. Doch bevor wir so weit waren, gab es noch eine Debatte, ob der Jäger besser neben dem Fahrer oder auf dem Rücksitz transportiert werden sollte. Karin siegte und stieg vorn ein, während ich mich auf der Hinterbank in Gesellschaft einer Leiche gruseln musste.

Mittlerweile war die Geisterstunde längst vorbei, wir hofften, dass niemand mehr einen Hund ausführen oder aus der Kneipe nach Hause torkeln würde. Die Lichter der Nachbarhäuser waren längst erloschen.

Mit Schweiß auf der Stirn brachte Jupp den

Wagen in Gang und fuhr vorsichtig die Rheinallee entlang. Ein entgegenkommender Fahrer blendete zweimal auf. Panik erfasste uns.

Erst einige Sekunden später ging Karin ein Licht auf: »Ich glaube, wir fahren ohne Beleuchtung!«

Wohl oder übel musste Jupp anhalten. Vor lauter Nervosität gelang es ihm erst nach etlichen Fehlversuchen, die Scheinwerfer einzuschalten. Dann ging es endlich weiter, immer nach Südwesten in Richtung Heiderhof.

Als das Stadtgebiet hinter uns lag, wurde der Grizzly zwar mutiger, aber es wollte mir so scheinen, als ob wir zu Fuß und mit dem Bollerwagen genauso schnell vorangekommen wären.

Nach einigen Kilometern bogen wir in einen holprigen Waldweg ein, obwohl dort Unbefugten das Fahren, Zelten und Reiten streng untersagt war. Durch das heftige Rütteln wurde mein stummer Nachbar ständig gegen mich geschleudert. Mir wurde übel, und ich übergab mich am Wegesrand. Dann rumpelten wir weiter, passierten mitten in der Einsamkeit das dunkle Haus eines Försters, bis wir unser Ziel, einen kleinen Waldparkplatz, erreichten. Forstarbeiter hatten hier eine Futterkrippe für Rehwild aufgestellt und Langholz gelagert. Das am Boden liegende Laub war mit einer eisigen Schicht überzogen und glitzerte im Licht der Scheinwerfer.

In stockfinsterer Nacht stiegen wir aus und wären ohne Taschenlampen völlig hilflos gewesen. Jupp öffnete die Heckklappe und hob den Kanister heraus, Karin leuchtete ihm. Neugierig untersuchte sie den Kofferraum, wo sie einen Wagenheber, ein paar Werkzeuge, einen Schirm, einen Ersatzreifen sowie einen weißemaillierten Kasten mit einem roten Kreuz erspähte.

»Den kann ich brauchen«, sagte sie, »wir haben nie genug Heftpflaster in der Küche.« Und schon griff sie nach dem Kästchen und versuchte, es zu öffnen. »Klemmt«, stellte sie fest.

»Gib mal her«, sagte Jupp, aber er bekam den Kasten auf Anhieb auch nicht auf. Wo sein Ehrgeiz erst einmal geweckt war, nahm er kurzerhand den Wagenheber, und schon gab der Deckel nach. Im Inneren des Verbandskastens befand sich ein zugeklebtes Päckchen aus Wachstuch, das der Grizzly unverzüglich mit seinem Taschenmesser aufschlitzte. Nun staunte auch er, denn innen lagen – wasserdicht eingewickelt – sieben dunkelgrüne deutsche Pässe, weder mit dem Stempel einer Stadt noch einem Foto oder den Daten einer bestimmten Person versehen.

»Toller Fund!«, rief Karin erfreut. »Was machen wir damit? Auf keinen Fall sollten wir sie verbrennen ...«

»Ganz einfach«, sagte ich. »Wir werden die Ausweise in seiner Schreibtischschublade deponieren. Die Kriminalisten sollen sich dann selbst einen Reim darauf machen.«

Diesmal schaffte es Jupp im Alleingang, den Jäger auf den Fahrersitz zu bugsieren. Wir standen tatenlos daneben, Karin holte die Thermoskanne und zwei Blechbecher aus ihrem Einkaufskorb und bot mir einen Schluck Tee an. Ich prostete ihr zu und versuchte verzweifelt zu scherzen: »Darauf einen Jägermeister!«

Karin lachte hysterisch.

Verärgert drehte sich der Grizzly um und zischte uns an: »Ich finde die Situation überhaupt nicht lustig! Euch wird das Lachen schon noch vergehen!« Mit dieser Drohung öffnete er den Kanister und schüttete reichlich Benzin auf den toten Mann, das blutige Frotteetuch, die Sitze und den Boden des Wagens. Dann suchte er in seiner Jackentasche nach Zündhölzern, fand keine und fluchte laut. »Hat wenigstens eine von euch ein Feuerzeug mitgenommen?«, fragte er.

Wir verneinten.

»Zu nichts seid ihr zu gebrauchen!«, schimpfte Jupp. »Bei den Pfadfindern seid ihr wohl auch nie gewesen. Dort lernt man wenigstens, wie man mit Moos, Steinen und Weichholz ein Feuerchen machen kann!«

»April, April«, sagte Karin, zog ein Briefchen Streichhölzer aus der Manteltasche und fügte boshaft hinzu: »An alles muss man selber denken.«

»Dann macht doch euren Scheiß allein«, sagte Jupp, offenbar ernsthaft beleidigt.

Das ließ sich Karin nicht zweimal sagen. Sie warf mir einen verschwörerischen Blick zu, schmiegte sich wie ein Kätzchen an ihren verstimmten Schatz und reichte ihm ihren Teebecher. Noch während er trank, riss sie plötzlich die Wagentür auf, zündete ein Hölzchen an und warf es dem Jäger vor die Füße. Schon fing die Fußmatte Feuer.

Mit einem ungläubigen Aufschrei trat Jupp die Wagentür wieder zu und zog uns aus der Gefahrenzone. Regungslos blieben wir in einiger Entfernung stehen, hielten uns die Ohren zu und warteten auf eine Explosion, wie wir sie aus dem Kino kannten. Das Feuer breitete sich im Inneren des Wagens aus, die Scheiben barsten, die Flammen loderten in die Höhe, aber es knallte nicht.

»Offenbar braucht es doch mehrere Minuten, bis alles richtig brennt«, stellte Jupp mit Interesse fest. »Mit einem Feuerlöscher hätte man noch eingreifen und einen Verletzten herausholen können. Aber wir sollten nicht warten, bis alles abgebrannt ist – vielleicht kann man im Forsthaus den Flammenschein sehen, und die Feuerwehr wird alarmiert. Am besten laufen wir im Gänsemarsch: ich gehe mit einer Taschenlampe voran, eine von euch in der Mitte, die Hinterste nimmt die zweite Lampe.«

»Ich muss erst mal eine rauchen«, meinte Karin, doch es wurde ihr nicht gestattet.

Wir setzten uns in Bewegung, kamen aber wegen des schwachen Lichtscheins nur langsam voran, weil wir ständig auf Wurzeln, Schotter, Tannenzapfen und Äste achten mussten.

Plötzlich leuchteten zwei gespenstische Punkte auf.

»Ob es hier noch Wölfe gibt?«, fragte Karin.

»Quatsch«, sagte ich. »Und selbst wenn – ein Grizzly ist stärker. Entschuldige, Jupp ...«

Gehorsam bildete ich das Schlusslicht. Ich bewunderte den bärenstarken Vordermann, der keine Probleme damit hatte, den richtigen Weg einzuschlagen. Im matten Schein der Taschenlampe entdeckte ich seltsame Muster am Wegesrand, die mir bei Tageslicht wohl nie aufgefallen wären. Zumeist waren es Pilze und Flechten, mit denen uralte Bäume überwuchert waren. Obwohl ich in ländlicher Gegend aufgewachsen war, hatte ich mein Lebtag noch keine Eule rufen hören, jetzt schien uns ein Käuzchen mit seinem kläglichen Geschrei regelrecht zu verfolgen.

Nach etwa einer Stunde erreichten wir die Landstraße, wo das Vorankommen einfacher, aber auch riskanter war. Ein Autofahrer würde sich über die drei Menschen, die zu dieser nächtlichen Zeit unterwegs waren, sicherlich wundern, vielleicht sogar anhalten. Jupp befahl daher, bei jedem Lichtkegel, der am Horizont auftauchte, sofort in Deckung zu gehen. Leider wurde Karin daraufhin wieder hysterisch. Die Situation erinnerte sie an jene traumatische Flucht, als sie sich mit Mutter und Geschwistern bei jedem Tiefflieger der russischen Armee auf den Boden werfen musste. Sie wirkte auf einmal sehr verletzlich, weinerlich und müde. Zu allem Überfluss trug sie die uralten Reitstiefel ihrer Tante, die an allen Ecken drückten. Doch glücklicherweise kam kein Auto mehr vorbei.

Als wir das Stadtgebiet erreichten, war es noch stockdunkel. Ich war unendlich erleichtert, schon bald ins nächstbeste Bett kriechen zu können. Während der letzten Etappe hatte keiner mehr den Mund aufgemacht, es war der reinste Trauermarsch. Wie in Zeitlupe wurde uns allmählich bewusst, was wir gerade getan hatten.

Ganz unverhofft brach Jupp das bedrückende Schweigen: »Wenn ich es mir recht überlege, hat doch alles sein Gutes! Das Zimmer des Jägers wird frei, wir könnten heiraten und dort zusammenleben. Schließlich ist es der größte Raum mit eigenem Bad, da wäre doch Platz genug für uns beide.«

O je, dachte ich, was wird Karin zu diesem Vorschlag bloß sagen! Zu meiner Verwunderung kam ihre Antwort wie aus der Pistole geschossen. »Ach Jupp«, sagte sie sanft. »Findest du nicht auch, dass wir nichts überstürzen sollten? Ich bin erst zweiundzwanzig, da kann man mit dem Heiraten doch noch ein bisschen warten. Aber ich denke schon, dass Tante Helena dir das Jägerzimmer überlassen wird, allerdings ist es auch das teuerste.«

Sekundenlang blieb sie unter einer Straßenlaterne stehen, ihr Haar schimmerte golden. Trotz ihrer Erschöpfung glich sie fast einer guten Fee, die einem alle Wünsche erfüllt. Sie hauchte einen Luftkuss in Jupps Richtung und lächelte ihn an.

Der Grizzly nickte ergeben, wahrscheinlich hatte er eine ähnliche Reaktion befürchtet.

Inzwischen waren wir an die vier Stunden durch die Nacht gewandert und näherten uns der Villa; bisher war alles gutgegangen. Erst als wir die Haustür öffneten, sagte Karin: »Scheiße, ich habe Tante Helenas Pelzmütze verloren.«

Und als ob das nicht reichte, schwankte Herr Zischka in langen grauen Unterhosen aus dem Klo und uns direkt in die Arme, musterte den Grizzly mit glasigen Augen und grunzte: »War 'n fabelhafter Kameradschaftsabend! Haben Adenauers Achtzigsten nachgefeiert!«

15
Blut ist im Schuh

Fasziniert hört mir Laura zu, aber heimlich denkt sie wohl, ihre Oma würde mal wieder Jägerlatein erzählen. Trotzdem lässt sie sich nichts anmerken, sondern gibt bloß ihren Senf dazu:

»Weißt du was, Frau Holle, am Sonntag habe ich in der Zeitung gelesen, dass die Schweden weltweit die niedrigste Mordrate haben. Besonders interessant fand ich, dass nur eine von zehn Mordtaten von einer Frau begangen wurde und dabei am häufigsten ein Messer zum Einsatz kam – hat ja auch jede Hausfrau täglich in der Hand. Insofern ist euer Stockdegen eine Ausnahme, aber immerhin ebenfalls eine Stichwaffe. Aber nun wieder zu deiner Geschichte: Wer von euch beiden hat denn nun eigentlich den Kerl auf dem Gewissen? Karin oder du?«

»Natürlich Karin! Ich wollte doch nur, dass er das Messer fallen lässt! An meinem Dolchstoß ist der Jäger bestimmt nicht gestorben.«

»Aber ich könnte vor Hunger sterben! Hast du heute denn gar nichts gekocht?«

Ich suche nach Vorräten, öffne eine Dose mit weißen Bohnen in Tomatensauce, schütte alles in eine Porzellanschüssel und stelle sie kurz in die Mikrowelle. Wir essen in der Küche, und wie zu erwarten, prangt sofort ein roter Klecks auf meiner grünen Tunika. Aus leidvoller Erfahrung weiß ich, dass solche Flecken auf einfarbigem Baumwollstoff nie mehr richtig rausgehen.

»Fast wie ein Symbol«, sagt Laura.

Ich schaue sie fragend an.

»Der Spritzer sieht aus wie Blut«, meint sie und schaufelt ungerührt Löffel um Löffel in den gierigen Schlund. »Ihr wart ja schlimmer als Thelma und Louise! Der arme Jäger wurde von zwei Jägerinnen zur Strecke gebracht!«

Laura hat anscheinend wieder mal den ganzen Tag nichts gegessen. Als sie endlich satt ist, tippt sie fast gewohnheitsmäßig auf ihrem Lieblingsspielzeug herum. Sie scheint bei ihrer Suche nach berühmten Jägerinnen fündig geworden zu sein und liest mir vor: »In der griechischen Mythologie ist Artemis die Göttin der Jagd, des Waldes und des Mondes.«

»Des Mordes?«, frage ich verblüfft.

»Frau Holle, du hörst schlecht, des Mondes! Bei den Römern hieß die Jagdgöttin übrigens Diana. Aber nun will ich endlich wissen, wie es weitergeht.«

Die Bettenverteilung war anders ausgefallen als geplant. Der Grizzly wollte nach den nächtlichen Strapazen lieber im eigenen Zimmer schlafen und überließ uns Tante Helenas Doppelbett. Karin hatte sich den Wecker stellen müssen, um pünktlich gegen acht das Frühstück für die Untermieter bereitzustellen. Nach getaner Arbeit kroch sie, obwohl Jupp die Heizung bereits in Gang gesetzt hatte, zitternd vor Kälte zurück unter die Decke.

»Vielleicht solltest du ein heißes Bad nehmen«, empfahl ich. »Und dich von der Schuld reinwaschen!«

»Ach geh, das ist mir zu katholisch«, sagte sie. »Außerdem kann bei Notwehr doch von Schuld gar nicht die Rede sein!«

»Wenn wir im Recht waren, hätten wir auf jeden Fall die Polizei rufen müssen«, gab ich zu bedenken. »Und diese schreckliche Landpartie heute Nacht wäre uns erspart geblieben.«

Karin konnte nicht antworten, sie klapperte mit den Zähnen.

Mit großer Überwindung erhob ich mich meinerseits, entnahm der gräflichen Nachttischschublade eine Wärmflasche und füllte sie mit heißem Wasser. Danach schliefen wir beide wohl wieder ein, bis das Telefon im Boudoir unermüdlich klingelte. Karin mochte sich kein zweites Mal aus dem Bett bequemen und stieß mich an: »Geh du mal ran, ich habe Fieber.« Ich legte meine Hand auf ihre Stirn, sie glühte.

Inzwischen war es elf Uhr. Unwillig nahm ich den Hörer ab und sagte: »Hier bei Gräfin von der Wachenheide!«

Niemand anderes als die Gräfin höchstpersönlich war am Apparat. Es gehe ihr schon viel besser, sie sei gerade im Stationszimmer und dürfe dort telefonieren, in der kommenden Woche werde sie voraussichtlich entlassen. So so, Karin sei krank! Dabei habe sie ihre Nichte gerade darum bitten wollen, beim heutigen Krankenhausbesuch ein frisches Nachthemd und Zigaretten mitzubringen.

»Das werde ich gern übernehmen!«, sagte ich.

Wie viele Leute – und sogar mein Chef – dachte die Gräfin, *Holle* sei mein Nachname. »Das ist sehr freundlich von Ihnen, Fräulein Holle, auch dass Sie sich um Ihre Freundin kümmern. Aber ich möchte Ihnen an Ihrem freien Tag keine Umstände machen. Bitten Sie doch Herrn Jäger, dass er Sie rasch herfährt beziehungsweise dass er selbst vorbeikommt. Mit dem Auto ist es keine große Sache …«

»Offenbar ist Herr Jäger übers Wochenende weggefahren«, sagte ich. »Sein Wagen steht nicht vorm Haus.«

»Sicher besucht er seine Mutter in Ludwigshafen, der gute Junge! Dann soll es eben eine der Domestiken übernehmen«, forderte sie. Ich versprach es erst einmal, um sie zu beruhigen. Auf keinen Fall sollte sie erfahren, dass weder Rita noch die Haushälterin zur Verfügung standen, vom Jäger ganz zu schweigen.

Nach ihrem Anruf nahm ich selbst erst einmal ein Bad, da Karin sich im Bett quergelegt hatte.

Am frühen Nachmittag packte ich zwei geblümte Flanellhemden und eine Stange Zigaretten in eine gräfliche Hutschachtel und machte mich auf den Weg. Zuvor hatte ich noch beim Grizzly an die Tür geklopft. Er war aber nicht in seinem Zimmer oder schlief wie ein Stein.

Offensichtlich war die Gräfin gerührt über meinen Besuch. Sie beteuerte mehrmals, das sei doch nicht nötig gewesen. »Aber wenn Sie schon mal hier sind«, sagte sie mit ihrer tiefen Stimme, »dann nehmen Sie doch bitte Platz. Meine Bettnachbarin ist zum Glück draußen auf dem Flur, sie will anscheinend mit einer Verwandten unter vier Augen sprechen oder rauchen. Was hat denn meine arme Karin für Symptome? Ist es nur eine Erkältung oder gar etwas Ernstes?«

Sie habe hohes Fieber, sagte ich.

»Sollte Sie delirieren, müssen Sie nicht alles wörtlich nehmen«, sagte die Gräfin und versuchte mit nur einer Hand eine Zigarettenpackung aufzuknibbeln. »Karin hatte schon als Kind eine blühende Phantasie. Leider hat sie auf der Flucht aus Ostpreußen unschöne Dinge erlebt, die gelegentlich wieder hochkommen. Sie hat mir nie im Einzelnen erzählt, was ihr widerfahren ist, aber bekanntlich gab es in dieser schlimmen Zeit viele gewalttätige Übergriffe. Sie war zwar noch ein Kind, doch sie hat leider zu viel gesehen und gehört, um es zu vergessen.«

»Um Gottes willen, hat man sich an ihr vergangen?«, fragte ich entsetzt.

»Ich hoffe nicht. Aber lassen wir dieses Thema. Ich wollte nur andeuten, dass es psychische Verletzungen gibt, die sich noch Jahre später rächen können. Und jetzt reichen Sie mir bitte mein Negligée, ich werde Sie noch auf den Flur begleiten.«

Kaum hatte ich ihr in den seidenen Kimono geholfen und sie aus dem Krankenzimmer geführt, als ich der Gräfin eine Zigarette anstecken musste.

»Zum Glück ist der linke Arm gebrochen und nicht der rechte«, sagte sie und inhalierte tief. »Nächste Woche kommt der Gips ab, dann kann ich wieder rauchen, wo und wann ich will. Grüßen Sie Karin herzlich von mir, und nochmals vielen Dank für Ihre Bemühungen!«

Ich fühlte mich hinauskomplimentiert und verließ die Kranke, die im Verein mit einigen anderen Patienten auf den langen Fluren herumtigerte und qualmte.

Auf dem Rückweg dachte ich voller Sorge an Karin und die Andeutungen der Gräfin. Meine Freundin hatte immer sehr empfindlich reagiert, wenn etwas gegen ihren Willen geschah. Die gestohlene Unterwäsche hatte sie maßlos erzürnt, der erzwungene Zungenkuss in der Dunkelkammer sie in Rage gebracht. Zwar liebte sie es, mit Männern anzubandeln, zu flirten oder gar die Nacht mit ihnen zu verbringen, doch nur solange sie dabei das Heft in der Hand hatte. Auf jegliche Art von Übergriffen reagierte sie panisch. Was mochte sie nur in den letzten Kriegsmonaten erlebt haben?

Als ich in der Villa ankam, versuchte ich es wieder bei Jupp, denn ich musste an diesem Nachmittag noch den Hund ausführen und konnte mich nicht immer nur um Karin kümmern.

Diesmal hatte ich Glück. Der Grizzly saß in einem zerfransten dunkelbraunen Frotteemantel auf der Bettkante, den Kopf in beide Hände gestützt. Es kam mir fast so vor, als hätte er geweint.

»Karin ist krank«, sagte ich.

»Es war eine absolut hirnverbrannte Idee«, stieß er hervor. »Und ich habe mich hinreißen lassen, bei diesem Schwachsinn mitzumachen! Ich könnte mich rechts und links ohrfeigen! Karin hat die Fäden gezogen, und ich habe ihr wie eine Marionette gehorcht. Noch dazu, wo ich ein paar Jahre älter bin als ihr und vernünftiger sein sollte. Die Wahrheit kommt bestimmt irgendwann ans Licht. Dann können wir aber überhaupt nicht mehr nachweisen, dass es sich um Notwehr handelte. Und auch das stimmt ja gar nicht, denn der Jäger hatte das Messer bereits fallen lassen. Wo ist das Ding überhaupt? Hoffentlich sind seine Fingerabdrücke noch drauf ...«

Vorsichtig setzte ich mich neben den Verzweifelten. Offensichtlich war er ebenso wütend auf sich selbst wie enttäuscht über Karin, die seine Heiratsabsichten durchkreuzt hatte. Behutsam und mitfühlend strich ich über seinen kräftigen Rücken, der fadenziehende Stoff fühlte sich fast an wie ein Fell. Insgeheim konnte ich ihn gut verstehen: Warum nur hatten wir ihr wie ferngesteuert gehorcht! Wie in Trance hatte ich den Stockdegen geholt und mich wie eine wild gewordene Amazone aufgeführt.

»Habt ihr die Mordwaffe wenigstens gesäubert und wieder weggeräumt?«, fragte der Grizzly nach einer Weile. »Man kann die Tat jetzt nicht mehr rückgängig machen. Also müssen wir verhindern, dass man uns auf die Sprünge kommt. Hoffentlich war der Zischka zu besoffen, um sich später noch daran zu erinnern, dass er uns begegnet ist. Er hat bisher noch gar nicht gefrühstückt, das Tablett steht unberührt vor seiner Tür. Habek scheint aber hier zu sein. Eigentlich hätte man dem Jäger auch ein Frühstück hinstellen müssen!«

»Er könnte sich doch bei Karin abgemeldet haben«, sagte ich. »Gut, dass erst Samstag ist. Wir haben heute und morgen noch Zeit zum Überlegen und auch zum Ausschlafen, ich habe ein gewaltiges Defizit! Aber im Büro wird der Jäger sicherlich gleich am Montag vermisst, er ist ja ein Pedant, der sich bei Krankheit sofort entschuldigen würde.«

»Er war ein Pedant«, korrigierte mich Jupp. »Übrigens wüsste ich zu gern, ob der vw mitsamt dem Pedanten auch wirklich abgebrannt ist, am liebsten würde ich mal nachschauen. Aber das wäre noch blöder als alles zuvor. Man sagt ja, der Täter kommt immer an den Ort des Verbrechens zurück.«

»Dieser Ort ist die gräfliche Küche«, sagte ich. »Dort werde ich jetzt wohl oder übel einen Tee für Karin kochen, danach muss ich mit dem Köter Gassi gehen, sonst wird meine Wirtin sauer. Vielleicht bleibe ich auch bei mir zu Hause, um besser abschalten zu können. Würdest du netterweise den Pflegedienst übernehmen?«

Jupp nickte gottergeben. Dann fiel ihm etwas ein. »Wenn du noch Blutstropfen auf Kissen, Decken oder anderen Textilien entdeckst, dann musst du eine Aspirintablette in Wasser auflösen. Mit dieser Flüssigkeit bekommst du solche Flecken im Handumdrehen weg.«

»Was du nicht alles weißt«, sagte ich voller Bewunderung, denn meine Mutter hatte mir bloß beigebracht, Blut sofort in kaltem Wasser auszuwaschen. »Ein guter Rat, aber wir haben leider nur Gelonida!«

Meine Wirtin fing mich an der Tür ab. Ich ließe mich ja kaum mehr hier blicken, sagte sie vorwurfsvoll, Rüdiger warte schon sehnlich auf mich.

Meiner Entschuldigung, mich um die kranke Karin kümmern zu müssen, schenkte sie weiter keinen Glauben. Sie zwinkerte mir zu und meinte: *Jedem Dierche sing Pläsierche! – Und nu maach, dat dä fott kütt!«*

Der Hund hatte es tatsächlich dringend nötig – kaum waren wir vor der Tür, hob er schon das Bein. Doch dann begann er unruhig an meinen Schuhen zu schnüffeln und deutlich sein Missfallen zu bekunden. Es musste die unsichtbare Spur des Jägers sein, die er witterte. Ich erinnerte mich an die beiden Tauben im *Aschenputtel*-Märchen: »Rucke di guh, rucke di guh, Blut ist im Schuh!« Auch da hatten Tiere etwas bemerkt, was den Menschen verborgen blieb. Mit Schrecken fiel mir ein, dass die Polizisten mit ausgebildeten Hunden arbeiteten, die auch unsichtbare Blutreste in jedem Winkel der Villa aufspüren würden. Vielleicht sollten wir ein zweites Mal mit einem kräftig riechenden Essigreiniger putzen und den Wischlappen anschließend vernichten. Alle Schuhe, die wir an jenem Abend getragen hatten, mussten ebenso gründlich gesäubert werden.

Rüdiger war erfreut, dass ich diesmal nicht die Straße einmal rauf und runter lief, sondern den längeren Weg zum Rhein einschlug. Das kalte Winterwetter schien ihm nichts auszumachen, während ich fröstelte und mich in die Geborgenheit meines Elternhauses zurücksehnte, an den Geruch nach warmem Brot dachte und die mütterliche Fürsorge.

Es wurde früh dunkel, wenige Menschen waren noch auf der Promenade unterwegs, so dass ich den Hund entgegen bisheriger Vorsichtsmaßnahmen frei laufen ließ. Natürlich raste er ans Ufer hinunter, um wie in heißen Sommertagen einen Schluck Wasser zu schlabbern. Als er endlich wieder die

Böschung hinaufkraxelte, apportierte er erhobenen Hauptes eine tote Möwe.

Zu Hause erwartete mich ein ausgekühltes Zimmer, so dass ich es schließlich doch vorzog, wieder in die gutgeheizte Villa und an den Tatort zurückzukehren.

Seit die Gräfin im Krankenhaus lag, besaß ich einen Hausschlüssel, den Karin aus dem gräflichen Nähtischchen geklaut hatte. Leise trat ich ein und stieg schnell die Treppe hinauf, um nach meiner kranken Freundin zu schauen. Jupp saß mit ernster Miene auf der Bettkante. Karin schlief, Schweiß perlte auf ihrer Stirn. Jupp legte den Finger an die Lippen, stand auf und machte mir ein Zeichen, ihm in die Küche zu folgen.

»Ich weiß nicht, ob man einen Arzt rufen muss«, sagte er besorgt. »Sie brabbelt nur wirres Zeug. Mit Müh und Not habe ich ihr ein fiebersenkendes Mittel eingeflößt, jetzt schläft sie wie eine Tote.«

»Was hat sie denn gesagt?«, fragte ich.

»Sie schien Traum und Wirklichkeit nicht auseinanderhalten zu können. Sie rief immer wieder: *Ich muss meiner Mama helfen …*«

Wir wussten beide, dass Karins Familie in Krefeld lebte. Sie selbst hatte es jedoch vorgezogen, nicht dort zu wohnen, sondern hier bei ihrer Tante.

Einen plausiblen Grund dafür hatte sie mir nie verraten. Vielleicht meinte sie zuweilen, ihre Mutter im Stich gelassen zu haben.

16
Jagdfieber

Warum nur hatte ich den Hund nicht mit in die Villa genommen, dachte ich an jenem Samstag etwas ärgerlich. Zu spät war mir eingefallen, dass Rüdiger es sicherlich mit jedem Polizeihund aufnehmen könnte. Er würde alle Blutstropfen wittern und uns zeigen, an welcher Stelle wir noch gründlicher putzen mussten. Nun, am Sonntag war auch noch Zeit, um den Schnüffler zu holen. Wir mussten sowieso darauf achten, dass uns weder Herr Zischka noch Herr Habek bei ungewöhnlichen Maßnahmen über den Weg liefen. Um diese Aktion wenigstens schon einmal vorzubereiten, entnahm ich dem Besenschrank Scheuerpulver, Desinfektionslösung, Spülmittel sowie Essig und Zitronensäure. Zum Glück fanden sich auch zwei Paar Gummihandschuhe.

Jupp beruhigte mich, die paar Tröpfchen seien ja geradezu eine fixe Idee von mir! Da Karin das Herz getroffen habe, sei insgesamt nur wenig Blut geflossen, das meiste sei samt Frotteehandtuch in den Flammen aufgegangen.

Während sich meine Freundin durch einen tiefen Schlaf um die Plackerei drückte, zogen der Grizzly und ich die Gummihandschuhe an und schlichen wieder ins Jägerzimmer hinunter. Mit dem bewährten Dietrich öffnete Jupp die Tür sowie die verschlossene Schublade, um dort die Blankopässe zu deponieren. Zu unserer Verwunderung entdeckten wir zum zweiten Mal einen Umschlag mit Bargeld. Wir sahen uns erst fragend, dann zustimmend an, nahmen die Scheine heraus und zählten.

»Jetzt ist es sowieso egal. Sechstausend DM geteilt durch uns drei«, sagte der Grizzly. »Das ist doch wie ein Wink des Schicksals! Davon kann ich locker den Führerschein machen, heiraten wäre natürlich noch besser. Und du?«

»Mein größter Wunsch ist eine bezahlbare kleine Wohnung«, sagte ich. »Und natürlich Urlaub! Ich habe gerade gelesen, dass etwas ganz Neues angeboten wird: Pauschalreisen mit dem Flugzeug nach Mallorca! Frühlings- oder Sommerferien am Mittelmeer, das wär's doch!«

»Zusammen mit Karin? Dann will ich auch mit«, sagte Jupp. »Bei dieser Summe geht bestimmt beides: Führerschein und Reise. Vielleicht liegt sogar noch mehr drin! Aber wie kommt man dorthin, wenn wir uns kein Flugzeug leisten können?«

»Erst mit der Bahn oder einem Bus nach Barcelona«, sagte ich. »Dann weiter mit dem Fährschiff. Mensch, Grizzly, du hast es ja schon mal gesagt: Es hat auch alles sein Gutes!«

Ganz spontan umarmten wir uns, obwohl das zur damaligen Zeit ungewöhnlich war. Zusammengeschmiedet durch ein gefährliches Abenteuer, hatten wir die allgemein übliche Zurückhaltung sekundenlang vergessen. Leicht verlegen rückten wir aber schleunigst wieder voneinander ab. Doch das Jagdfieber hatte mich gepackt, und ich begann, in der nächsten Schublade nach verborgenen Schätzen zu wühlen.

Jupp schüttelte plötzlich den Kopf. »Hör lieber auf! Wir machen gerade einen Fehler«, sagte er. »Von der Straße aus kann man die erleuchteten Fenster sehen. Deswegen könnte sich ein Zeuge einbilden, der Jäger sei noch am Samstagabend hier gewesen. Daraus ergibt sich aber ein Widerspruch, weil das Auto nicht mehr hier stand.«

»Es wäre also besser, wenn wir erst morgen bei Tageslicht weiterarbeiten.«

»Auf jeden Fall«, sagte Jupp. »Wir sollten uns bald aufs Ohr legen und am Sonntagmorgen ganz leise mit der Putzerei beginnen. Allerdings können wir erst bei Tageslicht loslegen. Schaust du noch mal nach Karin?«

Wenig später lag ich neben der fiebernden Karin im Bett. Es war bestimmt kein Zufall, dass sie pünktlich krank geworden war, um sich allen Problemen zu entziehen. Sie schlief sehr unruhig und ließ mich durch wirre Reden, Stöhnen und Seufzen lange nicht zur Ruhe kommen. Ich war hin- und hergerissen zwischen Mitleid und Wut. Schließlich war Karin es gewesen, die den Jäger provoziert hatte – durch ihre Anschuldigungen war er ausgerastet. Und am Ende hatte sie ihn getötet, nicht etwa ich oder gar der besonnene Jupp.

Überhaupt war der Grizzly ein bemerkenswerter Mann. Er war nicht auf den Mund gefallen, konnte logisch denken, war hilfsbereit und trotz einer leichten Tapsigkeit sehr geschickt. Karin nutzte seine Gutmütigkeit aus, sie hatte ihn eigentlich nicht verdient. Demnächst wollte ich mich intensiver mit ihm unterhalten, nahm ich mir vor und schlief endlich ein.

In jener Nacht hatte ich einen seltsamen Traum: Abend für Abend besuchte uns ein Bär, spielte und tobte mit uns herum. Wenn wir aber gar zu übermütig wurden, brummte er: *Schneeweißchen und Rosenrot, schlagt euren Freier tot!* Doch bevor sich der Bär in einen Prinzen verwandelte, wurde ich durch Karin geweckt, die vor sich hin greinte wie ein Kleinkind.

Es half alles nichts, am Sonntag durfte ich nicht ausschlafen und musste trotz meiner großen Erschöpfung früh aufstehen. Als Erstes ging ich bei leichtem Schneeregen nach Hause, um den Hund abzuholen. Meine Wirtin zeigte sich hocherfreut, weil sie sich so in Ruhe für die Kirche fertigmachen konnte. »*Et Wedde wird widder besser!*«, tröstete sie mich und nötigte mir trotzdem einen Schirm auf.

In der Villa sollte Rüdiger nach Jägerblut suchen, aber anscheinend verstand er nicht ganz, was ich von ihm verlangte. Aufgeregt lief er die Treppe rauf und runter, schnüffelte in allen Ecken und bellte leider ein paarmal, so dass ich Angst bekam, die schlafenden Untermieter würden wach. Ich ließ ihn an den Pantoffeln des Jägers schnuppern und befahl: »Such!«

»Nimm ihn lieber an die Leine«, riet der Grizzly. »Dann kannst du mit ihm schön langsam alles abgehen, das kommt mir vernünftiger vor, als wenn er wie ein Irrwisch hier herumsaust.«

Tatsächlich erschnüffelte Rüdiger auf diese Weise eine minimale angetrocknete Spur, die uns auf der dunklen Holztreppe niemals aufgefallen wäre. Als der Hund seine Pflicht getan hatte, brachte ich ihn wieder zurück zu seiner Herrin. Dann kam eine Arbeit, die ich noch nie gemocht hatte: Schuhe putzen, Boden wischen, Geländer abreiben und so weiter.

Plötzlich ließ ich Lappen und Eimer wieder sinken. »Eigentlich ist alles falsch, was wir hier machen. Ein Profi merkt doch sofort, dass eine Generalreinigung stattgefunden hat. Rita hatte frei, die Haushälterin war nicht hier. Also kommen nur wir in Frage und müssten erklären, warum wir Burkhard Jägers Zimmer so akribisch gesäubert haben!«

»Nein«, sagte Jupp, »das sehe ich anders. Der Jäger hat immer selbst geputzt, darüber habe ich mich oft genug gewundert. Es passt zu seinem pedantischen Image, dass es in seinem Zimmer tipptopp aussieht.«

»Aber wir haben mit Sicherheit auch seine eigenen Fingerabdrücke beseitigt!«

»Lässt sich nun nicht mehr ändern«, sagte Jupp. »Wenn du noch etwas Nützliches tun möchtest, könntest du unsere allzu sauberen Schuhe mit etwas Blumentopferde einreiben. Ich brauche jetzt einen Kaffee, außerdem müssen wir nach Karin schauen.«

Zum Mittagessen brutzelte der Grizzly ein Bauernfrühstück. Kartoffeln, Zwiebeln, Speck und Eier wurden in der Pfanne gebraten und mit ein paar eingelegten Gürkchen garniert. Für mich war es neu, dass ein Mann kochte. Mein Vater, der doch immerhin gut backen konnte, hätte nie die Küche betreten, es war das alleinige Reich meiner Mutter.

Karin mochte nichts essen, so dass ich mit Jupp allein in der Küche saß. Anschließend legte ich mich wieder neben die Kranke und gönnte mir wenigstens eine kurze Siesta.

Am späten Nachmittag verließ ich die Villa, heizte den Ofen in meinem kalten Zimmer mühsam wieder an, führte den Hund noch einmal aus und ging früh in mein eigenes Bett. Mir graute vor dem Montag, Karin war bis dahin sicherlich noch nicht auf den Beinen. Aber da Rita und die Haushälterin wieder im Einsatz waren, würde sie versorgt sein. Jupp musste seinen Dienst im Auswärtigen Amt ja ebenfalls antreten.

Kaum saß ich am Montagmorgen an meinem Schreibtisch, als der Chef schon hereinplatzte. »Wo ist Fräulein Bolwer?«, fragte er statt einer Begrüßung. Als er hörte, dass Karin krank sei, meinte er bedauernd: »Schade, denn wir wissen jetzt wahrscheinlich, wer der Halunke aus der Dunkelkammer ist. Ich habe am Wochenende mit einem Kollegen aus der V/II ein Kölsch getrunken. Er kennt einen aus seiner Abteilung, der ständig Lakritz lutscht. Ich habe vor, eine Gegenüberstellung zu machen:

Fräulein Bolwer wird diesen impertinenten Kerl an seinem Geruch erkennen. Es gibt nämlich nur einen, der dafür in Frage kommt, er soll schon andere Mitarbeiterinnen in den Po gekniffen und anzügliche Bemerkungen gemacht haben. Den kriegen wir jetzt endlich gefasst!«

Das war immerhin eine gute Nachricht. Leider hatte ich vergessen, mir an der Haltestelle eine Zeitung zu kaufen, denn eigentlich erwartete ich einen Bericht über den Leichenfund im Kottenforst. Erst in der Mittagspause konnte ich mir den *Bonner Generalanzeiger* ausleihen und die Lokalnachrichten überfliegen. Zu meiner Verwunderung wurde das Unglück mit keinem Wort erwähnt, was immer das bedeutete.

Als ich aus der Kantine zurückkam, wurde ich auf dem Flur von einer Kollegin angesprochen: »Ist der Jäger aus Kurpfalz etwa krank? Er wohnt doch im gleichen Haus wie die Bolwer, die ist aber heute auch nicht da. Ist in Godesberg die Grippe ausgebrochen, oder sind die beiden auf Hochzeitsreise?«

»Karin hat hohes Fieber«, sagte ich. »Warum Herr Jäger nicht erschienen ist, kann ich beim besten Willen nicht sagen.«

»Komisch«, sagte sie. »Er wollte heute eine äußerst wichtige Akte mit mir durchgehen. Eigentlich ist er ja ein Bürokrat wie aus dem Bilderbuch, der von uns allen absolute Pünktlichkeit und Ordnung erwartet. Da soll einer verstehen, warum gerade er nicht angerufen hat!«

»Woher soll ich das wissen?«, sagte ich und wurde rot.

An diesem Tag machte ich besonders pünktlich Schluss und begab mich direkt zur Villa. Zu meiner Verwunderung hing ein Päckchen ohne jegliche Beschriftung an der Türklinke. Ich nahm es mit herein und übergab es Karin. Es schien ihr ein wenig besserzugehen, denn sie lag im Boudoir auf dem Sofa und trug mit Grandezza ein Bärenfell, nämlich den schäbigen braunen Grizzly-Bademantel. Im Radio lief ein Hörspiel von Francis Durbridge mit Detektiv Paul Temple. Ich stellte den Ton leiser und wollte ihr das Neueste aus dem Büro erzählen. Die Zeitung hatte sie allerdings längst gelesen, jetzt interessierte sie sich erst einmal für das anonyme Geschenk.

»Du hast bestimmt einen heimlichen Verehrer«, behauptete ich, doch sie fetzte bereits – ebenso neugierig wie ich – das braune Packpapier auf. Wir fanden weder eine Karte noch einen Brief, sondern nur die gräfliche Pelzmütze. Bestürzt und etwas ratlos sahen wir uns an.

»Hast du eine Ahnung, wo du sie verloren hast?«, fragte ich.

»Ich dachte eigentlich, mitten im Wald, aber ich weiß es nicht genau«, antwortete sie. »Wahrscheinlich lag die Mütze aber hier in der Nähe, und ein freundlicher Nachbar wusste, dass sie Tante Helena gehört.«

»Dann hätte er doch erst mal nachgefragt«, sagte ich, »und sich nicht die Mühe gemacht, ein Päckchen ohne Absender an der Tür anzubringen. Das ist mir irgendwie unheimlich. Außerdem ist es purer Zufall, dass ich gerade gekommen bin und nicht eine der Domestiken oder ein Untermieter. – Aber jetzt kommt die gute Nachricht: Unser Chef weiß, wer dich in der Dunkelkammer überfallen hat. Wenn du wieder fit bist, plant er eine Gegenüberstellung.«

»Ich weiß doch gar nicht, wie die Kanaille aussieht ...«

»Aber du kannst ungefähr schätzen, wie groß er ist, du hast seine Stimme gehört, du weißt, wie er schmeckt und riecht!«

»Soll ich mich deswegen noch mal küssen lassen? Nein danke!«

Karin wollte auf meine Nachricht gar nicht weiter eingehen. Nun war sie am Zug. Ich erfuhr, dass die Haushälterin und das Dienstmädchen heute wieder pünktlich aufgekreuzt waren und sich um Karin gekümmert hatten, dass Jupp jetzt noch Dienst hatte und die Gräfin wohl am Mittwoch entlassen würde.

»Tante Helena hat vorhin angerufen und gesagt, dass sie dich *très aimable* findet. Außerdem hat sie nach meinem Befinden gefragt und sich echauffiert, weil ich krank geworden bin. In meinem jugendlichen Alter sollte das eine absolute Ausnahme bleiben, fand sie und war beruhigt, dass ich in den nächsten Tagen wieder arbeiten werde. Leider muss ich dann auch den Dunkelmann beschnüffeln.«

Bald darauf ging ich nach Hause und ließ mich an diesem Tag nicht mehr blicken.

Am Dienstag kaufte ich als Erstes eine Tageszeitung und sah sofort die fettgedruckte Schlagzeile. In der Straßenbahn las ich den kurzen Text so oft, bis ich ihn auswendig konnte:

Grausiger Fund im Kottenforst

Mord oder Selbstmord? Ein Waldarbeiter machte am frühen Montagmorgen eine furchtbare Entdeckung. Auf einer Lichtung im Kottenforst befand sich in einem ausgebrannten VW eine verkohlte Leiche. Über die Identität des Toten wurden zu-

nächst keine Angaben gemacht. Die Kriminalpolizei ermittelt und sucht Zeugen, die möglicherweise am Wochenende etwas Auffälliges beobachtet haben.

Während der Bürozeit konnte ich an nichts anderes denken und machte Fehler um Fehler. Aber der Tag war noch nicht zu Ende.

Von der nächsten Katastrophe erfuhr ich erst am Nachmittag, als ich Karin aufsuchte. Der Grizzly hatte nämlich eine schreckliche Nacht hinter sich. Er kam am Montagabend erst spät nach Hause, sah kurz nach Karin und fand sie wohlversorgt und schon fast wieder gesund. Also ging er gleich schlafen, denn auch er war erschöpft von der Arbeit und den belastenden Erlebnissen, die ihn verfolgten. Doch es sollte noch viel schlimmer kommen.

Mitten in der Nacht wurde er durch seltsame Geräusche geweckt. Er blieb eine Weile still liegen und lauschte angestrengt. Schließlich hörte er einen seiner Zimmernachbarn mit jemandem sprechen, der Stimme nach mit einem Unbekannten. Jupp knipste die Nachttischlampe an und sah auf die Uhr, es war kurz vor vier.

Im Allgemeinen schliefen Zischka und Habek um diese Zeit fest, ebenso wie alle anderen Hausbewohner. Irgendetwas konnte also nicht in Ordnung sein. Jupp schlich zur Zimmertür und spähte durch das Schlüsselloch in den hellerleuchteten Flur. Sekunden später hörte er einen schrecklichen Aufschrei, Gepolter, heftiges Türenschlagen, schließlich das Aufheulen eines Motors. Dann war es totenstill.

Erst jetzt traute sich der Grizzly aus seiner Höhle und stolperte fast über Herrn Habek, der mit klaffender Kehle am Boden lag. Jupp versuchte sofort, den röchelnden Mann seitlich zu lagern, presste ein Handtuch auf die blutende Wunde und sprach beruhigend auf ihn ein. Dann tat er das einzig Richtige, raste die Treppe hoch ins Boudoir und rief die Polizei sowie einen Notarzt an. In Windeseile war er wieder unten und trommelte vergeblich an Zischkas Tür, um auch ihn um Beistand zu bitten.

Die Tür zum Jägerzimmer stand weit offen, Jupp sah schon von weitem, dass dort heillose Unordnung herrschte. Kleidung, Schuhe und Papiere lagen verstreut am Boden, Schubladen waren ausgekippt, die Matratze war aufgeschlitzt, die Stehlampe umgeworfen. Zum Glück traf der Rettungswagen schon nach wenigen Minuten ein. Nach der provisorischen Erstversorgung des Arztes betteten die Sanitäter den Bewusstlosen auf eine Trage, verfrachteten ihn in den Krankenwagen und brausten unter Sirenengeheul davon. Kurz darauf stürmten zwei Streifenpolizisten herein, und schließlich tauchten auch Karin und Rita völlig verstört am Ort des Geschehens auf.

Jupp berichtete den Polizisten, was er gehört hatte, denn gesehen hatte er den Einbrecher ja nicht. Da es jedoch kein Fall für die Schutzpolizei war, wurden die Kripo sowie die Spurensicherung alarmiert. Nach der vorschriftsmäßigen Absperrung schickten die Gesetzeshüter Karin und Rita wieder ins Bett und warteten auf Verstärkung. Herr Zischka war seltsamerweise von allen Turbulenzen nicht wach geworden und wunderte sich erst am anderen Morgen, dass er alles verpasst hatte.

»Die alte Socke war wohl wieder voll wie eine Haubitze«, kommentierte der Grizzly, als er mir alles erzählte.

Ob der Einbrecher nach den sechstausend DM gesucht hatte? Leider konnten wir jetzt nicht mehr feststellen, ob die Pässe noch in der Schublade lagen, denn die Spezialisten machten sich stundenlang im Jägerzimmer zu schaffen. Auch als sie endlich abzogen, hatten sie den Tatort nicht freigegeben, und wir wagten nicht, das polizeiliche Sicherheitssiegel zu entfernen. Beinahe vergaß ich meine Pflicht, mit Rüdiger Gassi zu gehen, weil wir noch lange über einen Zusammenhang zwischen dem Verschwinden des Jägers und der Durchsuchung seines Zimmers rätselten.

Wahrscheinlich hatte Karin recht, als sie vermutete: »Ich glaube, Habek ist rein zufällig Zeuge des Einbruchs geworden. Wahrscheinlich wurde er durch ein ungewohntes Geräusch wach, musste aufs Klo, tappte im Schlafanzug auf den Flur, machte dort das Licht an und wollte ins Bad. Plötzlich sah er einen fremden Mann, sprach ihn an, und das Unglück nahm seinen Lauf.«

Wir sahen uns traurig an. Obwohl keiner von uns diesem Untermieter besonders nahestand, fühlten wir uns mitschuldig an seiner schweren Verletzung.

17
Zimmer frei

Laura hört mit offenem Mund zu und vergisst sogar, an ihren Chicken Wings zu knabbern.

»Frau Holle, ihr wart ja so was von cool!«, meint sie anerkennend. »Abgesehen davon, höre ich da etwas mitschwingen, wenn vom Grizzly die Rede ist? Lass mich mal raten: Warst du in ihn verliebt und hast ihn der Karin abgejagt? Andererseits weiß ich natürlich, dass mein Großvater nicht Franz-Josef hieß!«

»Mein Gott, Laura, du willst auf einen Schlag alles über mich wissen! Und was weiß ich von dir? Nicht gerade viel, was deine Beziehungen angeht.«

»Na gut, ich gebe zu, dass mir dieses Thema etwas peinlich ist. Aber meinetwegen kannst du es erfahren, du bist schließlich auch kein Unschuldsengel gewesen: Ich habe schon seit einiger Zeit eine Affäre mit einem verheirateten Mann. Alles sehr kompliziert, ich wollte dich nicht damit belasten.«

Ich reagiere zwar nicht entsetzt, aber doch etwas besorgt. »Kind, so etwas geht meistens für alle

Beteiligten traurig aus. Die Gattin kriegt es raus, die Ehe bekommt einen Knacks, die Männer entscheiden sich für ihre Familie, die Geliebte guckt in die Röhre. Doch leider habe ich die Erfahrung gemacht, dass gute Ratschläge bei Liebesdingen immer in den Wind geschlagen werden, darum halte ich lieber mein loses Mundwerk.«

»Im Gegenteil, du sollst mir endlich erzählen, wie es nach dem Einbruch in der Villa weiterging! Es war gerade richtig spannend, als du plötzlich aufgehört hast. Wenn du mich mit deinen Erzählungen wie Scheherazade jeden Abend in den Bann schlägst, habe ich ohnedies keine Zeit mehr für meinen Lover.«

Als die Gräfin am Mittwoch aus dem Krankenhaus zurückkam, verlor sie völlig die Contenance. Ein Einbruch in ihrer Villa! Der untadeligste Untermieter war verschwunden, Herr Habek lag schwerverletzt in der Klinik, das Jägerzimmer war abgesperrt, dazu kamen noch polizeiliche Ermittlungen, für die sich alle Nachbarn brennend interessierten! Sie echauffierte sich so sehr, dass der Hausarzt ihr eine sedierende Spritze geben musste. Daraufhin beschloss Karin, sich noch für den Rest der Woche krankschreiben zu lassen, um ihrer Tante beizustehen.

Ich dagegen musste im Ministerium stenographieren und tippen, obwohl mir der Kopf brummte. Auch Jupp hatte es nicht leicht, musste sich zurückhalten und durfte nicht mehr die gesamte Villa als sein Reich betrachten. Die Gräfin hätte sich noch mehr echauffiert, wenn sie ihm ohne plausiblen Grund in den oberen Gemächern begegnet wäre.

Am Donnerstag erreichte uns die schreckliche Nachricht, dass Herr Habek die Messerattacke trotz einer Notoperation nicht überlebt hatte. Nach kurzem Erlangen des Bewusstseins hatte er aufgrund seiner schweren inneren Verletzungen und eines tiefen Halsschnitts keine Aussage mehr machen können. Die Polizei ging inzwischen von mehr als einem Täter aus und war der Meinung, dass es sich um Profis handelte, die keine verwertbaren Fußspuren und Fingerabdrücke hinterlassen hatten. Ob überhaupt etwas gestohlen wurde, bekamen wir nicht zu hören. Aber die Frage war auch, wie sie feststellen wollten, ob etwas fehlte. Hätten sie doch nur uns gefragt ...

Letztlich waren jetzt zwei Zimmer frei. Die Gräfin hatte jedoch die Hoffnung nicht aufgegeben, dass Herr Jäger wiederauftauchen würde. Doch auch dieses Unglück wurde ihr noch im Laufe der Woche mitgeteilt: Bei der Leiche im Kottenforst handelte es sich mit großer Wahrscheinlichkeit um ihren solventesten Untermieter. DNA-Untersuchungen mit hundertprozentigen Ergebnissen gab es zur damaligen Zeit noch nicht.

Eigentlich wollte ich ja nicht wie ein Aasgeier aus dem Tod zweier Menschen meinen Vorteil ziehen und mich um Habeks Zimmer bewerben. Ich wusste ja, dass die adlige Dame nur an Herren vermieten wollte. Da sie mich aber ein wenig in ihr Herz geschlossen hatte, rechnete ich mir trotz allem eine geringe Chance aus. Im Sommer waren die Hundespaziergänge ja noch eine Freude gewesen, jetzt in der kalten Jahreszeit wurden sie mir immer lästiger. Ein Zimmer mit Zentralheizung, das in meiner Abwesenheit nicht auskühlte, wäre ein Traum.

In diesen Tagen saßen wir in jeder freien Minute zusammen und besprachen unsere vertrackte Lage. Angesichts der brutalen Einbrecher war es viel zu gefährlich, das konfiszierte Geld im Haus aufzubewahren. Falls die Diebe nämlich von den Banknoten gewusst und danach gesucht hatten, könnte es durchaus sein, dass sie als Nächstes die Hausbewohner im Visier hätten und auch sie überfallen würden.

»Vielleicht sollten wir ein Konto bei der Sparkasse einrichten?«, schlug Karin vor, doch das war mir nicht geheuer.

»Am besten nehme ich den Gesamtbetrag mit ins Auswärtige Amt, dort habe ich ein Schließfach für meine Arbeitskleidung und andere persönliche Sachen«, sagte Jupp. »Aber falls ihr mir nicht traut, kann jede von euch ein passendes Versteck für ihren eigenen Anteil suchen.«

»Wir verlassen uns auf dich«, sagte ich, Karin nickte.

»Außerdem macht mir die Pelzmütze an der Haustür große Sorgen«, sagte Jupp. »Vielleicht gibt es eine harmlose Erklärung dafür, vielleicht hat uns aber auch jemand verfolgt und beobachtet …«

»Kann gar nicht sein«, behauptete Karin.

Ich hatte noch eine andere Befürchtung: »Pässe sind eher uninteressant für einen Einbrecher, man kann sie fälschen oder beim Passamt stehlen. Was, wenn sie nicht nach Geld, sondern nach geheimen Unterlagen gesucht haben? Der Jäger war vielleicht nicht nur ein Spion für die DDR, sondern auch für die Sowjets oder die Amerikaner. Womöglich war er ein Doppelagent!«

Einstimmig beschlossen wir, bei künftigen polizeilichen Vernehmungen kein Sterbenswörtchen über unseren gefährlichen Wissensstand zu verraten. Der Starenkasten mit den geheimnisvollen

Briefchen, die Begegnung zwischen Herrn Jäger und German Sokolow, der tote »Onkel Hermann« im Rhein, den ich an seiner Warze erkannt hatte, und vor allem unsere eigenen Razzien im Jägerzimmer – das alles durfte nie ans Licht kommen. Die Kriminalbeamten sollten denken, dass wir jungen Leute über Burkhard Jägers langweiliges Privatleben weder informiert waren noch Interesse dafür hatten. Als Besucherin der Villa würde auch ich befragt werden, ebenso wie alle Hausbewohner. Die Gräfin hatte zur fraglichen Zeit im Krankenhaus gelegen, die Domestiken konnten nachweisen, dass sie während des Einbruchs gar nicht anwesend waren, Herr Zischka hatte fest geschlafen und war dem Jäger stets aus dem Weg gegangen. Der Grizzly, der den verletzten Habek gefunden und sofort die Polizei und einen Krankenwagen alarmiert hatte, war bereits in die Mangel genommen worden, kurz darauf auch Karin. Womöglich würde als Nächstes ich verhört.

Seit einigen Tagen hatte ich das dumpfe Gefühl, bespitzelt zu werden. Nicht weit vom Haus meiner Wirtin stand kürzlich ein fremder Mann und rauchte. Er hatte den Mantelkragen hochgeschlagen und trug eine Schiebermütze wie Meisterdetektiv Nick Knatterton. Fehlten nur die Pfeife und die karierten Knickerbockers. Beim Verlassen der überfüllten Straßenbahn hatte man mir neulich im Gedränge etwas Unverständliches ins Ohr geraunt, es klang fast wie *money*. Bevor ich mich umdrehen konnte, war der aufdringliche Kerl in der Menge untergetaucht, ich hatte nur einen grauen Schatten gesehen.

»Du leidest unter Verfolgungswahn«, sagte Karin. Aber ich war doch sehr froh, dass sie nach einer Woche wieder mit mir gemeinsam nach Bonn fuhr. Ein hübscher Referendar hatte schon mehrmals nach ihr gefragt. Aber bevor Karin diesen Jochen in der Mittagspause wiedersehen konnte, stand zuerst die Gegenüberstellung mit dem übergriffigen Kotzbrocken aus der Dunkelkammer auf dem Programm.

Unser Chef triumphierte, als Karin den herbeizitierten Mann sofort als Übeltäter entlarvte. »Ich bin mir absolut sicher«, sagte sie. »Größe, Tonfall und Sprache, vor allem der Geruch stimmen, außerdem konnte ich sein Profil erkennen, als er beim Hinausgehen die Tür öffnete.«

Letzteres war zwar gemogelt, aber alle fielen darauf rein. Außerdem warf man dem Delinquenten vor, das Guckloch über den Duschen gebohrt zu haben, um nackte Frauen zu beobachten, was er aber vehement abstritt. Doch niemand glaubte ihm.

Zur Strafe wurde er in ein ausgelagertes Archiv versetzt, und einige junge Mitarbeiterinnen rieben sich schadenfroh die Hände.

Inzwischen hatte sich im ganzen Innenministerium herumgesprochen, wer der Tote im Kottenforst war; seit Tagen gab es kaum ein anderes Gesprächsthema in der Kantine und auf den Gängen. Alle Akten aus Burkhard Jägers Büro waren von eifrigen Kommissaren eingesammelt worden, das fast leere Zimmer wurde vorläufig versiegelt. Wenn wir über den Flur gingen, wanderten unsere Blicke zwanghaft zu der Plombe an der Tür. Anfangs waren viele Mitarbeiter der Meinung, dass sich der verzweifelte Jäger selbst umgebracht hätte: ein unbeliebter, vereinsamter Mann, ohne Freunde, ohne Familie, der wahrscheinlich schon lange unter Depressionen litt.

Doch dann erfuhr unser Chef, dass es in der Villa einen Einbruch mit Todesfolge gegeben hatte. Er kam leicht erregt in unser Bürozimmer, hockte sich auf Karins Schreibtisch und meinte: »Es tut mir ja leid, Fräulein Bolwer, dass Sie gleich nach Ihrer Genesung den Lustmolch aus der Dunkelkammer identifizieren mussten und ich Sie jetzt auch noch mit Fragen bombardieren werde…«

Jedenfalls war er der Meinung, dass es sich nicht

um Selbstmord handeln könne, die Durchsuchung des Jägerzimmers weise in eine ganz andere Richtung. Es sei doch möglich, dass dieser unauffällige Mensch ein Doppelleben führte, keine weiße Weste hatte und erpresst wurde – immerhin galt er von Amts wegen als Geheimnisträger. Karin konnte nun vorbringen, dass der Verstorbene oft noch fotokopiert hatte, nachdem alle Mitarbeiter längst nach Hause gegangen waren. Da ihre feine Nase die Lakritze gerochen hatte, nahm man ihr jetzt auch ab, dass sie am nächsten Morgen das Rasierwasser des Jägers gewittert hatte. Der sofort herbeizitierte Pförtner konnte sich ebenfalls erinnern, dass der Verstorbene häufig die Kaserne erst sehr spät verlassen hatte.

»Hm, hm, hm«, sagte unser Chef. »Unter uns gesagt, habe ich den Jäger noch nie gemocht. Aber *de mortuis nil nisi bene,* mit anderen Worten: Man soll die Toten nicht nachträglich anschwärzen. Er stand zwar eine Zeitlang unter Verdacht, ein Maulwurf zu sein und geheime Informationen hinauszuschleusen, aber Beweise dafür wurden nie erbracht. – Fräulein Bolwer, Sie haben schließlich unter einem Dach mit ihm gelebt, vielleicht fällt Ihnen ja noch mehr ein, was der Wahrheitsfindung dienen könnte.«

Karin sagte, sie sei bereits von der Polizei befragt worden, aber sie habe kaum Kontakt zu den Untermietern ihrer Tante. Und gerade Herr Jäger habe sich besonders abgekapselt, mehr als *guten Tag* habe man selten von ihm zu hören bekommen. Allerdings hätten sich alle in der Villa gewundert, dass er bei seinem relativ guten Einkommen ein möbliertes Zimmer bezogen und auch noch selbst geputzt habe.

»Wissen Sie, ob man seine Angehörigen bereits benachrichtigt hat?«

Karin zuckte mit den Schultern, denn in diesem Punkt hatte sie wirklich keine Ahnung. Ich fand, dass sie sich ausgezeichnet hielt, ich wäre wahrscheinlich ständig rot geworden. Vom Chef erfuhren wir, dass die sterblichen Überreste in der Pathologie untersucht wurden, obwohl man bei einem völlig verkohlten Körper wohl keine Autopsie mehr durchführen könne. Sobald die Leiche freigegeben würde, könne die Beerdigung stattfinden – wahrscheinlich in der Heimat des Toten, also in der Pfalz. Und zum Abschluss erklärte er noch: »Wohl oder übel werde ich vorläufig die Aufgaben des Jägers übernehmen müssen, bis man einen Nachfolger gefunden hat.«

Inzwischen hatte die Gräfin leider erfahren, dass das Hausmädchen in ihrer Abwesenheit eine Woche freibekommen hatte. Karin wurde gerüffelt, weil sie allzu eigenmächtig über das Personal verfügt hatte. Aber es wurde ihr auch schnell wieder vergeben, denn Karin verstand es, sich in Krisenzeiten als unentbehrlich zu erweisen. Am Abend nach unserem Wiedersehen zeigte sich Karin als gute Freundin, denn sie machte sich für meine Belange stark. Tante Helena saß mit ihr beim Essen und jammerte, weil sie nun zwei neue Mieter finden müsste.

Der Augenblick war günstig, Karin wusste ihn zu nutzen. »Ich würde mich riesig freuen«, sagte sie, »wenn Holle das Habek-Zimmer bekäme. Sieh mal, wir sind fast wie Schwestern, und es täte dir vielleicht gut, wenn in deinem Haus auch mal wieder gelacht würde …«

»Kind, wo denkst du hin! Deine Holle mag ja eine reizende Person sein, aber ein junges Mädchen kann sich doch nicht mit diesem Hausmeister und Zischka das Bad teilen! Nein, das geht wirklich nicht!«

»Wenn sie das Jägerzimmer bekäme, dann hätte sie ein eigenes Bad. Das wäre doch eine ideale Lösung!«

»Ach Karin, dieser schöne große Raum ist fast doppelt so teuer wie die anderen. Das kann sich Fräulein Holle bestimmt nicht leisten. Vermutlich kriegt sie ja das gleiche Gehalt wie du – also netto etwa dreihundert DM. Aber ich will mal darüber schlafen. Schließlich stammt deine Freundin aus einem anständigen Elternhaus, und ich könnte mich darauf verlassen, dass pünktlich überwiesen wird.«

Die Gräfin hatte zwar Einwände vorgebracht, aber keine grundsätzlichen Bedenken. Bisher hatte sie immer befürchtet, weibliche Mieter würden dauernd kochen und waschen, diesmal ging es ihr eher um die Höhe der Miete. Natürlich konnte man der Gräfin nicht gut unter die Nase reiben, wie wir zu unserem neuen Reichtum gekommen waren, aber vielleicht könnte ich ja eine Erbschaft ins Feld führen, zum Beispiel durch den Tod eines reichen Onkels. Insgeheim hatte ich den Verdacht, dass Karin mit ihrem Vorschlag nicht völlig uneigennützig gehandelt hatte. Sie wusste ja, dass Jupp seine Heiratspläne noch nicht aufgegeben hatte und wahrscheinlich weiterhin auf das Jägerzimmer spekulierte. Doch er war viel zu bescheiden, um seinerseits bei der Gräfin einen Vorstoß zu wagen.

Die große Überraschung kam einige Tage später. Tante Helena sah mich mit Karin in der Küche sitzen. Rüdiger lag zu unseren Füßen, zwei Tassen, eine Teekanne und eine Schale mit Keksen standen vor uns auf dem Tisch. Es war wohl ein Bild, das sie an vergangene Zeiten erinnerte, denn sie wurde plötzlich ganz weich.

»Fräulein Holle, ich würde Ihnen ja gern das große Zimmer im Parterre vermieten, aber ich kann mit dem Preis beim besten Willen nicht heruntergehen. Ich kann es leider auch nicht Karin überlassen, die sowieso umsonst hier wohnt, ich bin auf die Mieteinnahmen angewiesen.«

»Ich habe kürzlich ein wenig Geld geerbt«, sagte ich. »Glücklicherweise bin ich jetzt in der Lage, den vollen Betrag zu leisten.«

Wir freuten uns alle drei, nur der Hund jaulte kläglich auf, als hätte er verstanden, dass seine Spaziergänge mit mir gezählt waren. Mit dem Umzug musste ich mich allerdings noch gedulden, zuerst meiner Wirtin fristgerecht kündigen und dann darauf warten, dass das Jägerzimmer freigegeben wurde. »Eine neue Matratze muss auch her«, sagte Karin.

18
Mallorca oder Paris

In der Straßenbahn erzählte mir Karin, dass ihre Freundin Ulla kürzlich angerufen habe.

»Sie hat sich erkundigt, ob der Jäger krank sei. Obwohl sie fest verabredet waren, sei er nicht zum Gottesdienst gekommen. Das gute Kind liest natürlich selten die Zeitung, und der volle Name des Toten wurde in der Öffentlichkeit ja auch nie genannt, es war nur von Burkhard J. die Rede. Als ich ihr einen Teil der Wahrheit schonend beibrachte, war sie über seine Verlobung fast mehr erschüttert als über seinen Tod. Am Ende hatte er ihr Hoffnungen gemacht. – Aber sag mal, hast du schon dein Zimmer gekündigt?«

Das hatte ich natürlich längst getan, und meine Wirtin hatte relativ gelassen reagiert. »*Nur schad' ums Arrangschemang*«, meinte sie mit Blick auf ihren Hund, mit dem sie in Zukunft selbst spazieren gehen musste. Trotzdem wünschte sie mir viel Glück, denn sie habe sich schon gedacht, *dat et in der Villa enne Jong jiwt* ... Es half nichts, dass ich beteuerte, es gebe keinen Jungen in der Rheinallee, sondern nur meine beste Freundin und ein eigenes Badezimmer. Gerührt über ihre herzliche Anteilnahme, versprach ich, trotzdem hin und wieder meinen treuen Freund Rüdiger auszuführen, vielleicht sogar regelmäßig.

Irgendwann fing ich an zu rechnen. Zweitausend DM waren zwar eine Menge Geld für mich, aber wenn ich Monat für Monat die doppelte Miete berappen musste, wäre die gesamte Summe bald aufgebraucht, einen Urlaub auf Mallorca konnte ich mir an den Hut und die verlockenden Prospekte in den Ofen stecken. Karin und Jupp würden sich wohlig im warmen Mittelmeer aalen, während ich in der Eifel mit Mama und Papa sonntags wandern und an den Wochentagen Brötchen verkaufen durfte. Alles schon mal da gewesen. Leicht verdrossen sprach ich Karin am nächsten Tag, als gerade nicht viel zu tun war, darauf an: »Wahrscheinlich kann ich nicht mit euch nach Mallorca fahren, ich muss das Geld für die Miete zurücklegen.«

»Wie kommst du darauf, dass ich auf die Balearen will?«, sagte sie. »Pauschalreisen sind wahnsinnig langweilig, so etwas würde ich mir nie im Leben antun! Erinnerst du dich nicht, wie aufregend es war, London auf eigene Faust zu erobern? Im Übrigen hat der Chef gesagt, wir dürfen nicht jedes Jahr gemeinsam Urlaub machen.«

»Wenn er in den Sommerferien mit der Familie nach Juist fährt, könnten wir doch gleichzeitig auch verreisen – dann kann es ihm doch egal sein. Hast du ihn überhaupt schon gefragt? Na ja, es hat ohnehin keinen Zweck, ich kann es mir nicht leisten. Was habt ihr denn vor, wenn's nicht Mallorca sein soll?«

»Wahrscheinlich werde ich sowieso nicht erst im Sommer, sondern schon im Frühling Urlaub nehmen. Und zwar fahre ich mit Jochen nach ...«

Ich unterbrach sie ganz entsetzt. »Mit Jochen? Und was wird aus Jupp? Wo er so viel für dich getan hat, kannst du ihn doch nicht einfach im Regen stehenlassen!«

»Ach Holle, das weiß ich selbst. Vielleicht könntest du mir in diesem Punkt ein wenig entgegenkommen. Ich bin mir sicher, dass Jupp dich mag. Wenn du also demnächst seine Zimmernachbarin wirst, könntest du ihn doch ein wenig umgarnen. Natürlich verlange ich nicht, dass du gleich mit ihm in die Kiste steigst! Aber es wäre bestimmt leichter für ihn, wenn er sich seinerseits ein bisschen vergnügen würde. Es bleibt dann alles sozusagen in der Familie.«

»Karin, das geht zu weit! Der Grizzly liebt dich von ganzem Herzen, er hat mich zwar ganz gern, aber eher so wie ein großer Bruder. Und ich bin keine geborene Schauspielerin, die ihm etwas vormachen kann.«

»Hör mal, ich habe eine Menge für dich getan. Du bekommst das beste Zimmer im ganzen Haus, da könnte ich direkt neidisch werden. Neben Rüdiger hättest du endlich auch einen zweibeinigen Freund, den du dir ja immer gewünscht hast. Und im Gegensatz zu Tante Helena wären deine Eltern mit einem ehrenwerten Handwerker mehr als einverstanden.«

»Willst du mich etwa verkuppeln, denkst du gleich an Hochzeit? Bäckerstochter und Hausmeister, das passt doch hervorragend! Und du nimmst dafür den Akademiker – einen Referendar, der bald die große Karriere macht!«

»Nee, den Jochen werde ich auch nicht heiraten, ich will schließlich Botschaftergattin werden. Ich finde es zwar ganz amüsant, wenn sich die Jungs in mich vergaffen, aber wenn sie klammern, wirds mir zu viel.«

Ich hatte noch ein anderes Argument. Der Grizzly wusste, dass wir in den Todesfall Burkhard Jäger verstrickt waren. Er selbst hatte sich nur insofern strafbar gemacht, als er die Leiche fortgeschafft hatte und uns half, den Mord zu vertuschen. Was ja gewissermaßen auch auf mich zutraf. Die eigentliche Täterin war Karin, sie sollte sich hüten, es mit ihren Komplizen zu verderben.

Sie grinste nur, als ich lospolterte. »Mitgegangen, mitgehangen«, sagte sie schnippisch. Im Grunde wusste sie genau, dass wir sie niemals verpfeifen würden.

»Ich kann auch gern auf das Jägerzimmer verzichten und in meinem kalten Loch bleiben«, sagte ich aufsässig. »Wenn du unfaire Bedingungen an meinen Umzug knüpfst, dann ist mir die Freude sowieso verdorben. Abgesehen davon – wann und wohin willst du überhaupt mit deinem Jochen verreisen?«

»Natürlich im Mai nach Paris«, sagte sie und blies Zigarettenrauch an die Zimmerdecke. »Dort müssen wir keine Heiratsurkunde für ein Doppelzimmer vorlegen. Schließlich ist es die Stadt der Liebe.«

Da man plötzlich den Chef kommen hörte, drückte Karin blitzschnell die Kippe aus, wir beendeten abrupt unser Geplänkel und ließen die Schreibmaschinen wieder klappern. In meinen Gedanken war ich jedoch nicht bei der Arbeit. Es war eine unverschämte Zumutung, dass ich den Grizzly anbaggern sollte, nur damit Karin ohne schlechtes Gewissen mit Jochen nach Paris fahren konnte! Am liebsten hätte ich dem ahnungslosen Jupp die Pläne seines Schätzchens gesteckt. Vielleicht würde es ihn von seiner allzu naiven Liebe heilen.

Auch unser Chef war schlecht gelaunt, wir erfuhren, dass er sich heute schon eine dringende, aber liegengebliebene Aufgabe des Jägers vorknöpfen müsse.

»Ich hasse diese blöde Geheimniskrämerei«, schimpfte er. Auf meine Nachfrage murmelte er etwas von Nachbesserungen zu irgendwelchen Truppenverträgen mit den Besatzungsmächten – und von deren Befugnissen im Detail. Ein Thema, das mich bis dahin bloß gelangweilt hatte, während sich Karin – ihrem neuen Freund zuliebe – schon eher für Politik interessierte.

An diesem Vormittag sprach ich kein Wort mehr mit ihr. Doch als wir zur Mittagspause aufbrachen, fragte Karin ganz unbefangen, ob ich Lust hätte, mit ihr einen Sprachkurs zu besuchen.

»Französisch ist die Sprache der Diplomaten«, sagte sie. »An der Volkshochschule wird ein Abendkurs für Anfänger angeboten, wir könnten zweimal in der Woche direkt vom Büro aus hingehen. Ich habe es immer bedauert, dass in der Handelsschule nur Englisch unterrichtet wurde.«

»Ohne mich«, sagte ich patzig. »Ich will schließlich weder nach Paris fahren noch Botschaftergattin werden. Und gleich nach der Arbeit möchte ich erst mal freihaben. Vorläufig habe ich sowieso noch einen Hund am Hals, wenn ich heimkomme.«

Und bald sogar einen Grizzly am Kragen, dachte ich, denn ich sollte Karin ja einen Bärendienst erweisen. Es gelang mir, eine so todtraurige Miene aufzusetzen, dass Karin in besorgtem Ton wissen wollte, was eigentlich mit mir los sei.

»Die Gedanken sind frei«, sagte ich zuerst, aber nach einer kleinen Pause hatte ich mir eine passende Antwort überlegt: »Wenn du es unbedingt hören willst: Du bist eine ziemlich abgefeimte Intrigantin und kaltblütige Mörderin. Kannst nur froh sein, dass die Todesstrafe 1949 abgeschafft wurde.«

Jetzt musste sie lachen. »Ein Wort zu viel, und ich hole den Stockdegen!«, sagte sie.

Wir hatten die Kantine erreicht, und ich setzte mich demonstrativ zu der freundlichen Bibliothekarin. Karin suchte nach ihrem Jochen und gesellte sich an dessen Tisch. Auch nach Dienstschluss war sie schnell verschwunden, und ich saß allein in der Straßenbahn und ärgerte mich. Zu Hause wurde ich von Rüdiger leidenschaftlich begrüßt. Wenigstens einer, der mich liebt, dachte ich, aber mein tierischer Fan ahnte wohl nicht, dass ich ihn demnächst ebenso schnöde verlassen würde wie Karin ihren Jupp.

Als wir wenig später zum täglichen Spaziergang aufbrachen, lief ich aus purer Gewohnheit die Rheinallee entlang. Der Grizzly stand mit einem Besen in der Einfahrt und schien nach Karin Ausschau zu halten. Ich konnte ihm keine Auskunft geben, wo sie steckte.

»Kommt doch rein und wärmt euch auf«, schlug er vor und tätschelte den Hund. »Ich kann euch allerdings nur mein Zimmerchen anbieten, denn die Küche ist jetzt leider wieder tabu für mich.«

In dem kleinen Raum war es eng, aber nicht ungemütlich. In einem schmalen Regal standen ein paar Romane von Karl May, auf der Fensterbank ein Kaktus und zwei Töpfe mit Alpenveilchen.

»Hast du schon Fahrstunden genommen?«, fragte ich.

»Ich habe mich bereits angemeldet«, sagte er. »Und ich überlege gerade, ob ich mir einen schnittigen Plattenspieler der Firma Braun kaufen soll. Das Gehäuse ist aus Metall und Holz, der Deckel aus Acrylglas. Aber die Urlaubsreise steht natürlich auf Platz eins meiner Wünsche.«

»Leider kann ich nicht nach Mallorca fahren«, sagte ich und erklärte, dass es in Anbetracht der höheren Miete einfach nicht möglich war. Sekundenlang lag es mir auf der Zunge, ihn über Karins Pläne ins Bild zu setzen, aber ich hielt mich gerade noch zurück. Das sollte sie gefälligst selbst erledigen.

»Falls es nur am Geld liegt«, sagte der Grizzly, »dann finden wir vielleicht eine Möglichkeit. Wenn Karin und ich von unserem Anteil ein bisschen abgeben, lässt sich doch sicherlich etwas machen.«

»Nett gemeint«, sagte ich. »Doch ich muss jetzt gehen, und bis zum Sommer dauert es ja noch ziemlich lange.«

Ich kann mich nicht mehr im Einzelnen an die vertraulichen Dokumente erinnern, die ich ins Reine tippen musste. Ich durfte keinen Durchschlag machen, Karin sollte auch nichts fotokopieren. Hinterher verschloss der Chef die fertigen Seiten in einer Schublade und ermahnte mich, nicht darüber zu sprechen. Grob gesagt, ging es um einen bereits vorhandenen Vertrag zwischen der Bundesrepublik und sieben anderen Ländern, Pariser Verträge genannt, was mich schon wieder an die treulose Karin erinnerte. Mein Chef hatte die unangenehme Aufgabe von Burkhard Jäger geerbt, einige Passagen über Rechte und Pflichten ausländischer Streitkräfte und ihrer Mitglieder in Deutschland präziser zu formulieren, und tat sich schwer damit. Wenn ich es recht verstand, ging es in dem Vertrag über den Aufenthalt fremder Streitkräfte in der Bundesrepublik um nicht weniger als die Beendigung des Besatzungsregimes. Irgendwie fühlte ich mich damals als Geheimnisträgerin und war ein wenig stolz darauf, denn es war äußerst schwierig, diese Texte in Juristendeutsch zu entschlüsseln.

Nie hätte ich mir träumen lassen, dass diese kniffelige Schreibarbeit zu bedrohlichen Folgen führen würde. Es waren nur wenige Leute unterwegs, als ich an einem trüben Samstagnachmittag auf meiner Bank saß und gemeinsam mit dem Hund in die grauen Fluten starrte. Der Wasserstand war relativ hoch, Zweige, Baumstämme und ein Stuhlbein trieben vorüber. Traurig dachte ich daran, wie Helle und ich im vergangenen Jahr hier immer gesessen hatten. Ganz in Gedanken vertieft, achtete ich nicht auf den Spaziergänger, der wie aus Versehen direkt vor meinen Füßen eine Papiertüte fallen ließ. Reflexartig hob ich sie auf, bevor Rüdiger sie sich schnappen konnte. Sie schien leer zu sein.

Eigentlich gab es überall Papierkörbe auf der Promenade. Ärgerlich wollte ich die Tüte zusammenknüllen, da fühlte ich einen geringen Widerstand. Innen befand sich zu meiner Verblüffung aber kein angebissener Keks, sondern ein kleiner Brief. Ich zog ihn heraus und las mit offenem Mund die wenigen Blockbuchstaben: FRL. HOLLE. Befremdet schaute ich hoch, aber der unbekannte

Verehrer war bereits verschwunden, ich hörte nur noch weit entfernt seine Schritte. Jetzt erst fiel mir auf, dass es ein Umschlag aus braunem Packpapier war, genau wie der aus dem toten Briefkasten im Büschelchen. Vor Schreck wurde mir ganz flau im Magen, ich blickte mich ängstlich nach allen Seiten um. Zum Glück war weit und breit keine Seele zu sehen. Mit zitternden Händen öffnete ich das Kuvert und zog einen Zettel heraus.

PELZMÜTZE = BEWEIS

BENÖTIGEN NEUES MATERIAL

AZ. 190 201 / III B

LIEFERUNG DIENSTAG

19 UHR

BANK AM RHEIN

ANDERNFALLS ANZEIGE

Es dauerte eine Weile, bis ich die Botschaft in ihrer ganzen Tragweite verstand und mir folgende Erklärung zusammenreimte: Irgendein Geheimdienstler hatte den Jäger observiert, weil man ihm vielleicht nicht mehr traute. Man war seinem Wagen in sicherer Entfernung gefolgt und hatte irgendwo im Wald die Pelzmütze der Gräfin gefunden. Also wusste man Bescheid über unsere Tat und versuchte jetzt, uns zu erpressen, um die Spionagetätigkeit des

Jägers mit unserer Hilfe fortzuführen. Das Aktenzeichen hatte ich gut in Erinnerung, weil es mich an den Geburtstag meiner Mutter erinnerte. Es ging um die neue Version des Vertrags, den mein Chef gerade bearbeitete. Offenbar sollte ich am kommenden Dienstag eine Kopie anfertigen und hier auf dieser Bank einem Unbekannten übergeben. Entsetzt und verängstigt malte ich mir das drohende Szenario aus. Obwohl ich eigentlich mit Karin zerstritten war und vorgehabt hatte, sie eine Weile links liegenzulassen, machte ich mich sofort auf den Weg zur Villa.

Weder Karin noch der Grizzly waren zu Hause, und ich musste mit Rüdiger und meinen Ängsten unverrichteter Dinge wieder abziehen. Immerhin kehrte ich nach fünf Minuten wieder um, klingelte erneut an der Tür und bat Rita um Papier und Bleistift. Ich hinterließ eine kurze Nachricht und hoffte, dass Karin sich bald melden würde.

Im Gegensatz zu meinen treulosen Freunden, die sich an diesem Wochenende irgendwo verlustierten, schien der Hund meine Not zu spüren. Obwohl ich allein sein wollte, drängte er sich in mein Zimmer, baute sich vor mir auf und legte eine Pfote auf mein Knie. Dabei stieß er ungewohnte Klagelaute aus, die wohl sein Mitgefühl ausdrücken sollten.

»Du kannst mir nicht helfen«, sagte ich. »Du hast wahrscheinlich andere Probleme als ich, bei dir geht es ums Fressen, um ein weiches Schlafplätzchen, vielleicht auch um die Suche nach einer läufigen Hündin. Doch wenn ich es so recht bedenke, sind wir gar nicht so verschieden ...«

Und dann erinnerte ich mich sehnsüchtig an die Geborgenheit meines Elternhauses, an den warmen Busen meiner Mama und das noch viel wärmere Brot aus dem Backofen, an meinen mehlbestäubten Vater und die schiefen Zimmer, in denen es immer so gut roch. Damals wollte ich nur eines: Raus aus dem Eifelkaff, hinaus in die Welt! Wäre ich nur dort geblieben, hätte einen Bäcker geheiratet und Kinder bekommen, dann müsste ich jetzt nicht so einsam und verlassen in einem hässlichen Zimmer hocken und weinen.

Wie kamen wir bloß aus dieser Nummer wieder raus? Es wäre eine bodenlose Gemeinheit, unseren Chef hinterrücks zu verraten; er hatte uns immer hundertprozentig vertraut sowie anständig und großzügig behandelt. Überhaupt, wäre es nicht am besten, ich ginge jetzt beichten und würde mein Gewissen erleichtern? Ich heulte laut los, und Rüdiger jaulte mit mir, bis die Tür aufging und meine Wirtin auf der Schwelle stand.

Ob ich Liebeskummer hätte, fragte sie teilnehmend, oder ob ich gar ein Pänzchen bekäme? Ich schüttelte den Kopf, sie glaubte mir kein Wort, überreichte mir ein sorgfältig gebügeltes Taschentuch und verschwand. Bald darauf kam sie mit einer Flasche Wein und zwei Gläsern zurück und meinte, ein guter Tropfen sei doch die beste Medizin. Zu zweit hatten wir ziemlich schnell die ganze Pulle geleert, und auch der einfühlsame Rüdiger hörte auf, sich zu grämen, und legte sich schlafen.

19
Die Fälschung

Karin ließ sich an jenem Samstag nicht mehr blicken, so dass ich am Sonntagmorgen zur Freude der Wirtin mit ihrem Hund schon früh zur Villa aufbrach. Meine Freundin lag natürlich noch im Bett, aber ich ließ mich nicht davon abbringen, bis in ihre Mansarde vorzudringen. Ich wusste genau, dass sie es mir übelnehmen würde, ich kannte sie schließlich *à fond,* wie die Gräfin sagen würde. Doch mein Anliegen war so wichtig, dass ich ihre schlechte Laune in Kauf nahm. Rüdiger begrüßte sie stürmisch und leckte ihr liebevoll übers Gesicht.

»Falls es nicht um Tod und Leben geht, werde ich euch das nie verzeihen«, knurrte sie. »Am einzigen Morgen, an dem ich ausschlafen kann, überfallt ihr mich in aller Herrgottsfrühe! Außerdem brauche ich keine Hundezunge als Waschlappen, und zu allem Überfluss hast du auch noch eine Fahne!« Sie rümpfte ihre empfindliche Nase.

Nun konnte ich nicht mehr an mich halten und berichtete atemlos von meiner bedrohlichen Begegnung. Zum Beweis zog ich den Zettel samt Umschlag hervor, den sie eingehend studierte.

Es war mir durchaus gelungen, die nicht auf den Mund gefallene Karin aus der Fassung zu bringen. »Was machen wir jetzt?«, fragte sie, verstört und ratlos. »Wir werden offensichtlich erpresst! Aber von wem? Zu dumm, dass du den Kerl gar nicht richtig angeschaut hast. War er groß? Was hatte er an?«

Mittelgroß, glaubte ich mich vage zu erinnern, dunkler Mantel und Hut, aber ich hätte es vor Gericht nicht beschwören können. Doch irgendetwas war mir aufgefallen, und nach einigem Grübeln erinnerte ich mich: Der Unbekannte hinkte wohl ein wenig.

»Der bewusste Dienstag ist bereits übermorgen«, sagte ich. »Wir müssen uns schleunigst etwas einfallen lassen, sonst landen wir im Knast.«

»Wir müssen liefern, sonst sind wir geliefert«, trumpfte Karin auf. »Immerhin wissen wir ja, in welcher Schublade die Akte liegt, und den Dietrich besitze ich auch noch. Aber der Chef verlässt ja nicht mal zur Mittagspause sein Zimmer!«

Natürlich sträubte ich mich heftig, unseren Vorgesetzten zu hintergehen. Doch wie mir schien, standen in dem geheimen Dossier keine wirklich brisanten Informationen, größeren Schaden würden wir mit dessen Offenlegung schon nicht anrichten. Nur – konnten wir als unbedarfte Tippsen das wirklich beurteilen? Zum Glück kam mir ein rettender Gedanke.

»Falls es uns am Montag gelingt, die Papiere unbemerkt aus der Schublade zu holen, könntest du sie schnell kopieren und hinterher schleunigst wieder an Ort und Stelle deponieren. Ich würde die Kopie ein zweites Mal abtippen, aber mit falschen Einschüben, mit denen unsere unbekannten Feinde nicht viel anfangen können.«

»Traust du dir das zu?«, fragte Karin. »Tante Helena besitzt eine Reiseschreibmaschine, vielleicht ist es ungefährlicher, wenn du bei mir in der Mansarde die Fälschung anfertigst.«

»Profis erkennen sofort, ob es eine Büromaschine ist. Ich glaube aber, dass sich niemand wundern wird, wenn wir Überstunden machen, um angeblich dringende Post zu erledigen.«

»Es wird knapp«, sagte Karin. »Zum Glück müssen wir uns nicht auch noch mit einem Safe rumschlagen. Anders als die anderen Häuptlinge hat der Chef nur eine abschließbare Schublade! Die kann er als Einarmiger besser bedienen.«

Dann schickte Karin mich weg, sie wollte ein Bad nehmen und nachdenken, ich sollte ebenfalls meinen Grips anstrengen, mit welchen schlauen Formulierungen wir unseren unbekannten Gegner in den April schicken könnten. Zu Hause versuchte ich mir noch stundenlang Formulierungen auszudenken, doch am Ende kam nichts Gescheites dabei heraus.

Wie besprochen, brachte Karin am Montag den Dietrich mit ins Büro, aber unser Chef verließ sein Zimmer nur ein einziges Mal, um die Toilette aufzusuchen. In dieser kurzen Zeitspanne trauten wir uns nicht an die bewusste Schublade, also blieb nur die Dienstagskonferenz. Um am nächsten Tag genügend Zeit für unser kriminelles Projekt zu haben, erledigten wir möglichst viel Routinearbeit schon im Voraus.

Sobald der Chef am anderen Morgen sein Zimmer verlassen hatte, stand ich Wache, während sich Karin die Schublade vornahm, in der sich ein ganzer Stoß Dokumente befand. Wir teilten uns den Packen, um auszusortieren. Schließlich eilte Karin mit ein paar ausgewählten Blättern in die Dunkelkammer, und wir legten das brisante Material schnell wieder in die Schublade zurück. Meine Aufgabe war es nun, für den feindlichen Agenten eine Abschrift mit falschen Angaben herzustellen, die Karin dann erneut fotokopieren sollte. Mit hochrotem Kopf las ich die vor mir liegenden Seiten durch, um die richtige Auswahl an Halbwahrheiten zu treffen, denn wir wollten ja auf keinen Fall zu echten Verräterinnen werden. Auf einem Blatt, das nichts mit den Jägerpapieren zu tun hatte, fand ich eine interessante Passage, die ich kühn veränderte und an einer anderen Stelle des Vertrags einsetzte. Ich entwarf also eine Europäische Atomgemeinschaft, die demnächst gemeinsam mit Frankreich, Italien und den Beneluxstaaten gegründet werden sollte. Das Ziel sollte die Entwicklung einer Superbombe sein.

Karin lachte. »Deine Superbombe wird wie eine Bombe einschlagen«, sagte sie vergnügt. Sie hatte den Ernst der Lage wohl noch nicht ganz begriffen und hielt unsere neue Rolle als Spioninnen für ein lustiges Spiel.

»Die Superbombe muss ich wieder streichen«, überlegte ich. »Das ist eine Nummer zu groß! Ich werde stattdessen eine atomgetriebene U-Boot-Flotte erfinden, die erinnert nicht gleich an Hiroshima. Was meinst du?«

Sie bedauerte zwar meine Entscheidung, aber alles in allem hatte sie Respekt vor meinen Ideen.

»Du wirst noch die reinste Mata Hari«, meinte sie anerkennend.

»Lieber nicht«, sagte ich. »Soviel ich weiß, wurde die schöne Tänzerin als Doppelagentin entlarvt und hingerichtet.«

Der große Unbekannte hatte die Lieferung der Papiere für neunzehn Uhr angeordnet. Um diese Zeit war es bereits seit einer Stunde dunkel. Die Bank am Rhein stand nicht direkt unter einer Straßenlaterne, und wir hatten ein mulmiges Gefühl, als wir samt Rüdiger kurz vor sieben auf einen fremden Mann warteten. Pünktlich war er jedenfalls nicht, es wurde später und später, und kein Spion im dunklen Trenchcoat tauchte vor uns auf, die Promenade wirkte um diese Zeit wie ausgestorben. Als sich doch eine schemenhafte Gestalt aus der Dunkelheit löste, war es zu unserer Überraschung eine Frau.

»Die kann es doch wohl nicht sein«, flüsterte Karin, die vor Kälte und Angst ein wenig zitterte.

Aber die junge Frau blieb vor uns stehen. »Ihr sollt mir etwas geben, hat er gesagt«, behauptete sie.

»Wer hat das gesagt?«, fragte ich und zückte bereitwillig den Umschlag, um die Angelegenheit möglichst schnell hinter mich zu bringen.

»Der fremde Mann«, antwortete sie und verschwand mit ihrer Beute.

Verblüfft starrten wir ihr hinterher, erleichtert und trotzdem mit einem flauen Gefühl im Magen. Hatten wir alles falsch gemacht? Sollten wir ihr nachlaufen? Wahrscheinlich hatte diese etwas unbedarfte Botin keine Ahnung von der Brisanz des

Auftrags, für den man ihr wohl ein paar Mark in Aussicht gestellt hatte.

»Ist dir nichts aufgefallen?«, fragte Karin nach ein paar Minuten.

Ich schüttelte den Kopf. »Die Frau hat uns keine neuen Anweisungen oder Nachrichten überbracht«, sagte sie. »Wahrscheinlich sind wir jetzt quitt und haben hoffentlich unsere Ruhe vor unheimlichen Spionen, egal, ob es nun Maulwürfe aus der DDR, Russen, Amis oder rheinische Landsleute sind.«

Heilfroh, nicht mehr auf der kalten, feuchten Bank sitzen zu müssen, gingen wir noch ein Stück gemeinsam, dann trennten sich unsere Wege. In dieser Nacht schlief ich endlich wieder gut und sah mich auch nicht länger als Wasserleiche im Rhein schwimmen.

Am Freitag kam ich relativ früh nach Hause und wollte möglichst bald meine Pflicht als Hundeausführerin hinter mich bringen. Im Flur stand bereits meine Wirtin, die mir offenbar aufgelauert hatte.

»*Frolleinsche, hück han Se Post*«, sagte sie und überreichte mir einen Brief. Neugierig blieb sie stehen und erwartete offensichtlich, dass ich vor ihren Augen den Umschlag öffnete. Im Allgemeinen schrieben mir nur meine Mama, meine Großmutter und gelegentlich eine Schulfreundin aus der Eifel, von Helle hatte ich schon lange nichts mehr gehört. Der unleserliche Absender kam auch mir ein wenig suspekt vor, also tat ich meiner Wirtin nicht den Gefallen, das Kuvert auf der Stelle aufzureißen.

»Ich muss erst andere Schuhe anziehen«, sagte ich, »dann kommt Rüdiger zu seinem Recht.« Mit diesen Worten öffnete ich meine Zimmertür und schloss sie gleich wieder von innen – und zwar mit Nachdruck. Meine Wirtin hatte verstanden und glaubte jetzt umso mehr, ein männlicher Briefschreiber wolle mir entweder seine Liebe gestehen oder Schluss mit mir machen.

Im Umschlag lagen Geldscheine und ein Zettel mit ein paar getippten Zeilen. Zuerst zählte ich mit zitternden Fingern die Banknoten, es waren fünf Hundertmarkscheine. Dann las ich mit klopfendem Herzen:

Sie haben vorzügliche Arbeit geleistet. Wenn Sie weiterhin an einem Nebenverdienst interessiert sind, wird es sich für Sie auf jeden Fall lohnen. Wir werden uns wieder melden. Hochachtungsvoll ...

Die Unterschrift war nur ein Schnörkel. Verwirrt ließ ich mich auf mein Bett sinken. Tausend widersprüchliche Gedanken schossen mir durch den Kopf. Durfte ich das Geld einfach behalten? Aber ich hatte ja überhaupt keine Ahnung, an wen ich es zurücksenden könnte. Sollte ich mit Karin teilen? Wäre es gemein, wenn ich sie gar nicht informieren und mit dieser Summe unbeschwerten Urlaub auf Mallorca machen würde? Falls sie aber doch Wind davon bekäme, wäre es mit unserer Freundschaft natürlich aus und vorbei. Auch das komfortable Zimmer in der Villa konnte ich mir abschminken. Gleichzeitig kamen mir Zweifel, ob es überhaupt Sinn machte, dort einzuziehen. Schließlich hatte hier der Tote gelegen, hier war man eingebrochen, von hier aus hatte der Jäger seine dubiosen Geschäfte betrieben. Wenn seine und inzwischen auch meine unbekannten Geldgeber irgendwann erführen, dass die atomgetriebene U-Boot-Flotte nur meiner Phantasie entsprungen war – was dann? Wollte ich wirklich wie German Sokolow als Wasserleiche im Rhein enden?

Im Grunde konnte ich es nicht riskieren, meiner Freundin die seltsame Nachricht vorzuenthalten und die Geldscheine stillschweigend einzukassieren. Es war gut möglich, dass sie einen ähnlichen Brief bekommen hatte, denn man wusste ja von unserer gemeinsamen Verstrickung im Fall Jäger.

»Jetzt weiß ich, dass man sich auf dich verlassen kann«, sagte Karin nur, nachdem ich ihr alles haarklein berichtet hatte. »Ich hatte schon befürchtet, du würdest es mir verschweigen. Aber sieh mal!«, und sie knallte fünf Banknoten vor mir auf den Tisch. »Die gleiche Nachricht lag auch bei uns im Briefkasten, mit dem einzigen Unterschied, dass er an Fräulein Bolwer adressiert war. Übrigens war keine Briefmarke auf dem Umschlag, er muss also von einem Boten eingeworfen worden sein.«

»Die fehlende Marke ist mir auch aufgefallen. – Ob wir ständig beobachtet werden? Und machen wir uns nicht schuldig, wenn wir das Geld einfach behalten?«

Karin verdrehte die Augen gen Himmel. »Es bleibt uns doch gar nichts anderes übrig«, sagte sie nur.

Meine Enkelin Laura unterbricht mich. »Frau Holle, ich habe gestern mal ein bisschen recherchiert über Spionage in den fünfziger und sechziger Jahren. Ich glaube, du bringst da ein paar Fakten durcheinander! Die Piloten der amerikanischen CIA haben von Wiesbaden aus unzählige Aufklärungsflüge über die UdSSR gestartet und dabei fleißig fotografiert. Sie brachten den Nachweis über die ersten sowjetischen Interkontinentalraketen und ihre Abschussbasen und konnten vor allem die Existenz atomgetriebener U-Boote dokumentieren. Es waren also die Russen, die deine erfundene Flotte besaßen, und nicht der Westen ...«

»Ja natürlich«, sage ich stolz. »Die UDSSR wollte nicht hinter dem Westen zurückstehen, denn die russischen Geheimdienstler fielen hundertprozentig auf mich rein. Ich habe sie auf die Idee gebracht!«

»Mein Gott, Frau Holle! Da hättest du doch beinahe den Dritten Weltkrieg ausgelöst«, sagt Laura spöttisch.

»Ja, ja, da staunst du«, sage ich fröhlich. »Deine Oma war die Mata Hari des Kalten Krieges!«

Laura grinst. Warum sie diesmal nichts zu essen mitgebracht habe, frage ich, denn mir knurrt der Magen.

»Heute gehen wir aus, ich war neulich mit meinem Lover in einem Restaurant mit russisch-ukrainischer Küche. Unerhört lecker! Als Vorspeise entweder Borschtsch oder Teigtaschen – das heißt Piroggen oder Pelmeni – und schließlich das edle Bœuf Stroganoff. Wenn du früher für die Sowjets spioniert hast, dann solltest du auch mal eine appetitlichere Seite des russischen Volkes kennenlernen.«

20
Umzug in die Villa

Ein Pförtner im Innenministerium hatte meistens das neueste Exemplar von *Jerry Cotton* vor sich liegen und steckte es schnell weg, wenn ein Häuptling nahte. Karin und mir legte er die Abenteuer des FBI-Agenten ans Herz, und wir heuchelten freundliches Interesse.

»Ist zwar eher was für Männer«, sagte Karin, »aber Sie können mir ja mal ein Heft für den Urlaub ausleihen.«

In der Straßenbahn lasen wir aber alle beide den zerfledderten Trivialroman mit dem reißerischen Titel.

Neulich fragte mich Laura, ob ich je Karneval in Köln gefeiert hätte. Leider kam es nicht dazu, denn Karin hatte keine Lust. Doch in Bonn haben wir immerhin einem Verkehrspolizisten die Krawatte abgeschnitten. Dieser rheinische Brauch, den man lustig fand, weil damals fast jeder Mann einen Schlips trug, hat sich bis heute erhalten. An Weiberfastnacht gibt es keine prunkvollen Umzüge, dafür ergreifen resolute Frauen die Macht und geizen auch nicht damit, zum Trost für ihre Attacke Bützchen zu verteilen, freundschaftliche Wangenküsse. Ich habe gelesen, dass sich heutzutage einige Herren extra einen billigen Schlips kaufen, damit sie sich an diesem Spiel beteiligen können. Die jungen Männer, die ich kenne, tragen keine Krawatten oder Fliegen mehr und sind viel farbenfroher angezogen als in meiner Jugend. Nur Politiker, Banker und andere bedauernswerte Typen müssen sich im Fernsehen nach wie vor mit einem baumelnden Behang schmücken.

Für mich gab es also keinen Narrenumzug in Köln, kein Treffen mit dem Dreigestirn Prinz, Bauer und Jungfrau. Stattdessen fand mein ganz persönlicher Umzug in Begleitung des Grizzlys statt. Ich hatte meiner Wirtin zum 1. März gekündigt. Weil die Kriminalpolizei das Jägerzimmer mittlerweile freigegeben hatte, erlaubte mir die Gräfin, bereits ein paar Tage vorher in die Villa einzuziehen. Karin sorgte für den Kauf einer neuen Matratze, denn die alte war ja von den Einbrechern aufgeschlitzt worden. Die wenigen persönlichen Gegenstände meines Vormieters hatte man ebenfalls abtransportiert, doch ich betrat trotzdem mit gemischten Gefühlen mein neues Reich in der Rheinallee. Der

Grizzly war so nett, mich mit zwei leeren Koffern abzuholen und mir bei der Umsiedlung zu helfen. Viel mehr als Kleider, Waschsachen und ein paar Bücher gab es ohnehin nicht zu schleppen, Rollkoffer kannte man noch nicht.

»Wir könnten den Bollerwagen aus dem Keller holen«, fiel mir ein, aber Jupp war stark genug, um die schwersten Lasten zu tragen.

»Jetzt sind wir Zimmernachbarn«, sagte ich, »das müssten wir eigentlich feiern. Schade, dass Karin an diesem Wochenende andere Pläne hat.«

Der Grizzly seufzte unter seiner Last und seinem Leid. »Ich will dich ja nicht aushorchen«, sagte er, »und auch nicht den eifersüchtigen Ehemann spielen, dazu habe ich kein Recht. Aber mich plagt das Gefühl, dass ich nur noch die zweite Geige spiele. Wenn ich auf unseren Urlaub zu sprechen komme, blockt sie ab. Weißt du vielleicht, wo sie sich heute herumtreibt?«

Was sollte ich antworten? Auf der einen Seite wollte ich eine loyale Freundin bleiben, auf der anderen fand ich es gemein, dass Karin ihrem Jupp keinen reinen Wein einschenkte.

Vorsichtig meinte ich: »Ich glaube, Mallorca ist nicht nach ihrem Geschmack, sie liebäugelt mit einem Sprachurlaub in einer Großstadt. Vielleicht traut sie sich nicht, dich zu enttäuschen …«

»Aber wir Komplizen wollten doch zu dritt...«, begann der Grizzly und stockte. Dann setzte er wieder an: »Sag mal ganz ehrlich, hat sie was mit diesem Referendar?«

»Kann sein«, murmelte ich. »Jedenfalls will sie schon im Mai ohne mich ins Ausland reisen.«

Schweigen machte sich breit. Wir waren inzwischen vor der Villa angekommen. Jupp schloss die Haustür auf, Rita hatte gründlich im Jägerzimmer aufgeräumt und geputzt, weil sowohl die Einbrecher als auch die Polizisten für Chaos gesorgt hatten.

»Beim Auspacken kann ich dir wohl nicht helfen«, sagte der Grizzly und setzte die Koffer ab. »Aber wenn du einen guten Handwerker brauchst – stets zu Diensten!«

»Einen besseren Nachbarn kann man sich nicht wünschen«, sagte ich. »Weißt du was, zum Dank lade ich dich heute Abend zum Essen ein, bis zum Löwen sind es ja nur ein paar Schritte.«

Über meinen Mut war ich selbst verwundert, denn ich hatte noch nie einen Mann eingeladen, schon gar nicht in ein Restaurant. Aber mit dem Geld, das ich als Spionin verdient hatte, konnte ich ja mal etwas riskieren. Außerdem sollte der Grizzly nicht denken, dass ich ihn nur als Packesel schätzte.

Das Eckhaus aus der Jahrhundertwende mit den

steinernen Löwen vor dem Eingang hatte es mir schon lange angetan, immer wenn ich vorbeikam, strich ich den großen Katzen begütigend über den Kopf. Aber in eine Gastwirtschaft ohne Begleitung hineingehen und Speis und Trank bestellen, wie Herr Zischka und der verstorbene Habek es zu tun pflegten, hätte ich nie gewagt.

Ich weiß noch genau, was wir damals gegessen haben. Der Grizzly war ein Fleischfresser mit Bärenhunger und fiel gierig über eine Schweinshaxe mit Kartoffelbrei und Sauerkraut her, ich wollte zu den gleichen Beilagen lieber zwei Bratwürste. Die Küche war gutbürgerlich, schmackhaft und schwer. Damals kochten fast alle, auch meine Mama, mit fetten Mehlschwitzen und deftigen Soßen. Zu unserem rustikalen Menü konnte man eigentlich nur Bier trinken, was wir auch taten, hinterher noch den einen oder anderen Schnaps. Beinahe so angeheitert wie Herr Zischka machten wir uns auf den kurzen Heimweg.

Vor der Villa stand ein engumschlungenes Paar, das im Schein der Außenbeleuchtung gut zu erkennen war. Karin und Jochen nahmen gerade Abschied. Der Grizzly packte mich am Ärmel. Anscheinend war er schlagartig nüchtern geworden.

»Es stimmt also doch«, knurrte er. »Soll ich den Kerl erschlagen?«

»Nein«, sagte ich beschwipst und fröhlich, denn mich ritt auf einmal der Teufel. »Man sollte lieber Gleiches mit Gleichem vergelten!«

Und schon hakte ich mich bei ihm unter, schmiegte mich an ihn, zog den Unglücklichen ein Stückchen weiter vor und hauchte: »Wir könnten doch versuchen, den beiden ein genauso verliebtes Pärchen vorzuspielen! Dann spürt Karin mal, wie weh das tut!«

Der Vorschlag schien ihm einzuleuchten, er fackelte nicht lange. Außer Helle hatte mich noch kein Mann so herzhaft geküsst wie in diesem Augenblick der Grizzly, ich vergaß Karin und Jochen und schmolz dahin wie Eis in der Sonne. Aber mein Bär war trotz allem nicht hundertprozentig bei der Sache und schielte immer wieder hinüber, ob sein Liebchen auch wirklich mitbekam, was sich da in seiner Nähe abspielte. Als sich das andere Paar endlich voneinander löste, Jochen auf ein Motorrad stieg und Karin ins Haus schlüpfte, ließ auch der Grizzly abrupt von mir ab. Wir warteten noch ein paar Sekunden, dann überquerten wir die Straße und gingen ebenfalls hinein.

»Gute Nacht, schlaf gut«, sagte Jupp und reichte mir leicht verlegen die Hand. »Was man in der ersten Nacht im neuen Zuhause träumt, das geht in Erfüllung.«

Ein zweiter Kuss ohne Zeugen kam anscheinend nicht in Frage. Ich war todmüde und ziemlich verwirrt, zog mir schleunigst einen Schlafanzug an und warf mich auf die funkelnagelneue Matratze. Als ich gerade die Nachttischlampe ausgemacht hatte, klopfte es an die Tür. Mein Herz blieb fast stehen, weil ich vergessen hatte, abzuschließen. Wenn es nun der besoffene Zischka war? Oder der Grizzly? Was konnte ich tun, wenn er jetzt mehr von mir verlangte?

Es war aber Karin, die wie ein flatterhaftes Nachtgespenst hereinhuschte und sich auf den Rand meines Bettes setzte.

»Das hast du ganz ausgezeichnet hingekriegt«, sagte sie bewundernd. »Ich hätte es dir gar nicht zugetraut, dass du unseren Jupp so zügig um den Finger wickeln kannst. Da sieht man wieder mal, was man von der Treue eines Mannes zu halten hat! Jetzt brauche ich wirklich kein schlechtes Gewissen mehr zu haben. Tausend Dank, ich werde es dir nie vergessen.«

Was man in der ersten Nacht im neuen Heim träumt, geht in Erfüllung, hatte der Grizzly behauptet. Dieser Spruch könnte auch von meiner Mama stammen, und ich hoffte nur, dass es purer Quatsch und Aberglaube ist. Mein Traum war ebenso sonderbar wie traurig: In der Kirche der Benediktinerabtei von Maria Laach, nicht weit von meinem Geburtsort in der Eifel, stand Karin in einem bezaubernden Spitzenkleid mit ihren drei Verlobten vor dem Altar. Einer war Jochen, einer Jupp, der Dritte hieß Justus von Falkenstein und war deutscher Botschafter in Paris. Der Pater schien sich nicht besonders über das Triumvirat zu wundern, sondern erteilte der seltsamen *ménage à quatre* seinen Segen. Mich hatte man dazu verdonnert, vom Portal bis zum Chorraum rote Rosenblätter zu streuen, die sich aber sofort in Blutstropfen verwandelten. Danach musste ich Karins Schleppe tragen. Man hatte mich in einen hässlichen grauen Aschenputtelsack gesteckt, an den Füßen trug ich Kaninchenfellpantoffeln wie weiland der Jäger. Im Traum weinte ich bitterlich, bis ich wach wurde und mich über mein feuchtes Kopfkissen grämte. Euch werde ich es zeigen, dachte ich zornig, am Ende bin ich die Erste, die heiratet. Und zwar im Vatikan, mit Glanz und Gloria! Kein anderer als der Papst wird den Segen sprechen! Und ein himmlischer Chor singt das *Halleluja* aus Händels *Messias*! Mein Kleid wird alles in den Schatten stellen, was die Pariser Haute Couture bisher entworfen hat! Und mein Märchenprinz ist mindestens der Maharadscha von Jaipur, der mich in einer Kutsche mit zwölf schneeweißen Rössern in sein Reich bringt! Schließlich schlief ich wieder ein, und im Traum kam es zu einer Fortsetzung der bizarren Hochzeitszeremonie: Der Botschafter lüpfte Karins Schleier, und alle drei Gatten sahen mit großem Erstaunen, dass sich dahinter keine schöne junge Braut, sondern Jerry Cotton verbarg.

Als ich gegen neun Uhr endgültig munter wurde und staunend mein neues Ambiente betrachtete, tauchte bei aller Freude über die wohlige Wärme und das eigene Badezimmer ein aktuelles Problem auf. Bekam ich das Frühstück wie die anderen Untermieter vor die Zimmertür gestellt, oder durfte ich gemeinsam mit Karin den Kaffee in der Küche trinken? Die Gräfin war eine Langschläferin, es konnte ihr also egal sein. Nun, ich brauchte nur die Tür zu öffnen, um mit einem Blick zu erkennen, dass im Gegensatz zu Jupp und Zischka kein Tablett auf mich wartete. Ich gehörte also jetzt mehr oder weniger zum Inventar. Eine andere Frage beschäftigte mich jedoch viel dringlicher: Wieso hatte ich wieder einmal Karins Befehl ausgeführt und war dem Grizzly fast wollüstig um den Hals gefallen, obwohl ich ihr Anliegen bereits mit Entrüstung abgelehnt hatte? Sie glaubte natürlich, ich hätte es bloß ihr zuliebe getan, während Jupp der Meinung war, wir hätten alles nur inszeniert, um Karin eifersüchtig zu machen. Wie ich mir eingestehen musste, lag die Wahrheit keineswegs dazwischen. Meine Idee war vielmehr dem eigenen Bedürfnis nach Liebe und Zärtlichkeit entsprungen. Es hatte sehr gutgetan, von einem gestandenen Mann umarmt und geküsst zu werden. Und konnte er, der im Grunde einen gradlinigen Charakter hatte, so perfekt schauspielern, dass unser Theaterstück wirklich nur vorgetäuscht war? Wie sollte ich mich benehmen, wenn ich ihm demnächst über den Weg laufen würde? Karin sollte allerdings ruhig glauben, dass ich ihren überflüssig gewordenen Lover nur mit Überwindung umarmt und geküsst hätte, sozusagen zum Dank für das Jägerzimmer.

Für das frei gewordene Habek-Zimmer gab es bereits Interessenten, doch die Gräfin war vorsichtig geworden und wollte nicht den Erstbesten nehmen. Karin hatte vorgeschlagen, eine alte Freundin, nämlich die naive Ulla, hier unterzubringen. Ihre Tante lehnte ab. Im Parterre dürfe sich kein weiteres Frauenzimmer einnisten.

»Fräulein Holle kommt aus einem guten Stall, auf die kann man sich verlassen«, meinte sie. »Aber über deine andere Bekannte weiß ich nur, dass sie einer Sekte angehört. Das gefällt mir überhaupt nicht, solche scheinheiligen Betschwestern sind mit Sicherheit mannstoll. Nie wieder ein *Fisternöllchen* unter meinem Dach! Außerdem müsste sie das Badezimmer mit zwei Männern teilen, *impensable*.«

Mir war es durchaus recht, dass Ulla weiterhin in Bonn wohnte, denn ich wollte Karins einzige Busenfreundin bleiben. Wegen der günstigen Lage bewarben sich mehrere Männer um das kleine Zimmer und fanden keine Gnade vor den Augen der Gräfin. Zu jung, zu alt, zu dick, zu dünn, schlechte Manieren, schmutzige Schuhe – es gab immer etwas auszusetzen. Schließlich empfahl der Grizzly einen Holländer namens Henk Bakker, den er zufällig kennengelernt hatte. Der blonde junge Mann in schmucker Uniform war Chauffeur bei der niederländischen Botschaft und gefiel der Gräfin auf Anhieb. Sie hatte auch keine Skrupel, die Miete zu erhöhen. Karin freute sich auf die Möglichkeit, den Angestellten eines Botschafters über seine Herrschaften auszuhorchen. Und sie war begeistert, dass Herr Bakker gelegentlich seinen noblen Dienstwagen mit Diplomatenkennzeichen vor unserer Haustür parkte.

Der Grizzly duzte sich mit Henk, der im Übrigen gut Deutsch und Englisch sprach und ein lustiger Geselle war. Er brachte uns oft zum Lachen, weil er ausländische Flüche und Schimpfwörter sammelte. Die meisten habe ich vergessen, aber die skurrilsten Beleidigungen bleiben ja meistens hängen – zum Beispiel das chinesische *wang ba dan,* das Schildkrötenei, das uns Rätsel aufgab, weil es im Deutschen so harmlos klingt. Oder: *Deine Mutter hat sich mit einem Skorpion gepaart!* Kurz, wir hatten es lustig im Erdgeschoss.

21
Eine bittere Kränkung

Laura hat aufmerksam zugehört, es interessiert sie, dass der holländische Untermieter Schimpfwörter sammelte.

»Ich kann mir denken, warum *Schildkrötenei* für die Chinesen eine Kränkung sein soll«, sagt sie. »Eine Schildkrötenmama ist sozusagen eine Rabenmutter, sie kümmert sich nicht um den Nachwuchs, verbuddelt die Eier im Sand und haut ab. Seltsam – in fast allen Kulturen beleidigt man die Männer am empfindlichsten, wenn man ihre Mutter in den Schmutz zieht. *Hurensohn* ist ja nur ein Beispiel von vielen, Strichertochter wird wohl kaum verwendet.«

»Ungewöhnlich war das für Karin und mich schon«, sinnierte ich. »In meiner Jugend wurden wir zur Sittsamkeit erzogen, man hörte ständig die Ermahnungen der Eltern: Das sagt ein Mädchen nicht, das tut ein Mädchen nicht, so setzt sich ein Mädchen nicht hin! Söhne ließen sie viel eher gewähren. Als Kind war mir in der Backstube meines

Vaters so manch derber Ausdruck zu Ohren gekommen, aber ich hütete mich, vulgäre Vokabeln in den Mund zu nehmen. Auch Karin hatte die Flüche eines ostpreußischen Stallknechts mitbekommen. Sie wusste aber immer, wie man sich *ladylike* zu benehmen hatte. Zu meinem Erstaunen war gerade die Gräfin über die Etikette ihrer Adelskreise erhaben und geizte gelegentlich nicht mit drastischen Formulierungen und sogar richtig unanständigen Zitaten, selbst Götz von Berlichingens Ausspruch flutschte ihr im Zorn über die Lippen. Als wir damals von Henks Leidenschaft für Schimpfworte angesteckt wurden, empfanden wir es als Zeichen unserer Emanzipation, wenn wir Ärger, Wut oder Enttäuschung wie Männer herauslassen konnten.«

Doch Laura will lieber hören, wie es mit dem Grizzly weiterging. »Ich hatte ja von Anfang an gewittert, dass du scharf auf ihn warst.«

»In unserer Generation war ein Mädchen weder scharf noch cool«, sage ich und muss grinsen. »Wir waren viel romantischer als ihr, heulten den Mond an, lasen Gedichte und Liebesromane und verbrauchten bei traurigen Filmen zehn Taschentücher mit Hohlsaum.«

»Tun wir immer noch«, sagt sie, »aber nur als Teenager, und wir nehmen Wegwerftücher.«

Mit dem Grizzly ging es nicht so weiter, wie sich Laura erhoffte. Nach jenem Kuss versuchten wir, unser Verhältnis betont neutral zu gestalten. Wahrscheinlich wussten wir beide nicht genau, wie wir mit unserer aufkeimenden Sympathie umgehen sollten. Auch Karin und der Grizzly schienen einer Auseinandersetzung aus dem Weg zu gehen und beschuldigten sich nicht gegenseitig der Untreue. Sicher, eine Weile hatten wir alle drei unseren Spaß mit dem unbefangenen Neuzugang Henk, versammelten uns meistens in meinem Zimmer – das immer noch Jägerzimmer hieß – und tranken gräflichen Wein oder von den Männern besorgtes Bier. Doch es dauerte nicht lange, da besuchte der Grizzly die Fahrschule und paukte für die theoretische Prüfung. Überhaupt lag ihm der Führerschein sehr am Herzen; sobald er mit Henk zusammentraf, wurde gefachsimpelt. Für heutige Verhältnisse ist es kaum vorstellbar, dass er schon nach acht Fahrstunden den Schein in der Tasche hatte. Doch damit war dieses Thema noch längst nicht abgehakt. Karin war es bereits am zweiten Abend gründlich leid, dass die beiden fast nur noch über Motoren, Wagentypen, Benzinpreise und brenzlige Verkehrssituationen sprachen. Mit unmissverständlichen Worten zeigte sie, wer hier Herrin im Haus war, und komplimentierte die Autonarren in ihre eigenen Zimmer.

Karin und ich trafen uns sowohl in der Küche als auch in meinem neuen Reich. Irgendwie waren wir ja wieder quitt, und außerdem hatten wir immer so viel zu lästern, zu bereden, zu lachen und brauchten uns gegenseitig dringend für den permanenten Austausch. Unsere Gespräche begannen meistens mit »Wie findest du eigentlich ...?«. Irgendwann war ich beherzt genug, etwas genauer nach ihren Urlaubsplänen zu fragen.

Sie strahlte, als hätte sie nur darauf gewartet, endlich auszupacken. »Weißt du, es macht schon einen Unterschied, ob man mit Jupp oder Jochen ausgeht. Der Grizzly war zwar kein schlechter Liebhaber, vielleicht sogar ein besserer als Jochen, aber man kann sich in gehobenen Kreisen nicht mit ihm sehen lassen. Jochen besitzt einen englischen Navy-Blazer mit Goldknöpfen, kann perfekt tanzen, spricht leidlich Französisch und ist trotzdem alles andere als ein Snob. Du bist wirklich ein Goldstück, dass du mir geholfen hast, den tumben Grizzly loszuwerden!«

In diesem Moment sah ich, dass meine Zimmertür einen Spalt aufstand und ein mächtiger Schatten vorbeiglitt. Jupp musste auf dem Weg ins Bad alles mit angehört haben. Obwohl er bestimmt kein Lauscher war, hatte er doch mit Sicherheit bei seinem Spitznamen aufgehorcht. Ich wurde ganz blass vor Schreck, auch Karin sprang auf und flitzte in den

Flur, aber sie sah nur noch, dass die gegenüberliegende Tür leise zugezogen wurde.

Wir starrten uns entsetzt an, denn Jupp hatte es ganz bestimmt nicht verdient, dass sich Karin so abwertend und arrogant über ihn äußerte.

»Wenn dein Jochen angeblich kein Snob ist, dann bist du es dafür umso mehr«, zischte ich sie an. »Du tust immer so, als ob du auf deine adlige Abstammung pfeifst, aber eigentlich möchtest du in ein Königshaus einheiraten, du falsche Schlange! Eine solche Kränkung wird dir der Grizzly nie verzeihen! So etwas kann man eigentlich nicht wiedergutmachen, und ich kann ihm auch nicht mehr ohne Scham in die Augen sehen. Am liebsten möchte ich auf der Stelle wieder ausziehen!«

Weil uns nichts Besseres einfiel, fing ich an zu heulen, und Karin knallte die Tür hinter sich zu, wahrscheinlich war sie wütend auf sich selbst. Wenn sie nur nicht diese fixe Idee gehabt hätte, unbedingt Diplomatengattin zu werden, dann wäre sie wohl mit dem Grizzly glücklich geworden. Ich vielleicht auch, denn er war ein absolut anständiger und liebevoller Mann. Doch er war so tief verletzt, dass er bereits am folgenden Tag bei Karins Tante vorsprach und zum nächstmöglichen Termin kündigte.

Die Gräfin schlug die Hände über dem Kopf zusammen. »Ausgerechnet Sie wollen fort!«, rief sie. »Warum nicht der Zischka! Ich könnte Ihnen die Miete fast ganz erlassen, wenn Sie sich nur weiter um die Heizung und kleinere Reparaturen kümmern! Ist es wirklich Ihr letztes Wort? Es will mir überhaupt nicht in den Kopf, warum ein patenter Mann wie Sie nicht in meinem schönen Haus bleiben will! Können Sie mir das erklären?«

»Man hat mir eine Stelle als Hausmeister bei der deutschen Botschaft in Ankara angeboten«, sagte Jupp. »Ich habe anfangs gezögert, so weit weg zu ziehen. Inzwischen halte ich es aber für richtig, meinen begrenzten Horizont etwas zu erweitern.«

Die Gräfin echauffierte sich und verstand ihn nicht, aber sie konnte es nicht ändern. Nach der Kündigung wurde Karin sofort herbeizitiert. »Hast du diesen braven Mann etwa beleidigt?«, fragte ihre Tante misstrauisch, denn sie war weder blind noch taub. Meine Freundin verstand es gut, den Unschuldsengel zu spielen, und versuchte zum Glück auch nicht, die Schuld auf mich zu schieben. Sie versprach, einen neuen, handwerklich begabten Mieter zu besorgen.

Mitte April zog der Grizzly in die ferne Türkei, seine Alpenveilchen erbte Henk. Unseren Geldanteil hatte er uns gleich nach seiner Kündigung in einem Umschlag ausgehändigt. Ich habe später nie wieder etwas von ihm gehört. Zum Glück kam er nicht auf die Idee, uns aus purer Rache zu verpfeifen. Was er sich außer dem Führerschein von den zweitausend Mark noch geleistet hat, haben wir nicht erfahren. Wenn ich daran denke, dass ich damals nicht den Mut fand, mich mit ihm auszusprechen, tut es mir jetzt noch weh. Vielleicht hätte ich seine Verbitterung doch noch ein wenig mildern können, und er hätte uns nicht ohne ein versöhnliches Wort verlassen. Heute wüsste ich gern, was aus ihm geworden ist.

Laura greift zu ihrem Lieblingsspielzeug. »Wie hieß der Grizzly mit vollem Namen?«, fragt sie und tippt blitzschnell *Franz Josef Küppermann* in das Display.

»Moment«, sagt sie triumphierend. »Gleich haben wir ihn!« Dann hält sie mir tatsächlich ein paar Zeilen unter die Nase, die ich ohne Brille nicht entziffern kann.

»Lies mir bitte vor«, sage ich fast ängstlich.

»Noch eine Sekunde«, sagt Laura. Wieder fingert und wischt sie herum, holt meine Brille und zeigt mir das Bild eines stattlichen Mannes mit einem gepflegten Vollbart.

»Könnte er das sein?«, fragt sie, ich bin mir aber nicht sicher. Der Mann auf dem Foto ist eindeutig jünger als ich.

»Doch, das passt schon«, sagt Laura. »Es ist nämlich eine ältere Aufnahme. Aber leider gibt es jetzt kein Wiedersehen oder gar ein Happy End, denn hier steht auch, dass dein Jupp vor elf Jahren gestorben ist. Er besaß eine Tankstelle, war SPD-Mitglied und Bürgermeister in einer rheinischen Kleinstadt. Eine winzige Straße wurde ihm zu Ehren *Jupp-Küppermann-Gasse* genannt, denn er hat sich für soziale Projekte starkgemacht, unter anderem für den Bau eines Jugendzentrums.«

»War er verheiratet?«

»Hoffentlich schmerzt es dich nicht allzu sehr – ja. Er hatte eine Frau und fünf Kinder.«

Laura guckt auf ihr Handy, sie tragen ja alle keine Armbanduhr mehr. »Es ist schon spät, ich muss los. Bis morgen, Frau Holle!«

In dieser Nacht habe ich Mühe beim Einschlafen. Wie viel ist doch im menschlichen Dasein vom Zufall abhängig! Hätte ich mich damals mutig dem Grizzly zugewandt, ihn vielleicht sogar geheiratet und am Ende Kinder von ihm bekommen – wie wäre mein Leben dann verlaufen? Eine kleine Aussprache hätte unter Umständen genügt, um eine völlig andere Biographie herzustellen. Aber ich konnte damals nicht über meinen Schatten springen und dem starken Bärenmann gestehen, dass ich ihn gern immer wieder küssen würde und ganz bestimmt nicht, weil Karin es angeordnet hatte. Andererseits weiß man ja nicht, ob ich glücklicher geworden wäre, und auf jeden Fall gäbe es dann keine Laura, die mir so sehr ans Herz gewachsen ist.

Gleich nachdem der Grizzly ausgezogen war, begann meine Freundin mit ihrem Intensivkurs Französisch; von da an war ich nach Dienstschluss viel zu oft allein. Wenn Karin nicht zur Abendschule ging, war sie mit Jochen unterwegs oder lag in ihrer Mansarde auf dem Bett und büffelte Vokabeln. Ohne Jupp und Karin mochte ich mich nicht mit Henk treffen, Herrn Zischka gingen wir sowieso alle aus dem Weg, ein neuer Untermieter war noch nicht in Sicht. Ich war verschnupft und chronisch verdrossen, auch weil ich keine neuen Urlaubspläne hatte. Da die Tage nun wieder heller und länger wurden, besann ich mich auf meinen einzig treuen Freund Rüdiger. Während sich Karin in der Volkshochschule auf ihre Karriere als Botschaftergattin vorbereitete, holte ich zur Freude meiner früheren Wirtin den Hund ab und lief mit ihm am Rhein entlang. Dann saß ich lange auf meiner Bank und starrte wie gebannt auf das strömende Wasser. Mitgerissene Äste und Weidenzweige trieben wie tote Männer oder grünliche Nixen vorbei. An einem kühlen Frühlingstag war ich besonders melancholisch, denn ich hatte gerade eine bittere Nachricht erhalten.

Seit ich in der Villa wohnte, wurde ich jeden Sonntag gegen zwölf Uhr von meinen Eltern angerufen. Sie besaßen jetzt einen Telefonanschluss und wollten regelmäßig wissen, wann ich wieder mal nach Hause käme. Meine Besuche in der Eifel hatte ich drastisch reduziert, denn mit einem eigenen Badezimmer und warmem Wasser war es kein Problem, Unterwäsche und Blusen selbst zu waschen. Meistens rief meine Mutter an. Als es diesmal mein Vater war, ahnte ich gleich nichts Gutes.

»Wann hast du Urlaub?«, fragte er. »Die Mama muss nämlich ins Krankenhaus.«

Um Gottes willen! Eine Operation? Etwa Krebs? Es traf mich wie ein Schlag. Mein Papa druckste herum, es fiel ihm schwer, das Wort *Gebärmutter* über die Lippen zu bringen, es sei aber wohl nichts Bösartiges. Insofern werde die Mama den Termin so legen, dass ich Urlaub nehmen und im Laden aushelfen könne. So gut es ging, tröstete ich meinen Vater, der völlig durcheinander war, denn meine

Mutter war noch nie krank gewesen. »Tagein, tagaus hat sie sich abgerackert«, sagte er.

Als er auflegte, hätte ich gern geweint. Mein Mitleid mit ihr, mit ihm und vor allem mit mir selbst war ohne Tränen nur schwer zu ertragen. Ich hatte es fast geahnt: Statt zwei Wochen am Strand zu faulenzen, würde ich vierzehn Tage lang Eifler Landbrot verkaufen. Nun hatte ich endlich genug Geld, um die Miete und einen Traumurlaub zu bezahlen, doch es wurde wieder nichts daraus.

Rüdiger legte auffordernd eine schmutzige Pfote auf mein Knie, er fand es ziemlich langweilig, wenn ich allzu lange sitzen blieb. Gerade als ich mich ihm zuliebe aufraffen wollte, ließ sich eine unscheinbare junge Frau neben mir nieder, die ich erst nach einer Schrecksekunde erkannte.

»Hallo, Holle! Mich hast du sicher nicht hier erwartet! Aber wo ist Karin?«, fragte Ulla Fischer, anscheinend hatte sie vergeblich in der Villa nach ihr gefragt. Ich erklärte, dass ich meine Freundin nur noch im Büro und in der Straßenbahn sehen würde, weil sie jetzt Französisch pauke und demnächst nach Paris fahren wolle. Wir plauderten eine Weile über dies und das, tauschten uns auch über die Arbeit aus. Zu meiner Erleichterung kam sie aber nicht auf den Jäger zu sprechen, denn sie hatte offenbar etwas anderes auf dem Herzen.

»Die Bundesrepublik ist doch jetzt ein neues Mitglied der NATO. Du weißt, was das ist?«

»Ein westliches Militärbündnis«, sagte ich, aber ich hatte keine Ahnung, was die vier Buchstaben bedeuteten.

»*North Atlantic Treaty Organization*«, belehrte mich Ulla stolz. Ihre englische Aussprache war noch schlechter als meine.

»Okay«, sagte ich, denn es war mir ziemlich egal. »Warum fragst du überhaupt?«

»Habt ihr im Innenministerium auch daran zu knabbern? Wir bei der Verteidigung ständig und in meiner Abteilung für Ausrüstung ganz besonders …«

»Nö«, sagte ich, »eigentlich ist Militärkram kein Thema bei uns. Interessierst du dich denn dafür?«

Sie nickte heftig, dann dozierte sie wie eine Lehrerin: »Die NATO ist sozusagen das Gegengewicht zum Warschauer Pakt, dem Verteidigungsplan unserer östlichen Nachbarn. Stell dir mal eine Waage vor, deren Balken auf keinen Fall nach einer Seite ausschlagen darf. Damit also eine harmonische Balance bestehen bleibt, müssen sie in der Sowjetunion recht viele Details über die NATO wissen. Das ist nur recht und billig, findest du nicht auch? Nur so kann nämlich der Frieden gewahrt bleiben.«

Jetzt wurde ich hellhörig, denn unser Chef war

als ehemaliger Kriegsteilnehmer ein überzeugter Pazifist und hatte sich neulich recht kritisch über das Wettrüsten ausgelassen.

»Wer sagt denn so was?«, fragte ich, denn solche Gedankengänge waren bestimmt nicht auf Ullas Mist gewachsen. Sie strahlte auf einmal, erzählte von einem neuen Freund, der sehr klug und aufmerksam sei.

»Wir werden vielleicht sogar heiraten«, behauptete sie enthusiastisch.

Ich stand auf, Rüdiger freute sich, während ich stinksauer war. Die einfältige Ulla war längst nicht so hübsch wie ich oder Karin, aber sie schien bereits so gut wie verlobt zu sein.

»Das bleibt aber unter uns«, rief sie mir noch hinterher.

22
Hinkebein

An der Haustür traf ich mit Karin zusammen, die mir gutgelaunt ein französisches Liedchen vorträllerte. Ich verstand nur *Avignon* – beziehungsweise Bahnhof.

»Du hast deine Busenfreundin verpasst, sie lässt dich grüßen«, sagte ich missmutig. »Ich habe die fromme Ulla zufällig am Rhein getroffen, sie interessiert sich neuerdings für Politik statt für Bibelworte!«

»Was wollte sie denn von mir?«, fragte Karin.

Ich erzählte ihr zuerst die wichtigste Neuigkeit: Ulla habe einen festen Freund und wolle demnächst heiraten. »Offenbar hat ihr der Auserkorene einen Floh ins Ohr gesetzt«, berichtete ich. »Sie glaubt nämlich, man müsse den Osten mit Informationen über die NATO versorgen, damit das Gleichgewicht der Mächte im Lot bleibt. Was hältst du davon?«

»Ideologien sind austauschbar«, meinte Karin. »Bisher war Ulla eine Betschwester und suchte in kirchlichen Kreisen nach dem passenden Mann.

Falls ihr Macker ein Linker sein sollte, wird sie bestimmt Kommunistin werden. Aber mir kann das egal sein, Hauptsache, die Kleine wird halbwegs glücklich.«

»Ich habe den Verdacht, man könnte dieses gutgläubige Mädchen schamlos ausnützen«, erklärte ich.

»Sie ist das geborene Opfer«, sagte Karin und zuckte mit den Achseln. »Ich bin früher mal bei ihr zu Hause gewesen. Von so einem bigotten und autoritären Elternhaus erholt man sich sein Leben lang nicht mehr. Bei der ist Hopfen und Malz verloren, deswegen versuche ich sie ja manchmal etwas aufzumöbeln. Kommst du mit in die Küche? Du siehst so aus, als würde dir ein Earl Grey jetzt guttun.«

Immerhin hatte Karin bemerkt, dass ich traurig war und es dringend nötig hatte, mein Herz auszuschütten. Also legte ich los und jammerte über die Operation meiner Mutter und die trüben Aussichten auf einen Arbeitsurlaub in der Eifel. Karins Reaktion überraschte mich sehr, denn sie sprang auf und drückte mich fest an sich. In meiner Jugend hakten sich Frauen und Mädchen bei Spaziergängen zwar manchmal unter, aber sie umarmten sich fast nie. Männer taten das schon gar nicht, bei beiden Geschlechtern gab es die unausgesprochene Angst, als lesbisch oder schwul zu gelten. Als ich mich damals bei Karin endlich ausheulen konnte, siegte ihr Mitgefühl über latente Berührungsängste. Doch ebenso schnell ließ sie mich wieder los.

»Deine Eltern sind bestimmt keine armen Leute«, sagte sie. »Und die Bewohner in eurem Kaff werden nicht gleich verhungern, wenn der Bäckerladen mal zwei Wochen geschlossen bleibt. Dein Papa hätte dann die Gelegenheit, deine Mama täglich im Krankenhaus zu besuchen und sich morgens mal auszuschlafen. Ich wette, die haben noch nie Urlaub gemacht.«

»Allerhöchstens mal zwei Tage«, sagte ich schniefend. »Sie sind bisher nie auf eine derart extravagante Idee gekommen! Wie soll ich es ihnen bloß beibringen?«

»Ich lasse mir was einfallen«, sagte Karin und überlegte kurz. »Zum Beispiel könnte sich Jochen ein Auto leihen, und wir besuchen deine Eltern am nächsten Wochenende. Jochen könnte dann ein Plädoyer halten! Als gewiefter Jurist wird es ihm nicht schwerfallen, deinen Vater zu überzeugen. Wenn ein gebildeter Mann mit klugen Argumenten daherkommt, macht das einen größeren Eindruck, als wenn die eigene Heulsuse darum bettelt.«

Man könnte es vielleicht probieren, dachte ich. Aber es ging mir irgendwie gegen den Strich, dass ein geschniegelter Referendar meine gutmütigen

Eltern beschwatzen sollte. Andererseits war es natürlich bequem, im Auto mal rasch in die Eifel zu fahren und nach wenigen Stunden wieder zurück zu sein. Ich nickte etwas halbherzig, und Karin fühlte sich als Retterin.

»Wir können ja so tun, als ob Jochen nicht mein Freund, sondern deiner wäre«, schlug sie vor. »Dann sind sie so begeistert, dass sie zu allem ja und amen sagen!«

»Nein«, sagte ich entschieden. »Hintergehen will ich meine Eltern nicht, das haben sie wirklich nicht verdient. Mein Papa trägt zwar einen Kittel und keinen dunkelblauen Blazer, aber das Herz auf dem rechten Fleck.«

»Leider kann ich das von meiner eigenen Mischpoke nicht behaupten«, sagte Karin, zündete sich eine Zigarette an und wurde nachdenklich. »Mein Vater soll ein Casanova gewesen sein, und meine Mutter säuft heimlich. Da ist sogar der Zischka noch ehrlicher.«

Fast hatte ich das Gefühl, sie beneidete mich um meine biederen Eltern.

»Vielleicht sollte ich meine Familie auch mal wieder besuchen«, überlegte sie, stand auf und drückte mir ihren Glimmstengel in die Hand. »Hab ich dir überhaupt gezeigt, was ich an Weihnachten abgestaubt habe?«

Sie flitzte in die Garderobe und kam mit einem Jägerhütchen zurück. »Stammt von meinem Papa«, sagte sie und stülpte sich das Erbstück über den Kopf. »Mein Bruder wollte es nicht haben. Wie steht mir das?«

Karin sah im olivgrünen Filzhut mit einem Gamsbart an der Krempe recht seltsam aus, einerseits wie eine adlige Forstbesitzerin, andererseits wie der Teufel im Kindermärchen.

»Ich glaube, wir sollten alles, was nur im Entferntesten an einen Jäger erinnert, in die hinterste Ecke verbannen«, meinte ich nur.

Aber sie schüttelte den Kopf. »Wir sind immer viel zu brav angezogen. Morgen komme ich als Jägerin ins Ministerium, die werden Augen machen!«

Auch Laura trug neulich zu ihrem üblichen schwarzen Outfit so etwas wie ein winziges Hütchen, das sie *Fascinator* nannte. Es war eine Art gewölbter Bierdeckel, der von der Modistin mit allerlei Schnickschnack aufgemotzt und überm Ohr im Haar festgeklemmt wurde. Nein, nicht mit den üblichen Stoffblumen, sondern mit einem brütenden Rotkehlchen im Moosnest, umgeben von gefleckten Eiern, alles so winzig wie aus der Puppenstube. Sie hätte sich auch beinahe für einen kleinen Fuchs oder eine Eidechse entschieden, erfahre ich. Auf keinen Fall kamen für sie Pfauenfedern in Betracht, Tüllschleifen, Glitzerperlen oder Pfingstrosen aus Taft. Diese Mode komme aus England. Mit einem schicken Fascinator könne man sich durchaus beim Pferderennen in Ascot sehen lassen.

In den fünfziger Jahren gab es den Fascinator noch nicht, Karin musste mit dem verschwitzten Jägerhut ihres Vaters vorliebnehmen. Immerhin kam auch ich auf die Idee, neben dem Gamsbart einen rosa Lolli unter die Kordel zu klemmen, um das Stillleben auf Karins Kopf etwas witziger zu gestalten. Daraufhin holte Karin eine rote Socke, ich einen silbernen Kamm, sie ein Teesieb, ich eine Zahnbürste und so ging es abwechselnd weiter, bis der Jägerhut wie das Werk eines verrückten Künstlers aussah und wir uns vor Lachen krümmten. Doch letzten Endes war Karin nicht mutig genug, um mit unserer Kreation das Haus zu verlassen, sonst hätten wir den Fascinator schon viele Jahre vorher in Mode gebracht.

Wenige Tage später erhielten wir einen Brief, adressiert an Frl. Bolwer + Frl. Holle. Das Kuvert hatte man abermals nicht mit einer Marke versehen, sondern persönlich eingeworfen. Allerdings war der Unbekannte beobachtet worden. Das Hausmädchen hatte zufällig einen fremden Mann gesehen, der zielstrebig auf die Villa zulief, kurz am Briefkasten anhielt und sofort wieder weiterging. Allerdings konnte Rita den Unbekannten nicht beschreiben, er habe vielleicht ein wenig gehinkt.

Karin und ich öffneten den Umschlag erst, als wir allein waren. Innen lag nur ein schmaler Zettel. Wir lasen:

KLAUSELN ZU NATO-VERTRÄGEN GESUCHT. TREFFPUNKT BANK.

»Ich habe bisher noch nie etwas über NATO-Verträge in die Finger bekommen«, sagte ich. »Komisch, dass auch Ulla davon gefaselt hat. Wollen wir den feindlichen Mächten wieder mal ein Märchen auftischen?«

»Wenn das so einfach wäre«, sagte Karin. »Mensch, Holle! Wir haben leider keine blasse Ahnung, welche speziellen Klauseln in Frage kämen! Man müsste sich erst einmal einen echten Vertrag beschaffen, um ihn dann glaubhaft verfälschen zu können – in unserer Abteilung ist da wenig zu holen. Abgesehen davon, wäre ein warmer Geldregen natürlich immer willkommen ...«

»Es wird natürlich keinen Agenten interessieren, was sowieso in jedem Blättchen steht«, meinte ich. »Zum Beispiel habe ich neulich gelesen, dass die

Bundesrepublik auf eine gewaltsame Wiederherstellung der deutschen Einheit verzichten muss, ebenso auf den Bau atomarer Waffen. Könnten wir uns irgendetwas in dieser Hinsicht ausdenken? Zum Beispiel, dass unser Bundeskanzler insgeheim plant, die Wiedervereinigung durch Erpressung zu erreichen? Die Vereinigten Staaten hätten Atombomben in Deutschland gelagert, die er für diesen Zweck einsetzen würde ...«

»Totaler Quatsch, das glaubt uns kein Mensch! Adenauer ist zwar alt, aber doch nicht wahnsinnig! Und überhaupt, wieso sollten zwei kleine Sekretärinnen Zugang zu Geheimplänen haben, noch dazu, wo internationale Verträge gar nicht im Innenministerium ausgearbeitet werden? Am liebsten würde ich mir diese Ulla mal vorknöpfen. Vielleicht könnten wir ja mit ihr zusammenarbeiten. So leicht kommt man schließlich nie wieder ans große Geld!«

Wir beschlossen, Ulla am nächsten Abend einen Überraschungsbesuch abzustatten. Gleich nach Dienstschluss wollten wir ohne Vorwarnung bei ihr auftauchen und sie ein bisschen ins Kreuzverhör nehmen. Ulla wohnte nicht weit vom Hauptbahnhof, etwa auf halber Strecke zwischen unserem Arbeitsplatz und Bad Godesberg. Karin war noch nie bei ihr gewesen und war ebenso neugierig wie ich.

Die Vermieterin öffnete uns. Fräulein Fischer sei noch nicht von der Arbeit zurück, sagte sie. Wir könnten aber in der Küche Platz nehmen und warten, sie würde sicherlich bald kommen. Wir wurden streng gemustert, fanden offenbar Gnade vor ihren Augen.

Nach zehn Minuten sah sie auf die Uhr. »*Hür'ens*«, begann sie. »*Dat Frollein es jetz met enem Mann zesamme, dat es ene joode!*«

Durch vorsichtiges Nachfragen erfuhren wir, dass sie damit meinte, er sei gutaussehend, gebildet und anständig. Punkt zehn Uhr verlasse er stets das Haus. So ein rechtschaffener Herr sei Ulla nur zu gönnen.

Karin und ich wechselten Blicke, doch in diesem Augenblick hörten wir Schritte im Flur, und Ulla wurde von der Wirtin in die Küche gerufen. Sie erschien in männlicher Begleitung. Schon auf den ersten Blick erkannte man, dass der Verlobte hinkte. Offenbar fühlte sich Ulla etwas überrumpelt. Sie führte uns in ihr Zimmerchen – das etwa so komfortabel war wie mein früheres – und stellte uns dann erst den Unbekannten als Horst Müller vor.

Wenn das mal kein Tarnname war! Ich versuchte, mir seine Gesichtszüge möglichst unauffällig einzuprägen, denn ich war mir nicht sicher, ob es wirklich jener Fremde war, der damals die folgenschwere

Tüte vor meiner Bank fallen ließ. Das Nachziehen des rechten Beins war ja noch kein Beweis, in jener Zeit gab es schließlich viele Kriegsversehrte, auch die Folgen einer Kinderlähmung waren keine Seltenheit. Der Mann wirkte ein wenig verlegen, sagte nicht viel, erhob sich vielmehr schon nach fünf Minuten. Für den Bruchteil einer Sekunde kreuzten sich unsere Blicke. »Ich möchte die Damen nicht länger stören«, sagte er und verbeugte sich. »Außerdem habe ich noch einen wichtigen Termin, ich bitte also, mich zu entschuldigen.«

Und schon verließ er den Raum, Ulla folgte, um ihn zur Haustür zu begleiten.

»Jetzt haben wir den großen Unbekannten *in flagranti* erwischt«, flüsterte Karin. »Oder gibt es noch Zweifel?«

Ich machte nur eine Geste der Unsicherheit, denn Ulla kam schon wieder herein.

Sie strahlte. »Soll ich Tee kochen? Was führt euch zu mir?«, fragte sie. »Gibt es am Ende wieder eine Party in eurer Villa?«

»Da muss ich dich enttäuschen«, sagte Karin. »Wir waren zufällig hier in der Nähe, da dachten wir ganz spontan, wir schauen mal bei der Ulla vorbei. Gratuliere zu deiner Eroberung! Ich platze fast vor Neugier – wie hast du deinen Horst denn kennengelernt, was hat er für einen Beruf, wie alt ist er? Hat er ernsthafte Absichten? Schieß los, wir sind so was von gespannt ...«

Ulla lächelte, zwischen geschmeichelt und nervös.

»Kennengelernt haben wir uns wie durch eine Fügung des Schicksals. Er sprach mich auf der Straße an, weil er ein bestimmtes Café suchte. Zufällig kam ich auf meinem Heimweg sowieso daran vorbei, so dass wir ein Stück gemeinsam gingen. Dann hat er mich noch auf einen Kaffee eingeladen, und wir haben uns auf Anhieb gut verstanden.«

»Weiter«, forderte Karin.

»Nichts weiter«, sagte Ulla und errötete. »Er ist Versicherungskaufmann bei der Leipziger Feuer und verdient bestimmt ganz gut, wenn du das wissen willst! Und er ist ein paar Jahre älter als ich, wie sich das gehört.«

»Dann wünschen wir dir viel Glück«, sagte ich spöttisch, was sie aber für bare Münze nahm. »Deine Wirtin hat uns schon verraten, dass er ein *joode Mann* ist, das erinnert mich an den Martinstag. Als Kinder haben wir gesungen: *De helleje Zinte Märtes, dat wor ne joode Mann* ... Hat der gute Mann denn auch seinen Mantel mit dir geteilt?«

»Oder eher sein Bett?«, fragte Karin.

»Ihr seid gemein und bloß neidisch, weil ihr noch

keinen abgekriegt habt«, konterte Ulla und ärgerte sich. »Er ist ein feinsinniger Herr mit Idealen, er setzt sich für den Frieden ein und ist alles andere als einer dieser lüsternen Grabscher, mit denen ihr zu tun habt.«

Offenbar spielte sie auf den Kerl in der Dunkelkammer an. Karin nahm ihr das übel. Zwischen ihr und Ulla herrschte plötzliche Eiszeit, und keine von uns wusste, wie man wieder eine lockerere Atmosphäre hätte herstellen können.

Karin erhob sich schon bald. »Das sollte ja nur eine kleine Stippvisite sein«, sagte sie. »Nimm's uns nicht übel, wir müssen schon wieder los.«

Ulla wirkte erleichtert und verabschiedete uns mit halbwegs freundlichen Worten.

Kaum waren wir außer Hörweite, fingen wir an zu hetzen.

»Von einem schönen Paar kann nicht gerade die Rede sein«, sagte ich. »Beide sind ziemlich hässlich, schlicht, aber geschmacklos gekleidet, völlig farblos – doch Gleich und Gleich gesellt sich bekanntlich gern.«

»Dieser Ostblock-Casanova sieht immerhin ein ganzes Ende besser aus als sie«, meinte Karin giftig. »Sie hatte früher Akne, das merkt man immer noch, denn sie hat keine Ahnung von Make-up.

Außerdem wirkt sie in ihrer Unbedarftheit wie eine Klosterschülerin. Er dagegen ist der perfekte Spion in seiner langweiligen Blässe. Sein Hinken ist eine gute Tarnung, das weckt außerdem ihre fürsorgliche Ader. Aber er hat bestimmt nicht vor, sie mal zu heiraten. Du bist dir aber nicht sicher, ob Horst Hinkebein unser Ansprechpartner für geheime Informationen ist?«

»Es könnte durchaus möglich sein. Aber warum findest du für deine liebe Freundin Ulla so harte Worte? Ich dachte immer, du magst sie …«

»Das war pures Mitleid«, sagte Karin. »Aber ein bisschen flackert mein Beschützerinstinkt auch jetzt noch auf, wenn ich so ein wehrloses Mädchen in den Fängen dieses Unholds sehe!«

»Also einen Unhold stelle ich mir anders vor. Aber egal, mit unserem NATO-Projekt sind wir jedenfalls keinen Schritt weitergekommen. Vor allem aber frage ich mich, ob sich dieser Horst Müller von mir erkannt fühlte und wir dadurch vielleicht in Gefahr geraten. Möglicherweise sehe ich ja Gespenster, und er ist wirklich nichts anderes als ein Versicherungsvertreter und hat nur zufällig ebenfalls ein Hinkebein.«

»Der Teufel hat bekanntlich einen Pferdefuß, aber da kennt sich eine Märchentante wie du besser aus«, sagte sie.

»Im Märchen bietet der Teufel oft Geld oder einen Goldschatz an, allerdings im Tausch gegen eine Seele«, belehrte ich Karin. »Es gilt, den Satan zu überlisten. Und genau das haben wir jetzt vor!«

»Und dabei kommen wir wahrscheinlich in Teufels Küche. Ach Holle, es ist noch Zeit für die nächste Vorstellung im Kino. Gerade läuft wieder so was Ähnliches wie ein Märchen, ist wahrscheinlich purer Kitsch. Trotzdem sind alle begeistert von Sissi.«

23
Besuch in der Eifel

»Frau Holle, ich kann mir gar nicht vorstellen, dass du mal geraucht haben sollst«, sagt Laura. Heute trägt meine Enkelin einen großkarierten Herrenblazer, »boyisch« nennt sie diese Mode. Es steht ihr aber gut. Dazu würde im Grunde eine salopp zwischen den Fingern balancierte Zigarette gut passen, aber ich bin sehr froh, dass sie diesbezüglich abstinent ist.

Natürlich war ich keine süchtige Raucherin, mir fehlte das Geld, um mir täglich ein Päckchen zu kaufen, und die krümeligen Selbstgedrehten mochte ich nicht. Meistens schmarotzte ich gemeinsam mit Karin, wenn wir uns über die Vorräte der Gräfin hermachten. Endgültig aufgehört habe ich bereits bei der ersten Schwangerschaft – nicht aus gesundheitlichen Gründen, sondern weil mir schon vom Geruch schlecht wurde. Von krankmachenden Substanzen war nämlich noch nicht die Rede, alle fanden es schick, auf Partys zu paffen. Selbst im Kino gaukelte uns die Reklame vor, wie lässig es war, meilenwert für eine Camel durch die Wüste zu latschen. Die flotte Zigarette hatte die gemächliche Pfeife oder Zigarre weitgehend verdrängt.

Auch in den Büros wurde geraucht, und kaum einer nahm daran Anstoß, nur in den Fabriken sah es etwas anders aus, wegen der Brandgefahr.

Unser Chef war als starker Raucher aus dem Krieg heimgekehrt, weil man die Zigarettenrationen wie Nahrungsmittel an die Soldaten verteilt hatte. Er hatte sogar die Gewohnheit, stets eine einzelne Roth-Händle griffbereit in den Ständer des Füllfederhalters zu stecken. Als er uns zu sich rief, war die Luft wie so oft von dunklen Schwaden verpestet. Vor ihm lag ein Foto, auf dem man zwei Personen am Rhein entlanglaufen sah. Meistens sprach er uns mit »meine Damen« an, auch mal mit »liebe Fräuleins«, und in entspannten Momenten rief er sogar: »Hört mal her, Mädels!«

»Der Jäger hat doch eine Zeitlang bei Ihnen im Haus gewohnt«, begann er, zu Karin gewandt, drückte die Kippe aus und zeigte auf das Bild. »Haben Sie ihn zufällig einmal mit diesem Mann gesehen?«

Obwohl das Foto aus größerer Entfernung aufgenommen und daher nicht besonders scharf war, konnten wir eindeutig das Hinkebein an der Seite des Jägers erkennen.

»Irgendwie kommt er mir bekannt vor«, sagte Karin vorsichtig. »Aber Genaueres kann ich Ihnen leider nicht sagen. Warum fragen Sie?«

»Nun ja, der allseits unbeliebte Burkhard Jäger hatte offenbar nicht nur selbst einigen Dreck am Stecken, sondern auch keinen guten Umgang. Die Rede ist von Geheimagenten, die eigens dafür geschult werden, sich an einsame Frauen heranzumachen. Und zwar nur an solche, die bei Bundesbehörden beschäftigt sind. Im Fachjargon nennt man das einen Romeo-Einsatz. Also, meine Lieben, seid immer auf der Hut! Aber ihr gehört ja zum Glück nicht zu diesen vertrockneten Jungfern, die auf jedes Kompliment hereinfallen!«

»Ihre Komplimente lassen wir uns aber gern gefallen«, sagte Karin. »Soll der Mann auf dem Foto etwa so einer sein?«

»Würde mich nicht wundern«, sagte unser Chef und legte das Foto wieder in die Schublade zurück. »Kriege ich jetzt einen Kaffee?«

Als wir wieder unter uns waren, begannen wir mit der Analyse der Neuigkeiten: Wir hätten Horst Müller zwar nie für einen Romeo gehalten, aber die arme Ulla war jedenfalls blind vor Liebe.

»Schon gleich als ich es erfuhr, war ich erstaunt, dass Ulla einen Fisch an der Angel hat«, sagte Karin.

»Aber auch ein blindes Huhn findet ja bekanntlich mal ein Korn!«

»Das blinde Huhn hat sogar einen Hahn gefunden, das heißt, eigentlich ist es umgekehrt: Die Henne wurde gefunden, muss Eier legen und wird ausgeschlachtet. Vielleicht hat der Jäger ja den Romeo höchstpersönlich auf das Hühnchen angesetzt, weil er selbst kein Talent zum Schürzenjäger hatte und seiner fernen Verlobten nicht untreu werden wollte.«

»Bestimmt heißt das Hinkebein auch nicht Müller, und der Jäger hat ihm einen falschen Pass besorgt«, meinte Karin.

Ich nahm das Telefonbuch zur Hand. Es wimmelte zwar von Müllern, aber ich fand nur einen Hans-Heinz und keinen Horst. »Man könnte ja mal in der Leipziger Feuer anrufen«, überlegte ich. »Vielleicht ist er dort völlig unbekannt.«

»Das müssten wir von zu Hause aus machen«, sagte Karin. »Aber heute Abend ist in der Versicherung bestimmt keiner mehr zu erreichen. Hier geht es leider nur über die Zentrale; am besten versuchen wir es nachher in einer Telefonzelle.«

Das taten wir in der Mittagspause und hörten zu unserer Verwunderung, dass Herr Müller derzeit im Außendienst arbeite und ob man ihm etwas ausrichten solle.

»Onkel Hermann ist gestorben«, sagte Karin und legte auf. Wir steckten uns eine Zigarette an und grübelten.

»Wäre es nicht unsere Pflicht, die ahnungslose Ulla zu warnen?«, überlegte ich, aber Karin war dagegen.

»Vergiss es. Sie würde uns hassen und behaupten, wir wären bloß neidisch auf ihr Glück.«

»Leider können wir das Hinkebein nicht einfach anzeigen und dadurch seine Rachsucht provozieren. Anscheinend sind sie ihm ja schon auf der Spur, wie wir an dem Foto erkennen konnten. Mit Sicherheit wird er uns schwer belasten, wenn er geschnappt wird. Schließlich weiß er – beziehungsweise seine Vorgesetzten –, wie der Jäger zu Tode gekommen ist.«

»Er darf uns auf keinen Fall als Feind betrachten, wir müssen ihn uns vielmehr zum Verbündeten machen«, meinte Karin. »Und mir soll's recht sein, wenn wir dadurch noch mal die Chance hätten, uns durch falsche Informationen ein schönes Sümmchen zu verdienen.«

Für Sonntag war ein Besuch in der Eifel geplant, meine Eltern schienen sich sehr zu freuen, und mein Vater wollte zur Feier des Tages wieder einen Hefezopf backen. Karin war schon mal mit mir und den Studenten in meiner Heimat gewesen, für sie waren meine Eltern und das Bäckerhäuschen nicht neu. Ihr Freund Jochen hatte tatsächlich für das Wochenende das Auto eines Onkels geliehen, womit er bereits den ganzen Samstag mit Karin herumgekurvt war.

Am Sonntag wurden wir gegen drei Uhr abgeholt, mir war etwas mulmig zumute.

Es roch unvergleichlich gut, als wir eintraten. Meine Eltern trugen Sonntagskleidung, doch auch darin wirkten sie sehr provinziell. Meine Mutter hatte ihre guten Schuhe an, aber kaum hatte sie sich hingesetzt, da schlüpfte sie schon halb aus den engen Pumps, um den Schmerz ihrer strapazierten Füße etwas zu lindern. Zum Glück fing sie vor dem Essen nicht auch noch an zu beten. Es gab Kaffee und noch warmen Zopf, wobei der angeblich so feine Jochen keine Rosinen mochte und sie unter missbilligenden Grunztönen eine nach der anderen herauspulte. Ich schämte mich abwechselnd für meine Eltern und für meine Freunde, denn Karin stieß versehentlich ihre Tasse um, und die selbstbestickte Tischdecke meiner Mutter färbte sich dunkel. Irgendwann musste ich aber mein Anliegen zur Sprache bringen. Zaghaft schlug ich also vor, den Bäckerladen während des Krankenhausaufenthaltes meiner Mutter zu schließen.

»Das können wir uns nicht leisten«, sagte sie wie aus der Pistole geschossen.

»Handwerk hat nur goldenen Boden, wenn man fleißig ist. Arbeit schändet nicht«, sagte mein Vater.

»Wer die Arbeit kennt und sich nicht drückt, der ist verrückt«, sagte Karin, und dieser uralte Kalauer schlug ein wie eine Bombe. Meine Eltern, die solche Schülerwitze nicht kannten, starrten Karin entgeistert an. Nur Jochen grinste.

»Blöde Sprüche machen ist nicht schwer«, sagte mein Vater ungehalten. »Und wer mal eine Villa erben wird, hat sowieso gut lachen.«

Nun hielt es Jochen für seine Pflicht, mit wohlüberlegter Taktik und geschliffenen Worten in die Bresche zu springen. Sowohl Karin als auch ich würden keineswegs auf der faulen Haut liegen und hätten Urlaub dringend nötig. »Sie können es sich vielleicht nicht vorstellen, dass auch geistige Arbeit sehr anstrengend sein kann! Denn es ist bestimmt kein reines Vergnügen, den lieben langen Tag an einer Schreibmaschine zu sitzen und nach der Pfeife eines strengen Chefs zu tanzen.«

»Holda hat immer erzählt, dass ihr Chef ganz nett ist«, sagte meine Mutter leise. »Aber wenn es unserer Tochter so schwerfällt, mal für kurze Zeit ihren Eltern beizustehen, dann lasse ich mich eben nicht operieren!« Ihr kamen die Tränen, mir natürlich auch. Wahrscheinlich hatte ich es von ihr geerbt, dass ich so nahe am Wasser gebaut hatte.

»Mama, reg dich bitte nicht auf! Natürlich werde ich kommen«, schluchzte ich. »Wir müssen uns nur noch auf einen Termin einigen.«

Karin warf mir einen bitterbösen Blick zu und bohrte unübersehbar ihren Zeigefinger in die Stirn, Jochen zuckte resigniert mit den Schultern.

Kurz darauf brachen wir auf. Wir saßen bereits im Auto, da stieg ich wieder aus, lief zur Haustür und umarmte meine weinende Mama.

Damit Jochen und Karin es nicht hören konnten, brummte mein Vater kaum hörbar: »Ich werde mal Tante Irmgard fragen, ob sie vielleicht aushelfen kann.«

Als wir schließlich abfuhren, sagte keiner ein Wort. Jochen war der Erste, der nach zehn Minuten das Schweigen brach: »Scheiße, wie das gerade gelaufen ist! Aber dümmer als ihr kann man sich wirklich nicht anstellen.«

Karin fuhr ihren Freund an: »Natürlich kannst du nicht begreifen, dass Holle ihre Eltern liebt. Tiefe Gefühle sind dir ja völlig fremd.«

»Wie bitte?«, sagte er böse. »Du dagegen hast genau die richtigen Worte gefunden, um diese alten

Spießer ein für alle Mal zu beleidigen. Wie kann man nur so taktlos sein, sie mit saudoofen Sprüchen vor den Kopf zu stoßen! Von Diplomatie oder Feingefühl konnte keine Rede sein! Handwerker und Bauern sind mächtig stolz auf ihre stumpfsinnige Knochenarbeit, das weiß man schließlich.«

»Jetzt reicht's«, sagte Karin. »Taktlos ist hier nur einer von uns! Abgesehen davon hättest du ja dein geistreiches Maul zur rechten Zeit aufmachen können! Hinterher weiß jeder alles besser, aber wenn's darauf ankommt, laberst du nur Blech!«

»Meine Eltern sind keine Spießer!«, rief ich dazwischen. »Und mit arroganten Lackaffen haben sie zum Glück keine Erfahrung! Lasst mich bitte aussteigen, ich komme schon allein nach Hause.«

Jochen hielt tatsächlich an, ich sprang aus dem Wagen und Karin hinter mir her. »Ich lasse Holle nicht im Stich!«, zischte sie ihren Freund an. Daraufhin gab Jochen Gas, und wir standen frierend irgendwo in der Pampa, denn unsere Jacken lagen auf dem Rücksitz. Hier in der Eifel war es merklich kühler als in der Rheinebene.

»Das Ende einer fröhlichen Landpartie«, sagte Karin und musste auf einmal lachen.

»Was nun?«, fragte ich.

»Der dreht sicher gleich um und kommt zurück«, meinte Karin.

Und richtig, Jochens Wagen tauchte in der Ferne auf. Er fuhr rückwärts auf uns zu, stoppte, warf unsere Jacken auf die Landstraße und brüllte: »Undankbares Pack! Sucht euch einen anderen Chauffeur!« Und schon war er wieder verschwunden.

»Beleidigte Leberwurst!«, schrie ich ihm noch hinterher.

»Na, wenigstens müssen wir nicht erfrieren«, sagte Karin. »Aber mit diesem Idioten bin ich fertig! Zum Diplomaten hätte er sowieso niemals getaugt, das habe ich längst geahnt. Paris ist für mich gestorben.«

Wir zogen die Jacken an und wanderten los. Leider hatten wir keine blasse Ahnung, wo wir waren und ob es in der Nähe eine Bus- oder Bahnstation gab. Wir beschlossen also, das nächste Auto anzuhalten, aber es kam keines.

Doch manchmal hat man Glück im Unglück. Ein Traktor überholte uns, der junge Mann drehte sich zweimal nach uns um und rief schließlich: »Bist du es wirklich, Holda?«

Ich erkannte ihn jetzt auch, Heiner war der Bruder einer früheren Klassenkameradin. Nach kurzem Geplänkel zwängten wir uns neben ihn und kamen immer noch etwas schneller voran als zu Fuß. Seine Gummistiefel rochen ein wenig nach Kuhstall.

»Wie kommen Sie an diesen rasanten Schlitten?«, fragte Karin.

»Gehört meinem Vater«, erklärte Heiner. »Wo darf ich die Herrschaften absetzen? Die nächste Stadt ist Andernach.«

Während wir gemächlich die Landstraße entlangtuckerten, horchten wir Heiner ein wenig aus. Er studierte in Köln, wollte aber demnächst die Uni wechseln. Leider konnte er uns nicht bis vor die Haustür bringen, denn er musste den Traktor bald wieder abgeben. Er suche demnächst eine Bude in Bonn, sagte er. Natürlich fing Karin sofort damit an, ihm von der Villa ihrer Tante vorzuschwärmen. Bis jetzt war das Grizzly-Zimmer noch zu haben, denn die Gräfin hielt weiterhin Ausschau nach einem handwerklich geschickten Mieter.

»Wer auf einem Bauernhof groß geworden ist, hat bestimmt keine zwei linken Hände«, sagte ich. »Wie ist es, Heiner, hättest du nicht Lust, bei uns zu wohnen? Für ein wenig Hilfe im handwerklichen Bereich wird dir ein Teil der Miete erlassen.«

Er versprach, uns demnächst zu besuchen und sich das Angebot zu überlegen. Dann trennten wir uns.

»Netter Junge«, sagte Karin, als wir endlich im Zug saßen. »Gefällt mir besser als dieser Mistkerl Jochen. Aber ich lass dir natürlich den Vortritt. Kennst du seine Eltern?«

»Nur seine Schwester, die ist Kindergärtnerin geworden, sein älterer Bruder wird den Hof übernehmen; leider haben wir vergessen, Heiner nach seinem Studienfach zu fragen. Aber ich sehe ihn nicht unbedingt als künftigen Botschafter in Washington.«

An dieser Stelle werde ich wieder einmal von der mampfenden Laura unterbrochen. Heute hat sie Dim Sum mitgebracht und über einem Sieb in heißem Dampf erwärmt. Es sind Teigtaschen nach kantonesischer Art, die mit Shrimps, Huhn, Wasserkastanien oder weiß der Teufel mit welchen Schweinereien gefüllt sind. Laura tropft noch Sojasauce darüber und hält mir den Teller hin. Ich greife neugierig zu.

»Frau Holle, jetzt kommt endlich ein gewisser Heiner ins Spiel! Gehe ich recht in der Annahme, dass es sich um meinen Großvater handelt? Soviel ich weiß, hatte der doch die Vornamen Heinrich Ludwig.«

»Ausgezeichnet kombiniert! Heiner wurde meine große Liebe, wir haben 1958 geheiratet und ziemlich rasch zwei Kinder bekommen. Als mein Mann viel zu früh verstarb, war meine Witwenpension leider nicht besonders hoch, so dass ich bis zum Rentenbeginn als Schulsekretärin arbeiten musste. Es war keine leichte Zeit, und ich bin stolz, dass ich trotz chronischer Geldknappheit meine Kinder ohne kriminelle Aktionen aufgezogen habe.«

»Ich habe dich immer nur als grundanständige alte Dame und liebevolle Großmutter erlebt. Hast du eigentlich Angst, man könnte dir jetzt noch auf die Sprünge kommen? Deine Assistenz bei der Ermordung des Jägers ist schließlich längst verjährt. Oder hast du am Ende noch andere Leichen im Keller?«

»Ach Kind, ich habe noch längst nicht zu Ende erzählt.«

24
Zarte Bande

Am nächsten Sonntag rief mein Vater an und schlug mit sanfter Stimme einen Kompromiss vor. Die Operation meiner Mutter sei nun für Ende Mai geplant, es sei nicht ganz so dringend, sollte aber auch nicht länger verschoben werden. Es handle sich bei den Wucherungen wahrscheinlich um einen gutartigen Tumor, der allerdings zu starken Blutungen führe. Absolut sicher sei man erst, wenn der histologische Befund vorliege.

»Die Mama hatte wohl schon lange Beschwerden und hat mir nichts davon gesagt. Vielleicht ist das sogar der Grund, dass du keine Geschwister hast«, sagte er überraschend offenherzig. »Also, kurz und gut: Mitte Mai wird sie operiert, und du solltest dann eine Woche lang herkommen. Danach wird Tante Irmgard den Laden schmeißen und so lange hierbleiben, bis deine Mutter wieder auf dem Damm ist.«

Es blieb mir nichts anderes übrig, als zuzustimmen. Leider waren meine Ferien dann auf eine Woche zusammengeschrumpft.

Karin tröstete mich. An meinen restlichen Urlaubstagen würde sie auf jeden Fall eine kleine Reise mit mir unternehmen, Paris habe sich ja ohnedies erledigt. »Ich lasse mir etwas Schönes einfallen«, versprach sie.

Glücklicherweise ergab es sich, dass die kurze Zeit im Bäckerladen für mich gar nicht so öde ausfiel, wie ich es mir vorgestellt hatte. Ich reiste an einem Sonntag an, am Montag brachte mein Vater die Mama ins Koblenzer Krankenhaus, und ich stand schon ab sieben an der Theke, um Brötchen zu verkaufen. Der erste Kunde kam mit dem Fahrrad und war Heiner. Für ihn war es selbstverständlich, an Wochenenden und in den Semesterferien auf dem Bauernhof seiner Eltern auszuhelfen, er lachte nur über mein Gejammer. Für das Frühstück seiner Familie holte er stets frische Backwaren. Von da an kam er mehrmals am Tag und blieb jedes Mal etwas länger, die ersten zarten Bande knüpften wir zwischen Streuselkuchen und Bauernbrot.

Als ich Karin nach drei Tagen telefonisch Bericht erstattete, musste sie lachen. »Mensch, Holle, du bist im Alphabet etwas nach vorn gerückt«, sagte sie. »Von Helle zu Heiner ist es zwar nicht weit, aber es scheint mir trotzdem ein echter Fortschritt zu sein.«

»Bei dir war es wohl eher eine Pleite, als du den anständigen Jupp gegen den arroganten Jochen eingetauscht hast. Dein Nächster sollte vielleicht Jan heißen!«

»Und deiner vielleicht Hannes. Aber Scherz beiseite, will der Knabe denn nun endgültig bei uns einziehen?«

»Ja, und zwar sehr gern. Du kannst deiner Tante Bescheid geben.«

»Gibt es da nicht ein Riesenproblem? In den Ferien muss er doch zu Hause den Acker bestellen und steht hier gar nicht zur Verfügung!«

»Genau deswegen will er ja von Köln ins brave Bonn ziehen, um sich mehr dem Studium zu widmen. Und die Semesterferien sind ja eigentlich zum Büffeln gedacht, nicht zum Herumreisen, Heu machen, Trödeln oder Geldverdienen. Seine Eltern sind einverstanden, dass er nur noch gelegentlich aufkreuzt, aber dafür in zwei Jahren sein Studium abschließt.«

»Was hat dein Naturbursche eigentlich für berufliche Pläne? Ist es schon wieder einer, der Tierarzt werden will? Nein, ich tippe eher auf Förster oder Landschaftsarchitekt.«

»Heiner will Lehrer werden, und zwar für Deutsch und Latein. Er hätte zwar lieber Anglistik gewählt, aber dann müsste er eine Weile im Ausland studieren, um seine Schulkenntnisse zu verbessern. Dafür fehlt das Geld. – Karin, ich habe recht gehabt, zum Diplomaten ist er nicht geboren, er spricht weder Französisch, noch besitzt er einen dunkelblauen Blazer, aber dafür kann er Hühner schlachten und einen Traktor reparieren.«

»Na toll«, sagte sie ein wenig spöttisch. »Ich glaube, dich hat es erwischt. Ein Lateinlehrer, der Hühner schlachtet! Und wie geht es nun eigentlich deiner Mutter?«

Die Mama hatte die Operation gut überstanden und schien die Tage im Krankenhaus beinahe zu genießen. Mein Vater und ich besuchten sie jeden zweiten Tag in der Mittagspause. Sie war allerdings noch recht schwach auf den Beinen und würde laut ärztlicher Meinung etwa vier Wochen lang nicht arbeiten können, doch für diese Zeit war dann Tante Irmgard zuständig. Ich konnte mit gutem Gewissen nach Bad Godesberg zurückfahren.

Zum ersten Mal saß ich nicht allein im Zug, denn Heiner kam mit, um die Villa sowie sein künftiges Zimmer zu inspizieren und sich bei der Gräfin vorzustellen. Ich war so glücklich wie schon lange nicht mehr. Das Beste war, dass Heiner offenbar noch keine feste Freundin hatte. Auch in der Villa lief alles wie am Schnürchen, Karins Tante war mit dem neuen Mieter einverstanden, der wiederum war begeistert von seinem neuen Domizil, blieb auch noch zum Essen und freute sich anscheinend genauso wie ich, dass wir demnächst Zimmernachbarn würden.

Auch Karin hatte eine gute Nachricht. Sie hatte mit dem Chef gesprochen, und er erlaubte, dass wir Anfang Juli eine Woche lang gemeinsam Urlaub nahmen.

»Du siehst also, während du Brötchen am Fließband verkauft hast, habe ich auch nicht auf der faulen Haut gelegen. Ich habe unsere kleine Reise geplant. Bist du gar nicht neugierig?«

Das Ziel war leider nicht London oder gar Mallorca, aber es hörte sich trotzdem gut an. Die Mutter von Henk, unserem niederländischen Mitbewohner, besaß eine kleine Pension in Wijk aan Zee, etwa zwanzig Kilometer von Amsterdam entfernt.

»Dann lernst du endlich mal das Meer kennen«, sagte Karin. »Eigentlich mögen die Holländer keine Moffen – so nennen sie die Deutschen –, aber Henk hat seine Mama davon überzeugt, dass wir bei Kriegsende noch Kinder waren und wirklich nichts für die Verbrechen der Nazis können. – Aber das sind noch nicht alle Neuigkeiten«, setzte sie hinzu und reichte mir eine Karte aus edlem Büttenpapier.

Auf der Rückseite der gedruckten Hochzeitsanzeige hatte Gundi handschriftlich vermerkt: *Wenn Ihr Lust habt, könnt Ihr uns am Polterabend um 17 Uhr besuchen.* Aus der Adresse war zu entnehmen, dass in ihrem Elternhaus gefeiert wurde.

»Meint sie mich, wenn sie im Plural spricht?«, fragte ich.

»Nein, wahrscheinlich glaubt sie seit meiner Geburtstagsparty immer noch, dass Jupp mein fester Freund ist«, sagte Karin. »Aber wir fassen es einfach mal so auf, dass sie an dich gedacht hat. Ich lasse es mir doch nicht nehmen, gemeinsam mit dir zu poltern! Im Büro stehen zwei besonders hässliche Tassen, und Tante Helena besitzt noch massenhaft altes Porzellan.«

Heute schäme ich mich sehr, dass wir unverfroren genug waren, sechs Meißner Teller als Wurfgeschosse zu benutzen. Ich hätte die antiken Stücke zwar lieber für mich requiriert, aber Karin mochte kein Zwiebelmuster und hatte ihre Tante bereits zum Kauf eines hochmodernen elfenbeinfarbenen Rosenthal-Geschirrs überredet. Hochzeiten wurden zur damaligen Zeit im familiären Rahmen gefeiert. Eingeladen wurden meist nur Trauzeugen und Patentanten, dafür kamen aber Polterabende gerade in Mode. Für uns war es Neuland, und wir freuten uns darauf. Allerdings befürchtete Karin, es würde kein besonders lustiger Abend, weil Gundis Freunde bestimmt alle ziemlich langweilig wären. Trotzdem machten wir uns schön, denn man weiß ja nie ... Da es ein warmer Frühsommertag war, zogen wir unsere luftigsten Sommerkleider mit schwingenden Röcken an, für den abendlichen Heimweg würde eine Strickjacke genügen.

Um an den rechtsrheinischen Ort zu kommen, mussten wir die Fähre nehmen. Außer den Meißner Tellern hatten wir noch zwei Flaschen Likör nebst sechs Eierbechern aus dem gräflichen Bestand im Gepäck, wobei ich heute denke, dass sich Gundi über heiles Porzellan bestimmt mehr gefreut hätte. Auch die anderen Gäste hatten sich hauptsächlich für Spirituosen entschieden. Man schenkte allerdings auch Toaströster, skandinavische Salatschüsseln aus emailliertem Metall oder Teakholzbrettchen – eben alles, was damals modern und erschwinglich war. Auch buntgemusterte Geschirrtücher statt der klassisch rotkarierten waren gerade in.

Als schon ziemlich viele Scherben vor der Haustür lagen und das Brautpaar einen Besen holte, erschien schließlich auch Ulla, an ihrer Seite das Hinkebein. Ulla hatte eine selbstbestickte Tischdecke mitgebracht, Horst Müller trug einen einzelnen Aschenbecher aus Keramik, den er etwas ungeschickt dem Bräutigam vor die Füße schmetterte. Eigentlich hatten wir ja damit rechnen müssen, dass Gundis Busenfreundin Ulla ebenfalls eingeladen war, aber der unerwartete Anblick ihres Freundes verdarb mir erst einmal die Laune.

Die Besucher versammelten sich schließlich im elterlichen Wohnzimmer und stießen mit Schaumwein an, nach und nach wurden die mitgebrachten Flaschen geköpft und die Stimmung zusehends heiter, ja schließlich ziemlich laut. Zu meiner Erleichterung verzog sich Horst Müller in eine abgelegene Ecke und mischte sich nicht unters Volk. Ulla machte sich unterdessen nützlich und zeigte demonstrativ, dass sie einmal eine gute Hausfrau würde. Doch bereits um neun Uhr stand der Brautvater auf und hielt eine kurze Rede, die darin mündete, dass seine Tochter am Abend vor ihrer Hochzeit zeitig ins Bett müsse. Es war die kaum verbrämte Aufforderung an die Gäste, sich auf den Weg zu machen.

Beim Abschied erfuhren Karin und ich, dass Ulla zum Übernachten bleiben würde, um am nächsten Morgen als Trauzeugin gleich vor Ort zu sein.

Einige der Gäste besaßen ein Fahrrad, manche sogar einen Wagen, aber längst nicht alle. Deswegen wurden ihre Autos mit Passagieren vollgestopft, um möglichst viele über die Bonner Brücke auf die andere Rheinseite zu bringen. Wir waren wohl die Einzigen, die in Bad Godesberg wohnten, doch unser Weg bis zur Anlegestelle war zum Glück nicht allzu weit. Trotzdem mussten wir zügig loslaufen, um das letzte Schiffchen noch zu erreichen.

»Auch unser Bundeskanzler benutzt die Autofähre, um von seinem Wohnort nach Bonn zu kommen«, sagte ich. »Vielleicht haben wir die Chance, ihm im Dunkeln zu begegnen!«

»Quatsch«, meinte Karin. »Wenn Adenauers Dienstwagen auf die Fähre rollt, sind keine anderen Fahrgäste zugelassen, das weiß doch jeder. Aber sieh mal da hinten, wir werden gleich einem ganz anderen Typen im Dunkeln begegnen!«

Unter einer Straßenlampe stand Horst Müller, der ebenfalls auf die Fähre wartete, die gerade anlegte. Auch er erkannte uns jetzt, grüßte und ließ uns höflich den Vortritt. Auf der Straße nahte eine größere Gruppe leicht schwankender Gestalten, die unbedingt noch mitwollten. Einige von ihnen grölten: »*Warum ist es am Rhein so schön.*« Als alle verladen werden sollten, wurde es eng. Da wir als Erste eingestiegen waren, rückten wir auf, so dass wir ganz vorn hinter zwei PKWs standen, das Hinkebein direkt neben uns.

»Wieso sind Sie denn schon hier?«, fragte Karin. Wir erfuhren, dass Herr Müller im Godesberger

Stadtteil Mehlem wohnte, bereits lange vor den anderen Gästen aufgebrochen war und – wie er es ausdrückte – sich *auf Französisch* verabschiedet hatte.

»Durch meine Behinderung bin ich langsamer als andere«, sagte er. »Auf keinen Fall wollte ich riskieren, die letzte Fähre zu verpassen.«

Hinter uns wurde gedrängelt, so dass ich unsanft gegen Ullas Freund gedrückt wurde. Irgendetwas kam mir bei diesem Zusammenstoß seltsam vor, es dauerte eine Weile, bis ich es begriff. Er hatte anscheinend gar kein lahmes Bein, sondern eine Prothese, vermutete ich, denn ich war nicht gegen warmes Muskelfleisch, sondern gegen einen steinharten Pfahl geprallt.

»Unverschämtheit!«, schrie jetzt Karin, die gerade von einem Besoffenen belästigt wurde.

»Kommen Sie«, sagte Horst Müller, »wir stellen uns am besten ganz nach vorn – noch vor die Autos –, dann haben wir keine Trunkenbolde im Rücken. Bitte schön, meine Damen, nach Ihnen …«

Durch den dreisten Grapscher geriet Karin jedoch so in Wut auf alle Männer, dass sie auch den unschuldigen Kavalier an ihrer Seite anbrüllte: »Sie sind auch nicht besser als dieses Pack! Bei der leichtgläubigen Ulla haben Sie sich ja bloß eingeschleimt, um an geheime Dokumente heranzukommen, Sie abgefeimter Romeo, Sie!«

Die Wirkung blieb nicht aus, das Hinkebein schnaufte wie ein angestochener Bison. Es war das Pech dieses Romeos, dass er nicht lange nachdachte, sondern zornig konterte: »Was glauben Sie wohl, wer die Pelzmütze Ihrer Tante im Wald gefunden hat? Ich weiß Bescheid über das Feuer im Kottenforst und kann Sie jederzeit anzeigen, wenn Sie mir Ärger machen. Aber bis jetzt haben Sie sich ja nicht ungern für kleine Gefälligkeiten gut bezahlen lassen. Im Grunde sind wir Kollegen.«

Das war zu viel. Karin trat mit voller Wucht ihrem Kontrahenten ins Hinterteil, wodurch er das Gleichgewicht verlor und auf den feuchten Planken hinstürzte. Vor unseren Augen rutschte er unter der Absperrung durch, schlitterte weiter und drohte ins Wasser zu fallen. Geistesgegenwärtig packte ich einen Fuß, um ihn vor dem endgültigen Abgleiten zu bewahren. Doch er rutschte weiter, und ich hielt zu meinem Entsetzen nur noch eine hölzerne Unterschenkelprothese in den Händen, während Horst Müller mit einem leisen Fluch fast sanft im Wasser eintauchte. Hinter uns sangen sie: »*O du wunderschöner deutscher Rhein ...*«

Anscheinend hatte niemand den Unfall bemerkt. Ich wollte »Mann über Bord!« schreien, brachte aber keinen einzigen Ton heraus, während Karin wie gebannt auf den kleinen Strudel starrte, wo

Horst Müller wild mit den Armen um sich schlug und kurz darauf unterging. Schließlich nahm sie mir das Holzbein ab und warf es in die dunklen Fluten.

»Wir müssen etwas unternehmen«, flüsterte ich nach minutenlanger Schockstarre. Zu unserer Ehrenrettung sei gesagt, dass wir den beiden Autobesitzern, die kurz vor der Ankunft vom Achterdeck zurückkamen, etwas hysterisch von einem über Bord gestürzten Mann berichteten. Natürlich verständigte man umgehend den Schiffsführer, der einen Notruf absetzte. Ohne dass man in der allgemeinen Aufregung und Verwirrung unsere Personalien aufgenommen hatte, machten wir uns aus dem Staub.

Zu Hause angekommen, merkten wir erst, dass wir völlig ausgekühlt waren und zitterten. Wir gingen in die Küche und setzten Teewasser auf.

»Wenn er gerettet wird, sind wir in Lebensgefahr, denn er wird sich furchtbar rächen«, stammelte ich.

»Er ist mit Sicherheit abgesoffen, dafür lege ich meine Hand ins Feuer. Leider können wir uns den Nebenverdienst jetzt abschminken«, sagte Karin.

»Aber der Kerl hat es verdient! Halali! Wir haben Ulla vor einer furchtbaren Enttäuschung bewahrt!«

»Und es ist auch besser, wenn wir gar nicht mehr

in die Versuchung kommen, unser Vaterland für ein paar Hunderter zu verraten«, sagte ich.

»Haben wir doch gar nicht, war doch alles nur gefälscht. Aber wer weiß, was Ulla in ihrem Liebeswahn schon ausgeplaudert hat, das arme Ding. Na ja, morgen ist sie erst mal Trauzeugin auf dem Standesamt, in der Kirche wird sie vergebens auf ihren einbeinigen Gigolo warten. Wenn sie uns fragen sollte – wir haben ihn nicht gesehen.«

Später erfuhren wir durch die Zeitung, dass ein Mann aus unbekannten Gründen von einer Rheinfähre gestürzt sei. Die sofort eingeleitete Rettungsaktion der Wasserschutzpolizei wurde nach mehreren Stunden abgebrochen, denn es war aussichtslos, den Mann in der Dunkelheit zu finden. Angesichts des auf dem Wasser treibenden Holzbeins ging man davon aus, dass der Verunglückte kein guter Schwimmer sein konnte. Erst nach einer Woche fand man den Toten einige Kilometer nördlich am Ufer der Rheininsel Herseler Werth.

25
Liebesknochen

Laura hat diesmal kein Fastfood dabei, sondern Eclairs. Sie sind mit Vanillecreme gefüllt und mit Schokoladenglasur überzogen und schmecken himmlisch.

»Liebe Frau Holle, auch wenn ich keiner deiner männlichen Verehrer bin, habe ich der besten aller Großmütter heute Rosen mitgebracht.«

Ihre Rosen haben eine hauchzarte, blassrosa Farbe, die äußersten Blütenblätter schimmern grünlichgelb. Ein heiterer Strauß, der mich von meinen trüben Gedanken ablenkt. Ich stelle die Vase auf die Kommode vor dem Schlafzimmerspiegel, um die Pracht optisch zu verdoppeln.

»Die Eclairs nennt man auch Liebesknochen, das ist die gleiche Symbolik«, sagt sie. »Von dir habe ich schließlich den nützlichen Spruch gelernt: *Wer die Arbeit kennt und sich nicht drückt, der ist verrückt!* Die Berliner setzen noch eins drauf: *Wer nich arbeetet, soll wenichstens jut essen!*«

Leicht belustigt deute ich auf den Stapel Wäsche,

den ich für meine Enkelin gebügelt habe. »Von wegen keine Arbeit«, sage ich. »Aber die Hundeknochen kannst du öfter mal mitbringen!«

Im Nu ist die adrette Pappschachtel leer, und ich schlecke meine klebrigen Finger ab, die ich sicherheitshalber noch mal unter den Wasserhahn halte. Ich habe nämlich ein Foto herausgekramt, das ich Laura zeigen möchte. Vier junge Leute sitzen auf einer Bank im Bonner Hofgarten: Karin und ihr neuester Freund, daneben Heiner und ich. Im Hintergrund sieht man die Rheinische Friedrich-Wilhelms-Universität, früher einmal die Residenz der Kurfürsten. Leider ist es nur ein Schwarzweißfoto, so dass man weder das frischgetünchte Gelb der Uni-Fassade noch meinen hellblauen Volantrock bewundern kann, auch nicht Karins rosa-violett-grau kariertes Taftkleid oder das satte Grün des Rasens. Laura betrachtet sich das Quartett mit meiner Lupe.

»Ihr seht noch so verdammt jung aus«, meint sie. »Aber du hast deinen Heiner ja schon kurz darauf geheiratet, ist etwa auch Karin diesem bleichen Jüngling treu geblieben?«

»Carl Eugen von Saasem studierte Physik und war im Grunde ein netter Junge. Aber sie hat sich letztendlich für seinen Bruder Christian entschieden, weil der bereits Jurist war und eine Diplomatenlaufbahn anstrebte. Nach dessen Tod hat sie wieder einen Adligen geheiratet, und zwar einen deutschen Botschafter. Ihren Lebenstraum hatte sie mir ja schon beizeiten verraten.«

»Donnerwetter, das nenne ich zielstrebig! Und was ist aus der armen Ulla geworden? Ist sie irgendwann über den Verlust ihres Romeos hinweggekommen?«

In der Nacht nach dem Unfall haben Karin und ich wohl beide kein Auge zugetan, obwohl wir todmüde waren. Meine Freundin hatte mich schnell davon überzeugt, dass Horst Müller nicht überlebt haben konnte. Irgendwie fühlten wir uns schuldig – oder besser gesagt: verantwortlich – für Hinkebeins Tauchgang. Hätte Karin ihm keinen Tritt versetzt, wäre er nicht gestürzt. Hätte ich sofort um Hilfe gerufen, wäre er vielleicht noch gerettet worden. Aber als Mörderinnen fühlten wir uns auch wieder nicht, denn die ganze fatale Begegnung mit Horst Müller war ja rein zufällig zustande gekommen, wir hatten nie den Plan gehabt, ihm etwas anzutun. Trotzdem hatten wir große Angst, denn es war ja nicht das erste Mal, dass wir mit einem toten Mann zu tun hatten.

Der nächste Tag war zum Glück ein arbeitsfreier Sonnabend. Als Ulla anrief, steckten wir mitten in einer heftigen, aber geflüsterten Diskussion, denn die Gräfin befand sich in der Nähe. Karin behauptete am Telefon, dass wir den Romeo nur auf Gundis Polterabend und später überhaupt nicht mehr gesehen hätten. Ulla konnte das nicht recht verstehen, sie machte sich Sorgen und war sehr aufgeregt. Als sie nach einer Woche vom Tod ihres Verlobten erfuhr, verfiel sie in eine schwere Depression, die aber nur so lange anhielt, bis sie einige Monate später einen neuen Romeo kennenlernte. Seitdem sahen wir sie nur noch selten, irgendwann gar nicht mehr. Erst viele Jahre später las ich im *Spiegel* eine kurze Nachricht über einen fast verjährten Spionagefall, in den eine Ulla F., Angestellte des Verteidigungsministeriums, verwickelt gewesen sein sollte.

Karin und ich wurden nie wieder von einem ominösen Agenten oder gar Romeo kontaktiert, denn wir waren klug genug, unsere Anstellung im Innenministerium so rasch wie möglich zu beenden. Unser Chef wollte uns partout nicht verstehen, aber wir konnten ihm den wahren Grund ja nicht gut verraten: Es war die nackte Angst, dass uns die Geheimdienste auch in Zukunft nicht in Ruhe lassen würden. Wir erklärten unsere Kündigung damit, dass wir einen Job in unserer Nähe gefunden hätten und somit keine lange Fahrt mit der Straßenbahn mehr nötig war. Karin bekam sofort eine gutbezahlte Stelle bei einer internationalen Spedition, ich in einem Fachgeschäft für Bürobedarf in Bad Godesberg.

Über meine Ehe mit Heiner kann ich Laura nichts Besonderes erzählen, es waren zwar nicht viele, aber glückliche Jahre. Meine Enkelin interessiert sich zudem fast mehr für Karin, sie will wissen, ob meine Freundin überhaupt noch lebt, ob wir uns manchmal besuchen, ob sie Kinder oder sogar Enkel hat. Nun, Karin verfolgte ihre Ziele umsichtig und gründlich. Aus Fräulein Bolwer wurde Frau von Saasem. Ihr erster Mann wurde Attaché der deutschen Botschaft in Rom, später in Stockholm. Karin lernte mehrere Sprachen, spielte Tennis, zog sich damenhaft an und engagierte sich als Schirmherrin für alle möglichen kulturellen Events und sozialen Projekte. Als Christian von Saasem starb, heiratete sie seinen Vorgesetzten und wurde als Frau von Starewitz endlich Botschaftergattin. Von Ehemann Nummer zwei hat sie einen Sohn, der angeblich hochbegabt ist, hauptsächlich in englischen Internaten groß wurde und Professor in Harvard geworden ist. Wir treffen uns einmal im Jahr, dann reise ich nach München und staune über ihre schicke Altbauwohnung, oder sie besucht mich hier und verkneift sich einen Kommentar über mein bürgerliches Ambiente. Inzwischen lebt sie allein, denn ihr Mann hat Alzheimer und wird in einem noblen Heim versorgt. Manchmal plaudern wir wehmütig über vergangene Zeiten, aber bis heute kann Karin nicht über ihre Traumatisierung auf der Flucht sprechen, es bleibt wohl für immer ihr Geheimnis. Wir sind beide alt geworden und jammern uns gelegentlich die Ohren voll, denn es rieselt im Gebälk und bröckelt an allen Ecken und Enden. Trotzdem sind wir noch gern am Leben und lesen fremde Todesanzeigen nicht ohne Genugtuung.

»Woran ist Christian eigentlich gestorben?«, fragte ich sie kürzlich.

Karin grinste. »Er war auf ganzer Linie eine Fehlbesetzung, ein totaler Versager, und hätte es niemals zum Botschafter gebracht. Ganz zu schweigen davon, dass er auch im Bett eine Niete war. Das Einzige, wofür er sich interessierte, war die Diplomatenjagd. Ob ich wollte oder nicht, ich musste schießen lernen und wurde oft genug zur Teilnahme am Kesseltreiben gezwungen. Im Grunde blieb mir gar nichts anderes übrig. Halali!«